我和我的佛系老公

金牙太太 著

浙江文艺出版社

目录

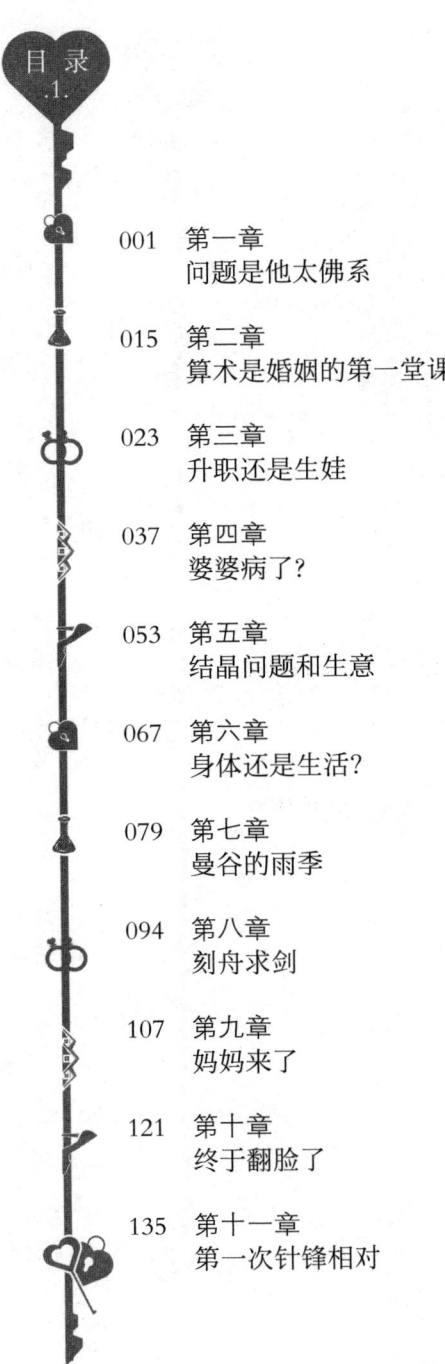

001　第一章
　　问题是他太佛系

015　第二章
　　算术是婚姻的第一堂课

023　第三章
　　升职还是生娃

037　第四章
　　婆婆病了?

053　第五章
　　结晶问题和生意

067　第六章
　　身体还是生活?

079　第七章
　　曼谷的雨季

094　第八章
　　刻舟求剑

107　第九章
　　妈妈来了

121　第十章
　　终于翻脸了

135　第十一章
　　第一次针锋相对

目录 .2.

- 146 第十二章 出现了一点小麻烦
- 158 第十三章 无法接受的噩耗
- 168 第十四章 病房里的争吵
- 180 第十五章 这好像是个局
- 191 第十六章 家庭批判会
- 203 第十七章 线索浮出水面
- 219 第十八章 公公的安排
- 237 第十九章 藏不住的秘密
- 249 第二十章 老包的东风
- 260 第二十一章 分娩之痛
- 270 第二十二章 出路和尾声

第一章

问题是他太佛系

深圳的天空一年四季大多数时候总呈现出一种令人沉醉的湛蓝色，尤其在冬天，当朋友圈被各地刷屏的雾霾霸占时，透明的蓝天与飘浮着如羽翼般的云尾十有八九来自这南国的某个IP，傲然间便拉来了无数仇恨和心有不甘的点赞。

我喜欢深圳，它有数不清的优点，年轻、有活力、开放、现代、文明、积极奋斗，哪怕有很多人指责这座城市只是一个养蛊所在，用年轻的血汗之躯累积起蓬勃发展的GDP指数，而当你老迈时，它会转过身，用冰冷的脊背对着你，做出吞骨头的姿态。好吧，即便当真如此，每年来深圳打拼的人数却只增不减，他们或许是为了发生在此处那些犹如奇迹的暴富传说，或许仅仅是因为此城能够为来此耕耘梦想的年轻人提供足够肥沃的土壤。

当然，实现理想的热情，伴随着毕业年限的增长也在悄无声息地减少。社会的历练，将你身上那份青涩与幼稚打磨掉的同时，也会顺手帮你披上一件弥漫着人间烟火味的百衲衣。就比如我，四年前中南财经政法大学法学硕士毕业，追随着儿时港片里那些叱咤风云、独立且美丽的女律师形象来到深圳，从小律所的小文员干起，逐步晋级，目前虽说还得跟着老师做案子，却也得到了一些简单案件的独立处理权。在28岁的年纪上,这只能算是一个平庸的速度。不仅离影视剧中律政俏佳人的形象相距甚远,甚至有些晚毕业的优秀师弟师妹都开始代理跨国商务谈判了。幸好,28岁的女人,事业上的心气早已修炼得吐纳归一,赚到手的钱以及尽早解决感情问题才是双眼瞄准的目标。

我住在福田区一个公寓小区里,当然是租的。在这个地段,每月六千多的租金只能租到一个40平方米左右的大单间。可我喜欢这里,尤其到了晚上,从明亮的落地窗往外望,灯火将夜色变成一层暗淡朦胧的滤镜,笼罩着整个都市的寂寞。刚洗完澡,手机微信便适时地响起,瞥了一眼,是隔壁的Aggie(阿吉)撩骚的语音信息:女人,在家吗?我有酒,有故事,有漫漫长夜要打发……

Aggie比我大5岁,是个纯正的天津姑娘,十年前来深圳打拼,在懵懂无知的年纪一头扎进了香港某商人的怀里,换了这么个怪样的英文名,便以为可以换个身份,过上不一样的生活。这么傻愣愣当了四五年的二奶,才知道那男人在河对岸早已有妻有子有女,俨然幸福美满的典范。痴心破碎的Aggie在第一时间清醒,冷静地拷贝了商人手提电脑里所有产品的技术指标以及客户数据,还顺手拍了一系列床照,才与商人摊牌。她当真是个心思缜密的奇女子,明明是敲诈勒索,却知道防着对方反咬一口,竟找了一位律师陪同。律所的老师傅们早有了自己的案子,对这么不靠谱的事情自然敬而远之,于是,这事就被上谈判桌的次数一只手就能数过来的我硬着头皮接了下来。结果竟然很是令人满意。如今想来,在那种情形下,Aggie竟能从混迹商场数十年的商人手中谈下一套120平方米的房子以及五十万现金作为补偿,想必主要还得感谢男人未曾泯灭的良知。而我,除了收到人生中第一笔代理费之外,也收获了Aggie这么一个妖孽般的闺蜜。

妖孽也是恨嫁的,而且一到晚上总是感到孤独。她踢踏着一双火烈鸟羽毛般蓬松的毛绒拖鞋,乳白色睡衣套装将良好的身体曲线包裹,微湿的栗色长发垂在胸前,形成完美的弧度——自然也是化了淡妆才来的。女人对于自己在另一个女人面前的形象的重视等级永远是最高的,就如我,即便刚洗完澡,也要将迪奥的变色唇膏薄涂了一层再去开门。

Aggie 的身体软软地陷在沙发里,修长白皙的手勾着红酒杯长长的把手,满带哀怨地说道:"倩儿,我又失恋了。"

"你不是上个月就失恋了吗?"我头也不回,正仔细地给自己抹着护手霜。

"这次对我打击特别大,你明白一个33岁女人的失恋意味着什么吗?这不是否定了一个人不适合与你走进婚姻,这是否决了一种类型的男人不会选择你作为终身伴侣,这试错成本也太高了。"Aggie 现在在一家上市公司做会计,成本意识倒是非常强。

"那就再换一种类型的男人试试呗,世上男人千千万,我正好也觉得像鲁毅那样的技术宅男跟你并不合适。"这话是发自内心的实话,他们俩刚在一起时,我便觉得 Aggie 是恨嫁过了头,才找这个木讷的程序员来抵抗来自年龄的恐惧。

"问题就在这里,我现在觉得自己跟尝百草的神农一般,视力所及范围内的各种类型的草叶、草根都放在嘴里嚼过一遍了,中毒数次、苦涩数次,好不容易有两根甘之如饴的,竟然死活咽不下去。再让我试,我担保从第一面起,我就能知道他是哪一类人、我们会在什么时候牵手、什么时候接吻、什么时候上床、什么时候分手,甚至分手的理由是什么。这样的感情不仅索然无味,而且让人连凑合下去的耐心都没有。"

我对 Aggie 所说的,深以为然。感情太丰富的女人,确实有这个烦恼。我点点头,回头看她,一瓶红酒呼啦啦已被她喝下去三分之一,白嫩的鹅蛋脸已泛起微醺,衣服包裹得虽然整齐,但一双又白又嫩的大长腿完全袒露在外面，妩媚之至。"或者你应该改变一下自己的形象，太性感的打扮更容易招来种马，而不是居家男。"我斟酌着措辞，小心地提醒她。

"幼稚！"Aggie对我的话完全不屑一顾，"姐姐我33了，还走单纯无知的处女路线、每天给人煲汤带早饭呀，这条路要是走得通，我最终不是找了个白痴，就是给自己找了个儿子。"

我笑笑。她的话逻辑上很正确，可空洞地讨论感情问题，终归只是两个无聊的女人打发时间的话题，不会有什么实质性的结果。更何况，在感情这个话题上，无论是理论还是实践，我都远远不是她的对手。

Aggie又抿了一口红酒，颇似怨妇般地说："所以说，结婚真该趁早，拖到我这个年纪，好的攀不上，差的咽不下，当真是左右为难，好像怎么选都是错。"她瞥了瞥我，道，"你最近跟吴浩怎样了？"

提到吴浩，我心里漾起一阵暖意，勾了勾嘴角，道："还不错，他这周去苏州了，下周回来吧。"吴浩是一名培训机构的英语教师，29岁，父母是特区建设的第一批人，他便是标准的深二代，在深圳读完中学后，又去英国读了本科和硕士。

"什么时候准备结婚？谈恋爱可千万不能谈太久，不然两个人沉浸在目前的关系里，再往前走可就困难了。"Aggie秒变身催婚大妈，露出一副孜孜挖人隐私的嘴脸。

"结婚嘛……"我拎起面前的酒杯，浅浅地喝了一口，有些迟疑地说，"我真不知道该不该跟他结婚。感情和婚姻并不能完全画上等号，对胃的男人真的能跟你一起过好日后平淡的日子吗？标准究竟是什么？"

"嗯？"Aggie精心修剪的眉毛纠在了一起，双眼却燃起熠熠的八卦之火，她迅速将吴浩的个人条件在脑中筛了一遍，颇有把握地提出了自己的疑问，"他是不是那个不行？"

我报之以白眼，立马否定："不是，他很热情……蛮好的。"

Aggie有点失望，整个人又往沙发深处陷了进去。"那还有什么？吴浩家庭优越，父母一个公务员一个事业单位，家里有车有房，自己硕士留学归来，人长得高大帅气，那眼神单纯得一看就没什么花花肠子，只要不是同性恋，妥妥的是理想结婚对象啊。"她停了停，又神色暧昧地补充道，"是同性恋也行，正房太太跟男小三也能找到相处之道的，毕竟他跟你啪啪啪的时候也毫无障碍不是吗？"

"你口味真是越来越重了。"我对她的浮想联翩报之以更大的白眼。

"傻妹妹，那你究竟在犹豫什么？"Aggie见我像是真有心事，便不再寻开心，切换成了温和大姐姐式的口吻。

"他，"我仔细想了想，搜尽了肚子里的词语，终于寻到了一个网络词语，"他太佛系了。"

"佛系？"估计这个词意当真过于深奥，Aggie有一瞬的呆滞，继而胡乱说道，"这算什么……我也佛系啊，你看，我对工作凑合就行；对感情，来了就好好谈，没遇到，就消极等待。世间万物冥冥中皆有定数，强求不来的。佛系，这可是个好词。"

我静静地听她胡扯完，说道："并不是的。首先你一点儿都不佛系，你对工作无所谓，是因为你早在深圳有一套大房子，在老家又置业了一套，每月收的租早就超过了工资。你目前的生活重心在解决个人问题上，所以对工作才得过且过。你在感情上更不佛系，反而相当进取，朋友聚会逢约必到，相亲节目更是周周有安排。每个相处的对象，你都认真挖掘他们作为婚姻另一半的可能性，虽然到目前为止还未成功，但这积极的进取心，完全是佛系的反义词。随缘而遇，对你而言是一种面对失望的乐观态度，跟我说的佛系完全不一样。"

Aggie竖起来大拇指，赞道："精辟！逻辑严谨！夸得我身心舒坦，居然脸都没红,不愧是靠嘴皮子的大状!那么刘大律师,请你为我解释一下你家吴浩兄弟的佛系究竟是什么样子的?"

感情问题绝对是一件当局者迷的事,提到吴浩,我的逻辑和智商好像统统失灵了一般。

"我也说不上来,他总是一副无所谓的心态,好像害怕失败,同时也害怕成功。我之前以为是因为他在英国生活了太多年,价值观西化的原因,可又不像。打个比方说吧,他在英国本科和硕士念的都是工程设计,这个专业,以目前的市场来说,年薪都是30万起步的,可他留学回来,偏偏去教了英语。我以为他是专业没学好,可看过他在英国的成绩单,虽不是出类拔萃,但怎么着都混了个中上。当然,这只是一个例子,还有其他类似的情况,让我觉得,他似乎已经形成了一种惯性,习惯往压力最小的方向努力,获得那种没有压力的、简单的快乐。"

Aggie想了想,说道:"或者他就是想过这种田园诗般的生活。出身于经济条件优渥家庭的孩子是不容易体会到生活的压力的。"

我缓缓地点了点头,"是啊,可现在的问题是,我不确定,他的这种田园诗般的生活观对于未来我们的婚姻,意味着什么?"

Aggie将头舒适地往后仰着,双腿换了一下交叉的方向,双眼看着明晃晃的天花板,思考了片刻,笑着说:"哎呀,倩儿,你这个问题可一下子把我们的对话从电视相亲节目上升到了哲学辩论的高度。当真有必要把这个问题弄清楚吗?结婚不就是两个人他愿意娶,你愿意嫁,然后步入婚姻的殿堂,迷瞪瞪地开始婚后生活吗?"

我讥讽道:"这话说得好像你当真相信一般。"

Aggie突然坐直了身体,严肃道:"好吧,既然你提出了这么一个有挑战性的问题,那我也只好用我毕生所学跟你分析分析。提前说明,我只有恋爱的智慧,没有婚姻的经验,所以,我们只谈两个人的相处。"她停了停，好看的手指弯曲着，撑在光洁的下巴上，像极了诱惑的女教师，"男女恋人能不能走下去，看三个方面。第一，经济条件，没有收入来源的绝对不行。除去天灾人祸，在可预见的未来里，他能否养活你们这个小家庭？"

我微微沉思了片刻，道："应该是可以，毕竟他父母给他打下了良好的经济基础。结婚的房子和车子都准备好了，英语教师的收入虽然一般，但过日子是没问题了，何况我也不用他养，我自己一样上班赚钱。"

Aggie笑道："第二个方面呢，就是性生活是否和谐。你既然说了他没什么隐疾，那我想也是没问题的。第三，是价值观。两人是否有话题，对一些重要问题的看法是否一致，比如民主和专制哪个更好，法治和人治哪个更代表社会前进的方向，女人结婚后是该继续工作还是留在家里相夫教子，等等，我觉得你是不是在这个层面上跟他有了分歧？"

不得不说，Aggie的智商还是很令人钦佩的，居然在这么短的时间内就编出了一整套标准。我当真花了几分钟思考她所谓的价值观问题，有些犹豫地回答道："也谈不上分歧，或许当真跟你说的一样，他的家庭替他遮挡了太多的风雨。在深圳这样一个满是拼搏和奋斗的地方，他身上的那种悠然自得与这个城市太格格不入了。"

这回轮到Aggie翻着白眼，嘲笑道："你当初不正是被他这种恬静、淡雅的气质吸引吗？这总好过你那为达目的不择手段的前男友林颂吧。"

我拉下脸，恨恨道："不许提那人渣的名字。"

Aggie耸耸肩膀，凑到我面前："甜豆花和咸豆花都好吃，你可以今天吃甜的，明天吃咸的。但结婚不一样，你选择了甜豆花，就得包容它不咸的缺点。要在这上面打结绕不过去，浪费的可是你白花花的青春呀。佛系，多好的一个词儿呀。"

我不愿看这个戏精浮夸的表演，忍不住将头扭向了别处。窗外，仍然是一片灯火灿烂。住宅楼里的万家灯火、写字楼里彻夜通宵的白炽灯与街市上的灯红酒绿被搅碎，杂糅在一起，形成一大片奇异的色带，冷冷地镶嵌在玻璃里，仿佛融化了一般。

我突然很想念吴浩温暖的身体。

吴浩从苏州带回来各种各样的特产小吃，包括一整只肥腻的万三大蹄髈。我一面将它放进蒸锅里，一面抱怨道："这么大一只吃进肚子里，得增加多少卡路里呀？"

"卡路里是可以通过运动消耗掉的，要不待会儿我多吃些，我多运动运动就消耗掉了。"吴浩靠在我那用作隔离开放式厨房和客厅的酒吧桌上，单手抓着手机，眼睛盯着屏幕，随口回答道。

这话落在我耳朵里，却变了滋味。我拿着锅铲，娇嗔道："讨厌！"

他听我音调不对，微微一怔，抬头见我这番模样，倒也会顺水推舟，一个勾手，顺势便将我搂进怀里，热情的嘴唇狠狠地吻上，双手也不老实，开始四处乱摸。小别胜新婚的感觉，让我对他的反应格外满意，双手也不自觉地绕上了他的脖子，配合着他的动作开始扭动。

两人缠腻了一阵，智能的蒸锅不识时务地嘀嘀作响，提示大蹄髈已经蒸熟。我在他脖子上咬了一口，推开他便继续去折腾两人的晚餐。吴浩依然意犹未尽，一面打开一个零食罐子，一面说："这周末你们要加班吗？我爸妈让我喊上你一起去喝个茶。"

我想了想，如今快到年底，法院早就不安排开庭了，正是难得的清闲日子，便点点头，道："好呀，还是上次那间茶楼吗？"

"不是，是在老街那儿的那家龙凤，就是上次给我外婆过寿的那间。"

他说的龙凤酒楼我仅去过一次，是深圳久负盛名的高档酒楼，价格要高出寻常酒楼一倍以上。

"你妈妈不是说龙凤的菜又贵又不好吃吗，怎么还选那儿，是还有别的客人？"

"没有，"吴浩皱皱眉，"就我们四个。谁让它占了个这么好的名字，深圳人提亲、婚宴、办酒，都喜欢在那儿，贵点又能怎样？"

"好吧，"我一面用两双筷子夹起那滚烫的大蹄髈，一面玩笑着说，"那你父母约我去龙凤喝茶是什么个目的，要提亲吗？"

"应该是吧。他们说这事理应去你家向你父母提的，可你家不是在重庆嘛，最近去哪儿票都难买，就打算先跟你说说，过完年再补上这些流程。"吴浩漫不经心地说道，"你知道的，一旦春节临近，中国家长们就开始了他们大范围的催婚，不给自己子女安排交配任务，这年就没法过了。"

哐当一声，我一个没拿稳，那滚烫的蹄髈便落在了桌上的盘子里，溅得四周都是酱褐色的汁水。"你开玩笑还是说真的？"我见吴浩说得有鼻子有眼儿，一个慌神，竟有些失态。

"当然是真的啦，这事也能开玩笑吗？"吴浩从抽纸盒里抽了几张餐巾纸，一面擦桌子一面说。

"不是，"我有些气恼，嘴巴跟不上脑子里的怒气，有点语无伦次地说道，"这种事情你怎么能这样通知我呢？这……这不该是我们先谈好了，再见家长吗？我同意嫁给你了吗？你问过我的想法吗？直接越过我，就进入谈论婚期的流程了？这是打算搞我一个措手不及，让我临场发挥吗？"

吴浩又好玩又好笑地看着我，对我突如其来的怒火没有半点恐惧，揶揄道："火暴脾气的女律师，难道你不打算跟我结婚？"

"滚开！"我怒气未消，气嘟嘟地走到客厅里。"世界上就剩你一个男人了啊？我非你不嫁呀？你凭什么觉得我一定会嫁给你？你家选妃啊，就这么漫不经心，通知我中选了，我就得欢天喜地出嫁啊？"我越说越来气，我慎之又慎的婚姻大事，到了他那里竟变得如此轻飘飘。即便两人已经下定决心要走到一起，但完备的提亲程序才是令人心安的尊重。如此想来，竟有些不争气的眼泪开始在眼眶里打转。

吴浩见我当真要哭，也不敢再继续玩笑，端着那一盘大蹄髈，放在我面前，郑重地说："倩倩，是我没掌握好节奏，但没有半点不尊重你的意思。我当然是要先求婚的。你看，我连求婚的工具都准备好了。"

我看着面前那一只红澄澄、油腻腻的大蹄髈，哭笑不得道："你是打算用这么个大猪肘来求婚？"

他嘻嘻一笑，从旁边拿起一把水果刀，三下五除二便将那只蹄髈划开。酥软的肉一下子散得四零八落，他从中翻腾了半天，扒拉出一个满是油腻的戒指，上面不小的钻石被油渍糊了一层，却在灯光下不掩熠熠光辉。吴浩随意用纸巾擦了擦，单膝跪在我面前，带着笑意又显得有些紧张地说道："刘倩小姐，你愿意嫁给我吗？"

那一刻我心底有些感动，虽然彼此早已将这段关系往结婚的方向发展，可真到了这一刻，对方的心思与心意总是能够带来温暖的力量。我捏起那枚戒指，撒娇似的在他衣服上蹭了蹭，哼着气说道："哪有人把戒指藏猪肘里的？瞧这油乎乎的。"

他得意地说道："藏蛋糕里那都是老套路了，藏蹄髈里才叫创意。看我浪漫不浪漫？"

我轻轻踹了他一脚："浪漫个鬼，不过……有点可爱。"

"那你快说yes呀！"吴浩脸上的笑容比那蹄髈还油腻，一双清澈期待的眼神着实让人心动。

"yes。"我轻轻地说道，仿佛是不愿意辜负这夜晚浪漫温馨的气氛，又仿佛是为了摆脱大龄剩女过年回家遭到质询的压力，轻轻的一个发音，便将自己的下半生交代出去了。

龙凤酒楼是一间传统的粤菜馆，红底配金的喜庆色调，热气腾腾的蒸笼，永远鼎沸的人声，在深圳这座性冷淡风格的现代化城市显得尤为特别。为表示重视，我特意选择了一件浅黄色的翻领打底衣，外边套着一条藏青色的毛呢背心裙，配着深色的平底小羊皮靴，庄重大方，像极了一个要做别人家媳妇的乖乖女。

我不是第一次和吴浩的父母见面，只是从前都是以他女朋友的身份，这次似乎换了个身份。该怎么称呼呢，未婚妻？这个词在中国并不那么流行。吴浩的母亲，50多岁，在一所医院里做行政工作，头发梳得整整齐齐，微胖的身躯让她富态十足。

"倩倩这孩子，我打第一眼起就喜欢，漂亮，懂事，性格又好，一个人在深圳打拼，还很有成就，这可是多少男孩子都做不到的事情啊。"未来婆婆笑眯眯地对我一顿海夸。

这反正是场面上的废话，我礼貌地赔着笑，一面尴尬地说："哪里哪里。"

"我跟你叔叔都是江苏人，不过在广东住了三十几年了，算得上大半个广东人了。广东人讲究实际，我们也不是那种迂腐家庭的人，也就直话直说了。你跟吴浩的婚事，我们两个人都是非常满意的，年前我们把这个事情定下来，你过年回家跟父母商量一下，等出了正月，我们再亲自去你家跑一趟，以表示重视。"未来婆婆笑得跟观世音菩萨一样，满脸慈爱。

我表示一下谦虚，道："叔叔阿姨也不用这么麻烦，我爸妈过完年正好想来深圳玩一趟，到时候两家人一起坐下来，吃个饭见个面就好了。"这都是昨晚我父母的表态，我今天只是原封不动地复述了一遍。

"那也好，来深圳走走是对的，深圳好玩的地方多，还能去香港买买东西。要是年后过来的话，正好你们的新房也该交楼了，带着你父母去看看,就在龙华那边,是个大盘,房型也好,不到130平方米的面积,做到了四房,以后生两个宝宝都够住。"

我有点惊讶,新房的事吴浩从来没跟我提过。他父母来深圳来得早,以前还没限购时,就买了四五套房子在手里,曾经倒是说过,等我们结婚以后,将福田的一套二手房重新装修一下给我们住,这样我上下班也方便,怎么就突然变成龙华的新房了?

"阿姨,龙华的什么新房呀,吴浩没跟我说过。"

"这孩子,又想搞什么惊喜?"未来婆婆宠溺地瞪了吴浩一眼,解释道,"龙华现在可是深圳最热门的地段,前年的房价半年里就翻了快十倍,现在地铁也通了,以后价格肯定还得嚓嚓往上涨。福田那套房本来是准备给你们结婚用的,前段时间租客打电话来说,房子里生了白蚁,退租了。我们去收拾才发现,哎哟,房子里被搞得呀,乱七八糟的。索性就挂出去卖了,当周就被人买了,估计也是我们开的价格太低。收了钱,我跟你叔叔就琢磨,吴浩结婚可不能没房子呀,正好他名下没房子,就用他的名字首付三成,在龙华买了套大的,比福田那80多平方米的二手房可好多了。等过完年交房,我们卖房子还剩些钱,再好好装修一下,你们结完婚去住刚刚好。"

我心中一沉,暗想:江苏人的算计本事可谓是见识了,话说得又体面又好看。福田一套80多平方米的二手房,市场成交价至少在六百万,而龙华120多平方米的期房,总价也不会超过五百万,首付三成,大概也就一百多万。抢在我们领证前买,一方父母付首付,写的又是吴浩一个人的名字,根据新婚姻法的解释,日后如果我们离婚,房子百分百是判给吴浩的,我只能对婚姻存续期间内共同承担的还款主张补偿,对房屋的升值价值不能享有权利。当然,我本身也不是冲着他家房子去的,但让我生气的是,这个决定他们竟然完全没有问过我的意见。要知道,我毕竟日后也要一起承担房子的还款责任，这房子我是否中意，是否能满足我日后的生活需求，难道不应该提前问一下吗？我与吴浩又不是闪婚，两人谈了近两年的恋爱，怎么也算得上稳定的恋爱关系了吧？至少就目前的信息来说，我并不喜欢龙华那个片区，它会让我每天通勤的时间成本增加一倍以上。同时，按照深圳目前的房产政策，由于丈夫持有了一套房，我们婚后如果想买第二套房，首付至少在七成以上，这不等于变相剥夺了我首次买房可享有的优惠权利吗？

未来婆婆见我面色不好，眼睛转了转，嘴上继续说道："彩礼呢，我也是有准备的，但还是得先问问你的意思，你们老家那边对礼金有没有什么特殊讲究？"

"没什么特殊的讲究吧。"我心不在焉地敷衍道。

未来婆婆与未来公公互看了一眼，笑道："那就按我们的想法来，包个吉利的数字，188888。再买些金镯子、金项链什么的，改天我们一起去香港挑。结婚以后，你们想去哪儿度蜜月就去哪儿，欧洲、美洲、澳大利亚，还是什么爱琴海、土耳其、迪拜，所有的费用，我跟你叔叔都给报销，只要你们玩得开心就行。在深圳的喜宴呢，我打算就在这里办。虽然这儿土是土了点，比不上什么草坪婚礼洋气，可是有氛围呀，我们家那些亲戚朋友，都习惯了这种大圆桌的气氛，搞一道鲍鱼、一盅鱼翅，那价格可不比露天吃的西式自助餐便宜。"

未来婆婆说得舌灿莲花，倒平复了不少我心中的不满。真心来说，他家给的这些结婚条件，对于任何一个深圳中产家庭来说，都不算吝啬，我相信我父母也不会有什么意见，只是那种被算计了一般的难受，哽在喉咙里，咽也咽不下去。

饭后，吴浩开车送我回去。我沉着脸坐在车里一言不发，吴浩一边开车，一边用胳膊捅捅我，笑道："被新房子的事吓傻了吗？我本来打算装修好再告诉你的,都怪我妈嘴快。走吧,我带你踩踩盘去。"

他不提则已,一提我更加来气,怒斥道:"吴浩,你多大的人了,能不能不要整天玩这种幼稚的惊喜游戏?作为两个日后要共同生活的成年人,生活环境和家庭的财务分配,难道不是应当共同商量着做决定的吗?为什么连房子买在哪儿,什么样子,都完全彻底地绕过了我,这究竟是要干什么?"

吴浩对于我的怒气满脸惊奇,他用看神经病一样的眼神看着我。"你这究竟是要干什么?我只见过因为男方不买房发火的女人,哪有你这种房子挑好了、买好了、装修好等你去住,还能发飙的女人?倩倩,我现在严重怀疑你是不是得了婚前焦虑症。"

"什么婚前焦虑症,"愤怒之下,残余的理智倒是提醒我,自己发火的那些理由当真是不能拿上台面来与他人争论的,"我不喜欢龙华。我的单位明明在福田,我现在每天步行就可以到律所,可搬去龙华居住的话,每天花在路上的时间成本至少增加两小时。"

"像你这种每天步行上班的生活方式,在一线城市里本身就是一种奢侈。何况谁能保证一辈子不换工作,说不定下一份工作地点就换到龙华区了,新区现在发展多迅猛啊。"吴浩轻飘飘地说道。

"少来,好的律所永远都在CBD。重要的是,我不喜欢你们家这种瞒着我做决定的方式,尤其是你,买房这样的大事跟我一起商量,是对配偶最起码的尊重吧?"

"行了行了,我保证下不为例。"吴浩漫不经心地表态,嘴里咕哝着,"这也算不上是我们的决定,钱都是爸妈的,他们要买哪里,我还能说什么?"

我惊愕地看着他,方才在饭店时翻涌上来的那口血气在喉咙间噎得更深了。

第二章

算术是婚姻的第一堂课

回到家里,我简略地将今日与吴浩父母会面的情况跟 Aggie 讲了一遍。不一会儿,她花枝乱颤的笑声便从手机另一端传了过来:"姐姐我早有名言传世,身份未定时,婆婆就是一位慈爱的长者,一旦名分定了,婆婆便立刻成了对手。更何况,深圳这座城市嘛,自由、开放、包容是不假,不排斥外地人也是真的,可谁也没说来深前辈们不会对一茬又一茬来摘他们建设成果的后辈泛起一些些厌恶的酸水呀。这当中的微妙情绪呀,还有得你体会的呢。"丢开手机,烦厌的情绪缠在心头,我的胃里跟吞了烟蒂一般难受。

打从心底里,我从未认为两个人结婚,男方就天经地义地应该出钱买房。我希望自己家庭居住的首套房是由两家人一起凑的首付,小两口日后一起还贷。如今,吴浩的父母付了房子首付,我本应该感激他们对小夫妻未来生活的支持,可这一迅速而隐蔽的换房行为,无端端地让人有种说不出的难受。深圳高昂的房价,除了映照出这些年这座城市蒸蒸日上的发展,还映射着人心,将青年人买房时的狼狈境遇展露无遗。有房,便有话语权。房产在每个中国家庭中,都是力量的支撑。吴浩父母也正是掐着这个要害,在婚前就将儿子未来的家庭地位摆到我的头上。我站在出租屋明亮的落地窗前,双手抱胳膊,拢了拢披在肩头的羊绒围巾。眼下看来，最好的回击方式无非是趁着领证前，我用自己的名字买一套小公寓——作为婚前财产，也作为自己日后的退路。能选择的房子并不多，首先我没有太多的积蓄，低廉的总价和合理的租售比是两个绕不过去的硬性条件。

我拿出一张白纸，简单地算了算账。就以福田中心区来说，投资回报率最高的当属商务公寓。公寓的总价要比一般住宅更低，但要求首付五成、贷款以十年为上限，显然不适合我这种没什么积蓄的人。另一种是楼龄较老的小区，但过长的年限，要不拉低每月的租金，要不就意味着前期需要花费较大的财力和精力进行投资装修，显然也不划算。比较靠谱的，是我目前租住的这个小区，楼龄新，核心地段不愁租，是精装修的小户型，总价也可以接受。这个楼盘最小的户型是38平方米，总价大约在260万，月租金基本可以到4500。按首付三成也就是80万，公积金加商业贷款的模式供30年，每月大致需要还8700左右，抵扣租金后，自己还要供大概4200元。目前，自己的公积金每月有2500，那也就是说额外只要支付1700就行了。这样的还贷压力完全可以承受。不到两千的月支出，拥有日后大声说话的底气，是很划算的。那么，眼下就需要解决首付的问题。

工作四年，我手头的积蓄羞涩得很。粗略估算了一下，卖掉手头所有的股票和理财，可以有二十多万的现金，与首付金额相距实在很大。啃老，目前看来成为我的唯一选择。父母是重庆国营企业的普通员工，中规中矩的老实人，家里条件算是小康偏上。重庆物价低廉，工资水平自然也不高。老两口从来没有投资的意识，家里一套居住的房子还是二十多年前单位分配的。前年两江新区开发得如火如荼，还是在我的不断洗脑下，父母才在新区投资了一套养老的房子。如今新房还未交楼，两人手上也拿不出什么大钱了。唉，我深深地叹了一口气。宝玉哥哥说得真对,女人一旦结了婚,就浑浊龌龊得惹人厌了。我这还未嫁作人妇,就自己个儿里外算计了一番。一股前所未有的疲惫扑面袭来,我陷在柔软的沙发里,昏昏沉睡了过去。

第二天是大年二十六,律所提前几天放了假。我也买好了回家的高铁票。在车站,吴浩从后备厢里拿出了七八个礼盒,我匆匆看了一眼,大多是香港的坚果零食,鲍鱼干、墨鱼干之类的海产品。他笑盈盈地将那些袋子往我手里一塞:"这些都是我爸妈准备的,带给你父母尝尝。等过完年,你回来的时候,就是我老婆了。"

我心里还为房子的事情怄着气,嘀咕道:"重庆人哪里会做海味呀,给他们不是泡椒炒了,就是辣子火锅里涮了。"

吴浩微微一愣,哄道:"那也是老人家的一片心意嘛。"

"你爸妈一片心,这么十来斤的东西拎回去。等回来,我爸妈再还一片心,又是十来斤的重庆特产拎回来。他们的心意倒是平衡了,你倒半点也不心疼自己老婆。"我说话的口气像个小怨妇,带着撒娇的味道埋怨着。

吴浩搂着我的脖子,轻轻在额头上吻了一下,哄道:"好了,别闹了,我不疼你还疼谁呀。不仅疼你,这大过年的又得好几天见不着了,我想你了可咋办啊?"吴浩一边说,一边将脑袋往我脖子上蹭。若换作以前,我会很享受两人间这种亲昵的感觉。可如今我只觉得,我在鸡零狗碎的生活里挣扎,你明明看见,也明明知道,却来跟我出演风花雪月。

带着这一份心里头的较劲,我回到了重庆。父母倒是一副欢天喜地的模样,宝贝女儿终于要出嫁了。爸爸在厨房里准备年三十的饭菜,妈妈在客厅一面包着饺子,一面美滋滋地念叨着:"结了婚就是两家人过一家人的日子,你算计得那么清楚干什么?我看吴浩的父母挺好的,很为你们着想呀。房子写吴浩的名字,你住进去才能舒坦,难道住在他父母名下的房子里,你能更舒服?"

妈妈扭过头,冲着厨房大声说道:"老刘,吴家出了房子,我们是不是该赞助孩子一些装修的钱呀?"

爸爸擦着手走出来,将灿烂的笑容敛了敛,带了几分严肃道:"我看很应该啊,该多出点,省得说我们占了他们家的便宜,以后闺女嫁过去被看不起。"

"你们俩能省省吗?真有钱,就赞助我点首付,我赶紧买个小公寓,那才是自己的东西。"我赶忙拉住他们的妄念。

"那套房子怎么就不是你的东西了?那可是以后你跟吴浩一起经营生活的根据地呢。"妈妈显然是样板戏听多了,"根据地"这种词都能用上。

"可是人家父母老早就想好了,儿子享有房屋的所有权,让渡一部分使用权用来娶媳妇。所谓使用权嘛,就是个特别没保障的东西,哪天换个离婚证,那可就彻底镜花水月,跟我半毛钱关系都没有了。你们还出钱装修,日后是想让我拆个马桶走,还是刮走两层墙灰呀?"我在家里说话向来放肆,想到什么说什么。很多事情你不说透彻了,父母是猜不透的。

妈妈举起擀面杖,作势就要打,口中唾骂道:"你个瓜娃子,脑壳有包呀?大过年的,还没领证,胡说八道什么换证?我跟你爸过了三十多年了,也没换过证。这房子是当初你爸单位分的房,从来都是我收拾打理的,哪有你这么多歪门邪道的心思?我看你这律师做的,接触太多社会阴暗面了,搞得神经兮兮的。当初就该去考个教师证,每天接触的都是祖国的花朵,心态才能正常,才能阳光。"

两代人的价值观中间隔着鸿沟,我只好耐着性子劝慰道:"这个问题,我们讲道理好好说。我不是对自己的婚姻没有信心,只是没有做好最坏的打算,怎么去迎接最好的结果?我对吴浩父母这种仓促换房的方式有想法,也是被房产限购政策给逼的。你想,如果他们不用吴浩的名字买这套房,我们两个婚后一起再拼搏一阵,指不定就能凑出个三成首付来,那就是婚后财产,那房产才正儿八经是双方共有的。可现在吴浩名下有了一套房,我们俩再怎么拼搏,短时间内也赚不到合适房产的七成首付吧。那我就只能在这套房子里将就着住……"

"呸,130平方米的房子还叫将就住啊?你不如住天上去。"妈妈迫不及待地打断我。

"不是自己的房子,终归有寄人篱下的感觉。我以后跟吴浩吵架都不敢大声了,心里总会惦记着一根绳,生怕他一个不高兴,把我撵出去。"

"你们这些年轻人,我真搞不明白,结个婚算计得那么多。结婚是两个人彼此相爱,为了感情才结合在一起的。你这么算来算去,搞得跟菜场买菜做生意一样。"妈妈抱怨道。

抱着一份纯爱去结婚的女人,最后都死在了婚姻里。我突然想到了Aggie的这句名言,但终究不敢在父母面前讲得这么露骨,只好委婉地说:"感情是婚姻生活的融合剂,经济才是支撑起家庭的钢筋水泥。我要是跟吴浩没感情,根本就不会同意嫁给他,可感情这东西,不能换米换油换白菜呀,衡量幸福与否的尺度最终会落实在一次又一次的买卖结果上。"

"我看你就是思想有问题,还有拜金主义的思想倾向。我跟你爸过了一辈子,也没这么斤斤计较过。一家人一口锅里吃饭,有你一碗就有我一碗,少不了谁的。"

我看着妈妈,她当真是个幸福的女人。一辈子生活在重庆,遵循着与周边所有人一致的生活方式,稳定而简单,保存着自幼接受的朴素价值教育,从未受到破坏。我只好耸耸肩,放弃了劝说,语重心长地总结道:"并不是人心随着时代变坏了。只是现在一线城市一套房的价格,超越了普通劳动者一辈子的劳动报酬总和。所以对待房屋所有权问题的时候，应该是怎么谨慎都不为过的。哪怕用稍显恶意的尺度去揣测人心，总好过到头来，自己两手空空，叫天不应叫地不灵。"

妈妈没想到我还能说出这么具有哲学色彩的话来，立刻投来了几个赞许的眼神。但她终归对一线城市的生存压力无法感同身受，所以始终反对我独自买房的决定。在她朴素的价值观里，我们既然没有想占亲家便宜的意思，就没有必要为了这么个房子归属的问题，搞得两家人心存芥蒂。毕竟作为女方家长，总是会担忧出嫁的女儿在婆家受气。不过，经过讨论，他们俩也不再坚持要为新房提供装修的资金支撑，而是在吴家给的十八万彩礼的基础上，再添一倍，凑成三十六万给我当作嫁妆。

爸妈的决定让我眼睛一亮，如此一来，我距离八十万的首付就只差了二十万。当然，这笔嫁妆款是给婚后小家庭过日子的，我挪用当作婚前买房的钱是否合适，的确存在争议。不过既然这笔钱放在了一个叫作嫁妆的名头下，那我至少享有暂时忽略道德瑕疵的权利，先解决眼下的问题。

二十万，是个尴尬数字。它大约是我一年半的工资总和，并没有多到令人骇然的程度，却也不是一时半会儿能轻易拿出来的。解决的途径有两个，一是找相熟的亲友借，二是找信贷公司做无抵押贷款或者消费贷之类。但无论哪一种，都将使我在未来至少两年的时间内，承受巨大的经济压力。我翻出手机里从未点开的贷款广告短信，又比较了一下各个银行的短期借贷利率。粗略计算了一下，要补上这二十万的资金缺口，每个月大概需要偿还的金额，再加上供楼的金额，正好与我的工资收入持平，持续三年。我躲在从小住到大的卧室里，小心翼翼地计算着每一笔可能的收入，发现最终还是难以为继。或许婚后我可以花吴浩的钱，但这个念头随即被我摁灭。且不说他供了目前的房子后，还能剩下多少钱，就冲着我买房本就是为了能自立，最后搞得连日常开销都要依靠老公，这行为与目的本身就是相背离的。

或许以这种心态去买房本身就是个妄念。我躺在床上，熟悉的气味让人有种异常安心的感觉，算数本就不是我这个文科生所擅长的，大量的数字所带来的疲惫感令我很快就进入了睡眠。梦里，有雾气迷漫的嘉陵江、岁月沉淀下的黄葛树，浓浓淡淡像一幅水彩画，里面传来久违的小贩叫卖声。我循声追去，沿着瘦长的山梯爬了很久，再一转身，水彩画变成了霓虹四射的灯光，是深圳熟悉的灯影。我吓了一跳，脚下一个没踩稳，便从数十级高的台阶上摔了下来。再后来，我醒了，睁着双眼，望着黑洞洞的天花板，再也无眠。

我不知道这个梦象征了什么。作为在外闯荡漂泊的游子，感到孤独、害怕以及寂寞，于我早已是家常便饭。可面对应该将我引入稳定生活状态的婚姻，我竟感受到前所未有的不安定感，以至于这么拼命地想去抓住房子或是金钱——一切能让我感到心安的东西。明明我要嫁的人是自己所爱的，明明他家境优渥，我们感情稳定。或许，这当真就是婚前焦虑症吧。

我心仪的小公寓终究没买成。我自小就不是一个果决敢豁命的人，二十万便足以试验出我骨子里的怯懦。

抹消了这个念头，两家人在年后一个春光明媚的日子里，欢欢喜喜地将婚期定下了。在最后一批紫荆花落之前，我和吴浩领了证，完成了法律手续。我们选了最贵的摄影套餐，趁着清明假期，去普吉岛拍了一整套水下婚纱照。在清澈的海里，蓬松的裙摆在小腿处绽放，我笑得像幸福极了的人鱼公主。然后又在凤凰花盛开的一个黄道吉日里，吴刘联姻的喜宴在龙凤酒楼里大摆了四十多桌，亲友一个接着一个送上千篇一律的祝词，我喝王老吉都快喝醉了。笑得最油腻的是那个美艳伴娘Aggie，她死拽着我的新娘捧花，让我压根儿就没有抛出去的机会。在她的淫威之下，吴浩兄弟团里七八个样貌清秀的未婚男子都加了她的微信，她给出的理由统一是：万一待会儿新娘喝多了，我一个人弄不动她，你可要来帮忙哟。

潮湿的回南天刚过，龙华的新房顺利交楼了，而我也退了福田的出租屋，暂时住进了吴浩父母家里，一面装修新房，一面学着做一个新嫁媳妇。关于新房的装修，吴浩没什么特殊的要求，也没什么想法，我抱着不出钱少开口的心态，一并儿丢给了装修公司。只在空闲的周末，陪着公公婆婆前去买买东西，催催工期。

所谓岁月静好，大致就是这个模样吧。

第三章

升职还是生娃

办完喜宴回来,我带着一大包包装精美的喜糖分发给律所同事。律所的同事大多都是长辈,一面客客气气地收了喜糖,一面打趣道,明年的新年利是又省下一个咯。我笑盈盈地接受了每个人善意的祝福,又堆起满脸笑容,敲开了包主任的大门。包主任今年40多岁,是律所合伙人。他年轻时做诉讼律师,大大小小赢的官司不少被写进了教材里,积累了不菲的名声和财富之后,开始以顾问的身份参与各类商务谈判,据说一年的代理费在八位数以上,是全律所偶像级的存在。为人确实低调且勤勉,律所里大大小小的事情,他永远是最上心的那一个。

我恭恭敬敬地将喜糖放在宽阔的办公桌上,一面赔着笑容,一面小心翼翼地道:"包老师,我结婚了,请您吃喜糖。"

包主任脸上微微抽搐了一下,随即便被浓厚的笑意掩饰了过去:"哎,我们律所第一美女刘倩就这么嫁人了。这么大的好事,今天才来汇报,搞得我连个礼物都没准备,该批评。"

"包老师的祝福就是最好的礼物了,当真收了您的贺礼,别的同事可得把我嫉妒死了。"我谄媚地回答道,心想:我跟吴浩又不是闪婚,所里谁不知道?清明多请了两天假,写明了是去拍婚纱照,也是你亲自批的。这糊涂装的,真是无趣。但女性结婚本身便是职场上敏感的话题,我自然得提着精神，管理好自己的面部表情。

"来，别站着，坐下吧。"包主任指了指面前的椅子，笑盈盈地说道，"这么快就结婚了，确实出乎了我的意料。你一向做事积极认真，业务能力也强，在律师行业，浑水摸鱼的人很多，但最后能做出一定成绩的，都是那些踏实靠谱的人。"

我来不及细细琢磨他话里的意思，只好凭着直觉赶忙表态："谢谢包老师夸奖，我还有很多地方需要您的指点。结婚了，我没有半点做全职太太的想法，反而觉得压力更大，更要好好努力工作，赚钱养家。幸好家里人也很支持我的工作。"

"这也是嘛，你这么好的专业背景，要是当真回家歇着，那就太浪费了。"包主任笑脸上闪露出一丝怡然的神采，"你也知道这两年律所发展得还算不错，正是你们年轻人大展身手的好机会。年前，所里的一个老客户，也是我多年的朋友了，是做融资整合业务的金融机构，跟我谈了一个项目，他们刚好接了一个破产重组的项目，是深圳这边的一个上市国企打算收购内蒙古的一家风能发电企业。客户负责资产清算和重组后的融资，我们担任破产重组委员会的法律服务方，主要就重组计划向资金方提供法律服务，后期也可能会介入别的法律服务。我知道你硕士的主修方向就是企业破产重组，正儿八经的科班出身，这几年在所里，接触的大多是商事案件，破产重组这样的大机会可不容易遇到。我意向由你全程跟进这事，全案目前预估了5000个小时的工作量，是块不容易啃的大骨头呀。"

我心里一阵一阵地澎湃。能全程跟进一个破产重组项目，这几乎是每一个商法律师梦寐以求的大好事，现在竟然跟天上掉馅饼一般砸在了自己脑袋上。我迅速评估了一下整件事情，律所规模不算太大，全所注册的律师大概有二十名，能够接到这样的案子，单凭所里的力量是做不下来的，应该还与其他大所有合作，甚至过去只是打个下手、分杯羹的角色，因此所里的老人们不愿去，这才选中了我这么个后补力量。但这对我来说仍算是一件大好事，全程跟下来，即便最终落在手里的剩不了几个枣核儿，也是一次难得的学习过程。我唯一担心的是它的时间。5000个小时的工作量，意味着至少一年半以上的出差，而项目地在内蒙古，与深圳南北相隔，飞机时长四个多小时。作为律师团队里的小喽啰，我必然没有异地工作的特权，大概率是个全程驻守、间歇性回深开会报告的节奏。若是刚刚毕业的独身青年，这自然不是大问题，可我如今身份已改写成了已婚，吴浩的意见就不能完全不管。他会支持和新婚妻子长时间异地而居吗？

包主任看出了我心中的喜悦和犹豫，慢条斯理地说道："这是个大决定，你别先忙着答应或是拒绝。毕竟生活当中，除了工作，还有很多别的因素需要考虑和权衡。你若是破釜沉舟，下定决心要接下这个项目，我相信将是你职业发展上一次重要的机会，我个人乐于见到你做这个选择，也相信你一定能完成得很好。但如果你或者你的家人有别的打算，所里也能够理解，并且尊重你的决定。毕竟5000个工作小时在内蒙古，换作一般的男同志都很难吃得消。"

这番话的信息量太大了，不愧是纵横职场数十年的铁嘴皮，不动声色地就将压力全部释放到了我身上。若选择不去，既是辜负了领导个人的信任，又是在工作和家庭的平衡中，牺牲掉了工作。更可怕的是，刚结婚便推辞了出长差的机会，对于一个女职工来说，这基本暗示着自己即将要投身家庭经营和生儿育女的重任中。在现代职场里，这个信号一旦被放出，其危险程度不弱于你上班时间投简历被老板逮个正着。

况且，若是盘问初心，我是很想去的。

吴浩家里的夜晚，总是弥漫着一股安逸的味道。婆婆常年在医院工作，极重视养生，虽是江苏人，一手老火靓汤煲得堪比广东婆子。公公年轻时得过一场重病，病愈后仍以养病为借口，推了所有的宴请活动，成为同辈公务员中的一股清流，在竞争对手们个个因作风问题、健康问题倒下时，一路顺遂地走到了正处级的实权岗位。我和吴浩坐在沙发上，详详细细地将今天包主任的话复述了一遍。

吴浩半晌没有反应，用求助的目光看了公公一眼。公公放下手里的《深圳特区报》，思索了片刻，缓言道："难得你们单位这样看重你，是个难得的机会。"

公公的话还没说完，一直在厨房切水果偷听的婆婆一个箭步便冲了出来。沥水的果篮滴答着水珠，落在她一向珍视的毡毛地毯上。

"什么好机会呀！你可别被你们领导骗了，去出差这么久，他有没有明确说升职加薪的问题呀？一两年在外地，哪个单位不得有明文政策，提了再去或者回来必提啊。"婆婆在行政岗位上做了二十多年，对这一套手段倒是异常敏感。

"妈，你那是体制内的规矩。倩倩是企业，两者不一样的。"吴浩见我尴尬，帮忙解围道。

"什么不一样，只要是打工赚钱吃饭的地方，这套规矩哪里都一样。"婆婆见儿子反驳自己，语气有些着急了，"而且夫妻两个异地这么久，还怎么生孩子？"

见她终于说到重点上了，我只好闷不作声，随手拿了一个刚洗好的车厘子，塞进嘴里。

这下连吴浩也不出声了。婆婆坐下来，好声好气地说："倩倩，妈不是催着你们要孩子。我懂你们年轻人想顺其自然的心态，可顺其自然并不是意味着先放这么一两年什么也不干呀。你跟浩浩，现在正是生育的黄金年龄，这个年龄上要孩子，对小孩的健康、对你自己身体的恢复都是最好的。我在医院干了一辈子，见多了大龄的妈妈，要不是怀不上，要不就是怀上了难产生不下的。更不要说那些什么唐氏儿、妊高征呀，大个两三岁生，婴儿和孕妇发病的概率都噌噌地往上涨个百分之十几。女人的30岁，是具有医学意义的槛，二十几岁生孩子和三十几岁生孩子，差别是看得见的。"

见她说得越来越骇闻，我解释道："妈，我这不也还没到30嘛。等这个案子做完，满打满算，也才29岁嘛。"

"那备孕也要时间呀，谁能保证马上就要得上。怀孕还有九个多月呢。而且这还只是第一个，现在大家都要二胎了。万一第一胎是剖宫产，第二胎怎么着也得缓个两三年才能要，那时候可就过35岁了。35岁的孕产妇，那直接属于高危产妇，没副主任级别的医生都不敢接生。"婆婆不愧是行政老手，一番道理说得有头有尾。

我转眼看了吴浩一眼，皱皱眉头，让他帮忙说个话。吴浩放下手机，笑嘻嘻地玩笑道："妈，你还说你不催着要孩子，这第一个都还没有，就想着二胎了。你还这么年轻，着什么急要做奶奶呀。"

"你个臭小子懂个什么？"婆婆斥责了一句，又继续说道，"倩倩，现在年轻人要拼事业，女人也不该只一味地待在家里相夫教子。妈支持你的工作，也支持你们在职场上实现自己的价值。可现在的问题是，这两年恰好是一个关口。工作的机会，错过了这个，还会有下一个。可年纪是不等人的，我们每一天都在衰老，趁着年轻生孩子，这可不是什么陈腐的老思想。你想想看，这么一个大项目，又在内蒙古，前前后后现在说是出差个一年半，可万一事情出现个僵局，没有两年做不完。内蒙古那个地方我去过，风大又干燥，你自己一个人在那边，吃得肯定不好，没有家里汤水滋养着，身体也是受不住的。真等做完了，回来再调养个大半年身体，那时候可不就光我一个人着急了，你自己也该急了。可那时候急又有什么用？青春可是谁也补不回来的。更何况，你们领导跟你光谈些虚的，升不升职呀，加多少薪水呀，一点儿准信都没有。当然，我也明白做领导的心思，很可能是在你回来之后，觉得你经过大场面的历练了，到时间可以提拔了，但那时你又说自己要去生孩子，你让领导怎么想？接着就是怀孕、产假，一下又是两年过去了。那你好不容易积累下来的资历，可不就白瞎了吗？我做了这么多年的行政工作，深深知道女人在职场上混，比男人难得那不是一星半点儿。其中最难熬的，不是你怎么做，而是你怎么选，选择在什么时机做什么事情。倩倩，你相信妈妈一句话，这时候去拼事业，不是好的时机。就该趁着年轻，把该做的事弄完了，然后再一心一意、心无旁骛地去实现自我价值。"

婆婆一下子说了很多。不得不承认，即便她的出发点是希望我能早点给吴家添个孙辈，但她所说的仍然是有道理的。我低下头，默不作声。

一旁的公公见状，制止了婆婆的滔滔不绝："这是人家小两口的事，你在旁边添什么乱，有人问你的意见了吗？"

我赶忙说："妈妈说的很对，今天领导跟我谈话时，我也想到了这个薪酬的问题。按照所里的规定，跟项目是有一定比例提成的，出差也是有补助的。我现在正在往独立办案律师发展的关口上，哪怕就是跟去打个杂，这个机会对我都是很难得的。但是妈刚才给我的提醒也很及时，我现在的年纪的确有些尴尬，即便现在不着急要孩子，真的等项目做完，就得赶紧了。可那时候，所里肯定希望我能够趁着熟悉流程，再做几个类似的案子，我那时候却要去怀孕。从一定程度上说，的确不是什么好时机。"

公公点点头，说道："你能够听进长辈的话，这个很好，也证明了你对这个事情不是一时盲目的冲动，是经过了深思熟虑的。我不干涉你们最后的决定，对于这个事情，我的意见很简单。深圳现在的发展势头，在全国都是名列前茅的，机会也要比内地很多城市多很多。你看着去内蒙古是个好机会，但同时也需要考虑：你毕竟是要去一个内地欠发达的地区，离开深圳两年，你错过的机会中有没有比这个更好的，比这个更有助于你未来发展的？这些应该是你需要考虑的时间成本和机会成本。而且我也有些担心，那里的做事方式很可能会让你这样一个法务工作者感到不适应。投资方派律师团队过去，主要是想盯着整个事不要出什么法律纰漏，但真正能够把整个事情运作起来的，恐怕不是你们这些深圳的专业律师，而是由破产企业聘请的在当地有很深关系网的二流子律师。那么，从这个角度来看，你从中真正能学到、积累到的经验，又还剩下多少了呢？"

公公简略深刻的分析让我有种醍醐灌顶的感觉，看来我之前真是将事情看浅了。职场上，没资没历的人从来就不该相信天上忽然掉下来的馅饼。如果有一天，当真被砸中了，首先应该想想，这个饼，是不是被其他人挑剩下的。

趁着吴浩去洗澡的时间，我坐在床上一面往身上捯饬着香腻腻的润肤露，一面将整个事情细细捋一遍。机会仍然算是个不错的机会，至少值个70分，毕竟能跟一遍破产重组的流程，是许多商务律师一辈子都遇不到的大事。所里能把这个机会给我，大部分肯定是源自对我前些年所做工作的肯定，另一方面，所里也的确没有更合适的人选能跟得动这样一个跨地域的项目。当然，如果我用更加狭隘的思路去揣测包主任，他试探我在近期内有没有生育计划的意图，恐怕也不是没有的。再看吴浩家里，公公婆婆的话不能说毫无道理，但他们的立场是高度一致的，都反对我接下这个项目，更希望我留在深圳，最好能够在这一两年内完成生育任务。这种想法也算是在情理之中，毕竟在整个事情里，被牺牲掉的仅是我个人事业发展的可能性。

　　工作和家庭像极了两扇沉重的大石门，缓缓向我逼近。它们尚在远处时，对我来说，只是两个异体的存在，毫无感觉，但一个晃神间，两扇门便压到了跟前，挤得我呼吸都觉得艰难。我竭力想抵住来自其中一边的压力，却感觉背后空洞得发凉，毫无依靠。其实，我只要在意一个人的意见就够了，那便是吴浩。

　　吴浩洗完澡，光着上身走进屋里，紧绷的肌肉上还残存着洗澡水的湿润。他跳上床，往我抹着润肤露的手上蹭，一面嬉笑着说："给我也涂点，我也要肉肉香香。"

　　我今天哪有这般情趣，只粗暴地将他一脚蹬开，低声斥道："走开，知道我心烦，还跟个没事人一样。"

　　吴浩毫不在意我的态度，一面套上睡衣，一面哄道："你也别被我爸妈一下给唬住了，要是这机会当真好，你就去。反正他们也表态说不干涉你的决定嘛。"

　　"你支持我去内蒙古？"我有些惊喜他的态度。

　　"那是你自己的选择，我干吗要反对呀？"他的态度更像事不关己，高高挂起。

　　"那你不想赶快生个孩子？"我试探性地问道。

　　"怎么不想，播种乃是雄性哺乳动物生存的第一要义。"他已经套好了长睡裤，"但我总不能勉强你给我生吧。"

　　"我们也没商量过究竟什么时候要孩子。"

　　"也是。要不我们商量一下，你想什么时候要？"他将问题又抛了回来。

　　我有些哭笑不得，一团怒火在肚子里孕育发芽："你什么意思呀，我去内蒙古你不反对，不反对是不是支持呀？什么时候要孩子，这不是废话嘛。要是我去内蒙古,那就两年后再要,要是我不去,那现在就可以要。你究竟是什么态度,究竟是支持我去还是支持我留下来?你把话给我说明白了。"

吴浩为难地说:"我支持你的决定呀。你要决定去了,我们就过两年要孩子,你要是怕过两年年纪大了不好生,那我们现在就要。我说错什么了?我没有强迫你去做你不愿意的事情呀。你的意志就该是你的决定,就是我的态度。"

这还算半句人话,我心里的怒火隐隐消散了一些。为了缓和刚才紧张的气氛,我嗲声嗲气地说:"假设我决定去了,你打算怎么支持我呀?"

"那我就忍两年欲求不满的痛苦。"他做出痛苦的表情说道。

"那假设我决定不去呢?"

"那我就奋发进取,夜夜耕耘,直到精尽人亡。"他得意地说。

"就这么支持的呀?"我对他的表态很是不满,看他那神情又不似在开玩笑。

"那我能做的也就这些了,还要怎样呀?"

"比如你父母的工作谁去做呀?我这过门还没满一年呢,就逆着二老的意思行事,他们对我不该有什么想法啊?"我举了个例子。

"这我可做不了,你看到了,我从认识他们起,他们就这么强势的。在这三十年间,我从来没有成功改变过他们的想法。"他认真地说,又补了一句火上浇油的话,"何况这是你做的决定,你要在意他们的想法,那你做决定的时候,就该想好怎么做通他们的工作。我一个做儿子的,帮媳妇说多了话,不是激化矛盾嘛。"

刚刚扑下去的怒火,噌噌地又冒了起来,很快就升腾到了脑门上。

"吴浩,你听听你自己说的这叫人话吗?他们可是你的父母,我尊重他们的意见完全是因为你的缘故。你这时候倒往外摘了,行,那我想干什么就干什么，你们谁也别冒出来叨叨！"

"你想干什么呀，你想干什么谁又能拦得住你？刘倩，我也不明白你在发什么火。我觉得我已经比中国绝大部分的丈夫都要开明了，我百分百地尊重你选择的自由，完全没有强迫你为了生育放弃掉自己的事业发展。你还有什么不满呢？"吴浩也有些不耐烦了。

"你是没说什么，该说的，该给的压力，你父母都帮你说完了，到你这儿你当然可以做一个纯粹的好人。对你爸妈一句话打发，是刘倩自己的决定，我也没办法；对我也是一句话，我尊重你的选择，所有选择的结果你自己承担吧。不就是这个意思吗？"

"事实就是这样啊，我改变不了我爸妈的想法，也不想去改变。我也不干涉你的决定，因为我认为你是一个成年人了，当然应该对自己所做的每一个选择都有成熟的考虑和对后果的预判，非得把我拉上是什么意思？"吴浩义正词严地说道。

我气得手指发颤，泪水在眼眶里转了半天，最终还是不争气地落了下来："行，你有理，真行。我是一个成年人，我所有的问题只要站在我自己的立场考虑决定就行了。你别忘了，我们已经结婚了，这是一个家庭。出长差也好，生娃也好，不是我一个人的事，是我们这个小家庭一起的事。"

吴浩一怔，似乎被我连哭带闹的场面惊住了。他无力地往床上一躺，胳膊搭在额头上，轻轻地说道："倩倩，我很累。我今天上了6个双节课，讲了整整12小时。回来还要管你和爸妈的情绪，我不是神，我也没这么大的能力，我就想安安静静地休息一下，你们能不能放过我？"他越是这么说，我哭得便越发厉害。

吴浩深深地叹了一口气，爬起来从背后抱着我，头低垂在我肩膀上，在我耳边呼吸着说道："你这么不想去，要不就算了。我也舍不得你。你看我们新婚燕尔,正是你侬我侬的时候,就被活生生拆开两年,我一定会很想你的,很想很想,心里想,身体也想。"一面说着,双手一面在我身上游走,不断地抚摸各处的敏感点。终于,我被他的动作燃起了欲望,转过身开始回吻他。两人的动作越来越激烈,在他深深进入我身体的时候,喉咙处不受控制地发出了一声声愉悦的低吟。要是他能进入我心里,看看我被那两扇石门碾轧的模样就好了。我忍不住地想。

性爱的欢愉有助于抚平一时的情绪低落,却对现实问题的解决毫无帮助。第二天,我顶着困乏的眼圈来到律所,还未等坐稳,便被包主任叫去了办公室。

"小刘,你高球打得怎样?"包主任笑眯眯地问我。

"高球?勉强算个刚摸了几次杆子的初级菜鸟吧。"我说的是实话,以我的经济水平,哪有那闲心思去练高尔夫。只是律师圈里都流行这个,我才跟着朋友去上了几次体验课,勉强算是把场上各种礼仪熟悉了一遍。

"摸过杆子就行,"包主任对我的水平本身也不抱什么期待,"你收拾收拾,一会儿跟我去观澜,正好跟内蒙古那个项目的几个老总见见面。"

"现在?"我被包主任命令式的语气吓住了片刻,心里纠结了一万遍,脸上跟便秘似的难看。

"怎么了,家里对你接这个项目有想法?"包主任和颜悦色地说,"没关系,只是打个球,你别有压力。今天打球的这几个人,在深圳也算得上是鳄鱼级的人物,认识他们对你日后只有好处,没有坏处。去不去内蒙古,回头再商量。"

"我不是这个意思,"领导这么提携自己,我哪里敢说什么难处,只好指着自己一身灰条纹西装和七厘米的高跟鞋,苦笑道,"您看我这身打扮,恐怕连球场都下不去。"

包主任瞧瞧我,笑道:"没关系,俱乐部里有商店,现场买一套行头就行了。"

上午10点的观澜湖高尔夫球场,晨曦清洌的味道还没完全退去。绿茸茸的草地像上等的丝绒毛毯一般,走在上面,透过鞋底传来令人身心放松的感觉。球场上的人不多,偶尔还有些跑跳穿越的小鸟,给这处梦境般的美地增加了许多生趣。我从来没有在这个时候到过球场,在我的概念里,此时应该正是一天中工作最忙碌的时候,不断闪动的电脑屏幕、快速敲击的键盘、略微散发着臭氧味道的打印纸才是熟悉的味道,我也以为那是所有人的工作日。

一起打球的几个老总,个个都是能言善道、左右逢源的人才,对我这样一个初来乍到、十次击球有八次带着泥的菜鸟选手,不仅没有瞧不起,还时不时地夸奖几句。

"老包,刘小姐这个球打得可比你好多了。"

"刘小姐果然冰雪聪明,一点就透。"

"刘小姐是中南财政毕业的呀,我的另一个合伙人也是贵校毕业的,现在在华尔街搞上市,以后你见着了,得喊师兄。"

"你之前跟过洪氏集团的案子呀。那小子我知道,拿了钱,说要盖楼,地和批文都拿到了,搞一半就跑去非洲挖矿了。"

林林总总,说是闲聊,倒更像是一场面试。但我出乎意料地享受这种面试的感觉,毕竟蓝天悠悠、白云闲闲的环境,胜过任何在写字楼里进行的逼仄盘问。这还特别容易令人对将来产生幻想,似乎自己当真变成了叱咤风云的女律师,每天打打球、扯扯案子,一个灵光闪现便为客户弥补了数以亿计的亏损,然后七位、八位数的代理费便能自动打到账上。这种感觉,怎么说呢,不恰好是我终极的理想吗?

包主任开车送我回去的路上,不停地称赞我今天的表现,用得最多的词是"游刃有余""撑住了场面"。我心知他下一句必然是"肯定能担负起重任，不辜负我的一番心血"，但他没说出口，我也心知肚明地装着傻。

"小刘呀，我刚来深圳的时候，这边跟我老家的田一模一样。当然，我山西老家田里种的是麦子，这里种的是水稻，但其他的感觉是一样的。我当时就在想，我颠簸四十几个小时的火车，从一个农村到另一个农村干吗来了？这种迷茫一直伴随了我整整两年，那两年里，我在工地扎过脚手架、在关口跑水货，还卖过益力多，你能想到的活我差不多都干过。然后我终于明白，背井离乡几千里，我就是来赚钱的。不仅仅是要赚每天的饭钱，我还要出人头地。这里拥有实现你一切想法的可能，但想做出事业，靠打零工可不行。我大学本科读的是农牧业，你想想看，这专业跟没文凭也差不了多少。我那时候认识了一个黑道大哥，从香港过来的。我问他，除了上街砍人，什么活最赚钱？大哥想了想说，律师。然后我就去做律师了。"包主任一面开车，一面跟我讲述自己的奋斗史。这几乎是他这个年龄的男人的通病，通过追忆往事，传输自己的价值观。不过他说得很有意思，我听得也很入迷。

包主任继续说道："深圳离香港最近，又是一个新移民组合成的城市，商业活动频繁，对法律概念吸收得很快。你看现在，满街随便哪一个创业公司盈亏还没持平呢，就先雇上了几个法律顾问，这是法治深入推广后才有的效果。做生意的人，谁也不想在法律问题上吃亏。可在十几年前，律师的活可没这么好干。我最初接的代理都是民事纠纷，什么夫妻闹离婚啦，包工头卷钱逃跑啦，最多的就是这种讨债的活。那些年，皮鞋跑穿了无数双，钱也没赚到几个。我一想，这也不是办法呀，就又跑去找那个黑道大哥。那大哥人也义气，跟我说，鸡毛蒜皮的活，赚的当然也是鸡毛蒜皮的钱。同样的时间，你啃树皮，别人啃黄油，到嘴里的滋味当然不一样。然后，他就帮我介绍了几个在深圳开工厂的港商，开始接港佬公司法务的活,审审合同呀,参与参与商务谈判之类的,赚得自然比以前多了许多,我开始觉得自己一辈子就应该这样过下去。也就是几年间吧,其中有两三个港商生意越做越大,产生的经济纠纷也非常大,发生了几起商事诉讼。他们信任我,将这几场官司都交给我处理,运气也不错,我都赢了。也就是从这个时候开始,赚钱,变得很容易。生活不再是从前的两点一线,突然变得丰富且立体起来。这个时候,我才想,以前自己对理想的目标是不是定得太低了。"包主任笑了笑,我在一旁也跟着笑了。"小刘,你是个聪明人,名校毕业的高才生,条件、基础比我那时候要好得多得多,只要自己不放弃,日后的成就一定会在我之上。"

我连忙诚惶诚恐地说道:"老师,你谬奖了,我怎么敢跟您相比?无论实力还是为人处世各方面的能力,我比您都差远了,而且我也没那么大的野心。"

包主任哈哈大笑道:"野心呀,很多人恐惧它,却不知道它才是理想最好的朋友。周星驰有句特有名的台词怎么说来着,人没有理想跟咸鱼有什么区别。在我看来,没有野心的人,才是一条正宗的咸鱼干,只会躺在那儿发臭。没有野心、没有拼搏的勇气,现在的深圳就仍是种满水稻的乡村。"

"是,您说的是。"他最后的语气已经带上了些许的不满,或许是不满意我没有野心的表态。

一路开车回来,宽敞通畅的高速公路两旁林立着现代化高楼,原本属于偏远的关外地区现在也是一副欣欣向荣的发展势头。我心中漾起一层接一层的热潮,包主任的话像鸡血一般注入了我的身体,让人一瞬间充满了斗志和力量。为了自己未来的发展,有什么战胜不了的困难!

我心中的天平赫然倾向了一方。

婆婆病了？

接下来的几天里，我过得格外轻松，且格外忙碌。每天直到深夜才回家，回到家里还得翻阅各种关于破产重组的案例资料，毕竟没有亲身操作过，只好靠熟悉文件来粗略了解整个过程。繁忙的状态让我躲开了婆婆不满的眼神，吴浩倒真的是没有过多抱怨。偶尔聊天，他关心的也只是深圳与内蒙古之间直飞航班一周有几趟之类的琐碎小事。

这一天是端午节，我提前收了工，顺路去超市买了几个粽子，又买了些菜，打算回去做几道好吃的，也哄哄婆婆欢心。还没出超市，吴浩的电话便打了进来："倩倩，刚才医院来电话，说妈上班的时候突然晕倒了。我现在赶紧先过去，你要有空的话，也过来吧。"

我心下一沉，心怕婆婆出什么危险，着急忙慌地便找车过去。正是下班的高峰期，路上拦不到一辆未载客的出租车，小费加到五十，竟也没有一个快车师傅接单。无奈之下，我只好去坐公交再转地铁。折腾了一个多小时，还没到婆婆上班的医院，又接到吴浩的通知，说他和公公已经接婆婆回家了，让我不用去医院，直接回家里等。

婆婆的脸色很差，一进门便直接回屋里歇下了。吴浩告诉我，今天早上婆婆就觉得胸口闷得慌，本来想请假在家里歇着，又想着工作上一堆事，还是咬咬牙去了医院，下午突然就在办公室里晕倒了。幸亏同事都是医生，七手八脚地把她扶去做检查，血压、血糖、心率都没什么问题，又去拍了个B超。同事看得仔细，发现婆婆的子宫里一个肌瘤比上次体检时增大了许多。推测也许正是因此，引起了继发性贫血，导致人突然头昏晕倒。

我的心放下了一半，子宫肌瘤对目前的医疗水平来说，并不算是什么大事。婆婆原本子宫里就长了几个肌瘤，这些年一直吃药控制。也许再过几年，等更年期过完，雌性激素水平降低后，肌瘤就会自然萎缩脱落，所以大家一直也没当一回事。我点点头，说："怎么好端端地突然增大了，那医生有没有说要怎么办？"

"周叔叔说具体的治疗方案，他们讨论一下，明天再说。"吴浩沉思了一刻，又说道，"也许是最近太累了。妈毕竟也是上了年纪的人，又上班又要操心那边房子的装修，一个撑不住，可不就倒下了。"

我心头一凛，脸上像被人狠抽了一耳光般火辣。

第二天，公公留在家里照顾婆婆。我跟单位请了个假，与吴浩一起去了医院。接待我们的周叔叔是这家三甲医院的妇科主任，三十多年的从医经验使得他那一张胖墩墩的圆脸，无端就让人产生信赖的感觉。他指着婆婆的B超片子，详细地给我们解说道："这几个肌瘤早就存在了，你妈妈一直通过吃药的保守治疗方式进行控制，这些年的效果也很好，一直都控制在30mm以下。但旁边的这一个，去年体检时，还跟别的一样大，可在昨天拍的片子里，尺寸就达到了45mm了，并且这个位置长得很不好，有发生肌瘤扭转的可能性。所以我们怀疑，正是这个原因，导致了你妈妈的头晕，如果再发展下去，接下来可能会产生腹痛、出血，严重的话，可能需要切除子宫。"

吴浩有些不解："周叔叔，我妈今年五十好几了，这肌瘤怎么还会长大？该不会是恶性的吧。"

周医生笑了笑，安慰道："恶性倒不会，这几个瘤子在肚子里待了快十来年了，要是恶性的，早就发作了。"他轻轻看了我一眼，继续道："至于为什么突然增大，这个有很多可能性，可能是因为最近过于劳累，又或是心情抑郁。我看你妈妈这段时间心情不是很好，之前还劝慰了她几句，儿孙自有儿孙福，不要太操心。当然啦，也不排除是由于更年期，体内激素水平紊乱，时高时低刺激了肌瘤的生长。"

"周叔叔，那现在该怎么办呢？继续吃药还是需要通过手术治疗？"吴浩着急地问道。

"手术当然是一劳永逸的办法，现在微创手术的技术也很成熟，一个微创手术，就能解决问题。但是考虑到你妈妈的年纪，术后的休养期将是一个大问题。毕竟再微创的手术也是在身体内部进行的，对体内造成的创口也是不可逆的。根据我的经验，一般术后三到七天可以下床行走，三个月之内是关键恢复期，得按照坐月子的标准，不能过于劳累、不提重物、不频繁弯腰、不做剧烈运动，在条件许可的情况下，尽量卧床休息。半年内是全面恢复期，要求就不用那么高了，保证充分的营养，保持心情愉快就好了。"周医生又看了我一眼，"我们医院的病假休养条件还是可以的，你妈妈在单位也是元老级的大姐，大家都会照顾妥帖。不过，单位照顾是一回事，主要还是靠家里人的配合。"

吴浩连连点头，说道："我妈在家也是皇太后级别的人物，没人敢怠慢她半点。"

周医生没有接话，第三次看了我一眼，又说道："除了直接进行手术之外，也可以继续用药物进行治疗。我再开一些调整激素的药给试试看，也许再熬个一年半载的，熬过更年期，肌瘤自然萎缩了，那也就少挨这一刀了。但是，鉴于你妈已经有了一次昏倒的经历，一旦发现药物控制的效果不好，就要立刻进行手术，不要再迟疑。你们也回去商量一下，看看究竟选择哪种治疗方案。"

周医生说完,又从桌子下面拎了一箱苹果、几挂香蕉出来,交到吴浩手里,叮嘱道:"我就不去家里探望了。这些水果你帮我带回去,让你妈妈好好休息,放宽心。"

吴浩连连推辞:"周叔叔,你帮我妈妈看病,我怎么还能收你的礼物呀,这不是让我回去挨骂的吗?"

"骂什么骂,我跟你妈妈同事二十多年了,一点香蕉和苹果搞得这么见外做什么?你跟你妈妈说,病人养病最重要的是心情。心情舒畅了,比什么药都灵验。"周医生第四次看了我一眼。

从医院出来,我试探着说:"妈这病到底要不要紧?子宫肌瘤是挺常见的妇科毛病,许多人跟了一辈子都安然无恙,怎么到了妈妈这个年纪,反而要开刀了呢?"

吴浩铁青着脸,语气不善地说:"要不要紧的,你刚才也听见医生怎么说了,心里还没点数吗?"

我被憋了一肚子,面上涨得通红:"你跟我发什么火呀?你妈的肌瘤突然增大了,又不是我害的。"

吴浩站在我面前,冷冷地将我上下打量了一番,忍了半天,泄气道:"算了,又没人说是你害的,早点回去吧。跟爸妈商量一下,看要不要动手术。"

两人一路无语,我委屈得像个旧社会的小媳妇,咬着嘴唇把眼泪狠狠地憋了回去。

婆婆对手术是持消极态度的,她认为还没有到非要手术的程度,这么多年都过来了,好端端地去肚皮上拉一刀,实在不划算。更重要的是,她有气无力、声音却异常尖锐地说道:"这种手术我是知道的,风险小、成功率高,可难就难在术后的休养上。家里剩两个大男人顶个什么用,饭也弄不来吃,床边连个聊天体己的人都没有。这么窝上几个月,非得窝病了不可,到时候再长出几个大瘤子来,再去割一遍,还不如直接在肚皮上装条拉链得了。"

公公皱着眉头,语气稳重地说:"什么叫两个大男人不顶用,真要是做了手术,家里除了现在定时做保洁的钟点工,肯定还得再找个保姆来照料,一日三餐,荤素搭配,肯定把你养得白白胖胖的。孩子们现在工作都忙,本来也是指望不上,净说这些没用的干什么?"

"你懂个屁!"婆婆一向以知识分子自居,言谈举止向来注意,这次可能是病急了,竟破例骂了一句粗口,"外人终归是外人,忙乎些杂务也许还行。术后休养,身心都要养,身体只是一部分,更重要的是心理上的恢复。我又是病在那个地方,跟你们两个粗糙爷们说也说不清,你们跟医生交流起来也不方便,媳妇偏偏又在外地。我还做什么手术,就这么耗着算了,哪一天熬不住,阎王要收人,你们谁都拦不住。"

公公黑着脸,一句话也没说。吴浩耷拉着脑袋,抬起头来看看我,又看看婆婆,勉强挤出一丝苦笑:"妈,你在乱说些什么呀。这只是小毛病,周叔叔今天都说了,让你一定放宽心,保持心情愉快。说不定这瘤子就被你乐观的精神打败了,自个儿就萎缩脱落了呢。"

"哼!"婆婆没好气地哼了一声,"保持心情愉快,你们谁能让我愉快?一个个地给我添堵,我能愉快起来吗?"

我坐在一旁的沙发上,半天也没有说一句话,偷偷看了一眼婆婆,她的脸这两天明显黑黄了许多。我不确定是因为平时她总化着精致妆容,还是她当真被折磨成了这般病容惨淡的模样。她的姿态也失去了往日的怡然自得,变得有点歇斯底里,与我之前对她的印象大相径庭。可能病人真的特别容易情绪失衡,哪怕遭受的只是并不太严重的病症。也可能,这才是生活本来的模样。我望了望窗外,小区里一栋栋的高楼,每一个窗户都透着温馨的或白或黄的灯光,是不是每个家庭都这样,把几个至亲至爱的人锁困在一处,又让他们为了各自的想法或者利益,相互死命地较劲。我心里浅浅地冷笑,明白他们都在等我说话,可我真的一句话也说不出来。这个家,又扭成了那扇巨大的石门,一点一点向我倾轧过来。而这次,我清晰地看见,吴浩变成了一张门神的贴像,牢牢地贴在门上。

几个人僵坐了一会,婆婆又喊头晕,让公公将她搀扶回了房里。吴浩仍然耷拉着脑袋,沉默了一刻,也起身回了屋里,留给我一个空洞的背影。

"老太太够可以的呀,牛掰啊,为了把媳妇留下来生孙子,敢把手术刀往自己身上招呼。这要是在当年上海滩,定能杀出一条血路来,弄个什么堂口的堂主做做,也是响当当一号人物呀。"Aggie 听完我的讲述,连最爱的雪顶绿茶都放下了,在那挥着双手,眉飞色舞地说着。

"你下半辈子的幸福还要不要了,能给自己攒点口德吗?"我斜了她一个白眼,叹气道,"我都快烦死了。今天可不是把你喊出来吹牛的,赶紧给支着。"

"支啥着呀,老太太这就叫,好言相劝你不听,逼我出手,老娘一招就灭了你。哈哈哈哈。"Aggie 越说越来劲,笑得像个神经病似的,"高手啊,这才是真正的高手!全程没一句话让你别去了,但每一字每一句都在昭告天下:你要还敢走,就是天底下最不孝顺的媳妇,以后我但凡有个头疼脑热、胸闷气短、刀拉肚皮的,都是你这该死的媳妇的责任。"

"你也别说得这么笃定,我觉得她这次应该真的是病了,医生都拿着那片子出来了,还能有假?唉,她真生病了,我还执意要去内蒙古,好像确实不太好。别人该怎么想,吴浩该怎么想。"我懒得理会 Aggie 的戏精发作,自顾自地苦恼。

Aggie像看白痴一样看着我："你没怀孕吧，怎么就开始傻了？瘤子当然是真的了，长她肚子里十年了，这个假不了。其他的嘛，都跟剧本写得一样。30mm到45mm，你知道这是什么概念吗，B超测量的误差都不止这个数。医院？她是医院办公室副主任，整个医院谁不听她的话呀，微微调整一下说辞就足够了。本来嘛，个体差异就大得很，医生的话从来都跟阅读理解题似的，得看你怎么解释。"

看着Aggie一副幸灾乐祸的模样，我实在气不打一处来，一个抱枕砸过去，斥道："你还有没有心啊，我都烦得要炸毛了，你还在笑。"

"一笑解千愁呀，妹妹，你也该多笑笑。不过说真的，家庭内部问题，拼到底就是看谁更狠，更敢无限地接近别人破碎的心理底线。"Aggie笑得云淡风轻。

我背脊上一阵阵发凉："你别说得这么瘆人，我寒毛都竖起来了。只是一些内部分歧而已，被你说得跟要生死相搏一样。"

"啧啧，妹妹呀，你就是没认识到这问题惨烈的本质，才会如此被动，把压力都往自己身上招呼。你看看吴家那几个人多精明呀，嘴上都说尊重你的选择，其实呢，这苦情、苦肉的戏码都上演了，绳索都套上你的脖子了，恶话愣是一句没说。可你真要敢走，这没良心、大不孝的罪名就坐实了；你若不走嘛，那也是你自己做出的决定，吴家可没毁你前途的意思，日后抱怨可轮不上他们。"Aggie一副恨铁不成钢的表情看着我。

我点点头："你说的这些我也明白，所以才为难啊，感觉进退都不舒坦。别光说吴家这边，老包那儿也没少给我压力。他可是出了名的黑熊精，心黑、手狠、脸皮厚，这一副笃定了要扶植我的态度，我这时候打退堂鼓，可不等于当众打他脸吗？未来再有什么好案源的机会，三年五年的也轮不到我。"

"那如果一定要你从吴家和老包中间选一个得罪呢？你会选谁？"Aggie眨眨眼睛笑道。

我苦笑着说："那还是得罪老包吧。毕竟换个工作的成本，还是比换老公的成本要低的。"说出这句话时，我心里难受得想滴血，像是自己放弃了多年来一直引以为傲的坚持，什么独立、奋斗、理想、自我价值，统统被抛在了脚下，被践踏入泥。

"但我真是不甘心的，明明知道他们希望我留下来是为了什么。这种感觉就像是，被生生剥了衣服，让人肆无忌惮地打着我子宫的主意。在我的认知里，生育是一件愉快的事情，即使不排在自我价值的后位，至少两者也该是并驾齐驱的。可现在，好像被人强行给高亮出来，我究竟是个生育工具还是个人？"我愤愤地说。

Aggie敛起了玩笑，温和地说："你要真这么去想，我倒觉得你有些钻牛角尖了。每个人站在各自的立场上，对事物的判断自然会不一样。你从自我角度出发，自我价值自然是第一位的。但对于吴家来说，你最大的价值就是生育价值，其次可能是你赚钱的经济价值，然后是你照顾他儿子的保姆价值。这三个都不好听，也没一个是你容易接受的吧，但很可惜，这是天然的事实，谁也没法改变。你当真犯不着在这个问题上过于纠结，有那精力，还不如想想怎么实现自己权益的最大化。"

Aggie说起道理来，简直像个社会学家。我泄了气，瘫软地说："你说得都对，大师，有什么化解的法子快教教我吧，我就快被这些执念耗尽元神，成为一具行尸走肉了。"

Aggie吸了一口面前的雪顶绿茶，水泡在杯子里咕噜咕噜直响，顽皮得像个孩童。

"你家老太太跟灭绝师太一般，出手就来玩命，道德制高点被占得稳稳的，山人也没有好计谋呀。"

"不好的也行，少这么多铺垫。我快被欺负死了，窝气！"我愤愤道。

"我提供几个解题思路啊，具体怎么操作，你课后自己琢磨。"Aggie摸了摸下巴，半严肃半玩笑地说道，"上策是个拖字诀。你回去跟他们说，内蒙古还是照常去，不过经过不懈的努力和斗争，将出差时间从原来的一年半，争取到了半年以内。半年应该是个大家都能接受的时间，先稳住婆婆的情绪，人去了再说。等半年之后，再找些事情没干完呀，正是最关键的时刻、下个月可能就能回去之类的理由，一个月两个月地往后拖。那时候你人在北方，天高地远的，婆婆想要作妖也作不到你身上。"

我沉思了片刻："这就算上策啦？把问题往后拖，看似是个解决的法子，可这拖字诀里，消耗的可是我跟吴浩的感情啊。而且这法子，前期骗人，后期赖皮，我自问是没这心理素质的，还是比较适合你。"

Aggie撇撇嘴，不以为意道："我料你也使不了这个。那看看中策，叫转字诀，关键点是将矛盾和压力转移到别人身上。比如你那个佛系老公吴浩。"

我眼前一亮，追问道："这个好，具体说说。"

"说到底，什么时候生娃，就该你和吴浩商量好就行，轮得到别人多嘴多戏吗？你家婆婆弄这么多事情出来，核心问题不就是吴浩没扛住嘛。全程连个身影都见不着，风大雨大地都往你身上招呼去了。"Aggie愤愤不平道，"所以呢，我这转字诀，就是要把缺位的吴浩给转到前台来。你回去可以跟全家人表态，自己也不是非去内蒙古不可，但不去，钱肯定是少了一大半。吴浩一个做培训的，一个月赚的钱够供房就不错了，以后生孩子花钱的地方海了去，他不考虑，就只能你出去努力赚钱啦。如果要你留在深圳生娃，那就请吴家考虑，是不是给吴浩换个待遇高点的工作，那你才能安心生娃，对不？更何况，吴浩文凭、能力都不缺，他爸爸又有资源，凭什么让他成天不思进取，晃里晃荡的？他爸妈宠着他纵着他，那是他们的事，你一个做老婆的，凭什么把老公当亲生骨肉养啊？逼一把，踹一脚，哪怕他往前爬几步，对你们俩的未来总归是有好处的。"

Aggie 的这个想法倒是挺对我胃口的。我对吴浩的状态始终不满，他太甘于现状了，明明可以有更好的发展机会，却因为害怕压力不去尝试。也正是因为长时间处于这种佛系的状态里，让他对周遭发生的所有事都形成了无所谓的、反正我也左右不了什么的心态。"这个法子倒值得一试。即使去不成了，也该多给自己争取些东西，不能白白做出牺牲。"我赞许地点点头，"那还有下策是什么呢？"

Aggie 狡黠地笑了笑："这个我觉得对你来说就太超纲了。这叫作杠字诀。反正他们不是都说尊重你的决定吗，好呀，我的决定我来做，别的什么因素都看不见听不着，该出差出差，该回家回家，想什么时候生娃就什么时候生娃，就是这么无情无欲，抛弃一切杂念，跟他们杠到底，有本事还能离了不成。"

我呵呵冷笑了一阵，已经拿定了主意，对 Aggie 笑着说："这个杠字诀你留着自己用吧，我看日后你怎么跟婆家抛弃七情六欲，成为一名真正的钢铁女战士。"

Aggie 冲着我妩媚一笑，满树的紫薇花因这一笑而黯然失色。这个妖精般的女人，即便三春落尽，花至荼蘼，也仍减不去她的风韵半分。

晚上吃过饭，我给大家切了一盘哈密瓜，认认真真地说道："我这两天想了想，妈现在身体不好，身边最是需要人照应，我若是这个时候去内蒙古，就算在外头待着，也很难好好干活，心里头总牵挂着家里。"

大家听我这么一说，眼睛纷纷一亮。婆婆喜滋滋地说："倩倩真是个懂事的孩子，没白费妈一直将你当亲生闺女看。"

我笑了笑，拿起一片哈密瓜递给婆婆，笑着说："其实我也不想去那边吹风吹沙子的，可是干活吃饭，终归还是看在钱的面子上。我今天问过人事了，5000个小时的工作量，按照我现在的资历，所里大概会给到我每小时120左右的劳务费，这么一个项目做下来妥妥的就有五六十万，还不包括出差补贴。您说我能不动心吗？"我偷偷瞥了一眼婆婆，她眉心果然微微一跳，我继续说道，"但是这钱再多，也抵不过妈您的身体健康重要。可我也有我的难处呀，您看看我们家，我若是放弃了这个机会，三五年内，只能靠这点死工资过活，家里的经济重担就靠吴浩一个人。可是您看他，好端端的工程设计专业不干，偏偏去做英语教师，培训老师一年才多少钱呀。每个月的工资还完咱们那套房子的月供，就所剩无几了。这马上要孩子的话，家里一点存量都没有，我可怎么安心备孕呢？"

婆婆眉头一皱，含笑说："你这真是操心过头了，以咱们家的条件，至于连个孩子都养不起吗？你放心，这话我先放这儿了，无论生的是孙子还是孙女，我这个做奶奶的要钱出钱，要人出人，你不要有顾虑。"

"妈，这是两回事。我跟吴浩总不能一辈子靠着您和爸爸。生了孩子以后，若是连奶粉钱都掏不起，还算什么爹娘？再说了，您的身体已经不太好了，怎么经得起再这么操劳？"我义正词严地说道。

吴浩在一旁不爽地插话道："好端端的，扯上我干吗，做英语老师有什么不好？我都没反对你干律师，你管我喜欢做什么工作呀？"

"我看倩倩说得没错。"公公开口说道，"人家一个女孩子，都比你更有上进心，知道主动去承担一个家庭的重担。哪里像你，整天轻飘飘的，一点儿做丈夫做父亲的自觉都没有。"

"爸，我每天也很勤勉地在工作，哪里有你说的这么严重？"吴浩委屈地说道。

"你勤勉？我看你是打着勤勉的招牌在偷懒。刚毕业的时候，我就说要介绍你去设计院，你倒好，听说院里的初级设计师是12×6工作制，你直接就不愿意去了，马上找了个什么外语老师的工作，混日子。你对得起你老婆，对得起父母，对得起你在英国辛辛苦苦拿下的这个学位吗？"公公越说越气，看这样子，他对吴浩的不满也是憋了许久的。

"爸，我们在说倩倩的工作问题，怎么一下子说到我头上了？你们想要我怎样嘛，辞职了，再从头从初级设计师开始干？一个初级工程设计师还不如我现在赚得多呢。"吴浩很不满意地摇摇头。

"那至少有希望。短期的困难怕什么，怕的是你一辈子都这样意志消沉，不思进取啊。"公公似乎真的伤了心，语气伤感地说，"爸爸妈妈的年纪大了，能帮扯你的时间和能力都有限。我不是看不起培训机构的教师，我只是觉得你好歹在英国前五名的大学读到了工程设计专业的硕士，至少不该在一家只有二三十人的小语言机构里耗费青春。你心里也应该清楚，你目前这份职业，无论是发展前途还是收入水平，天花板直接就在你脑袋上方不到一寸的地方吊着呢。"

家里的空气一下子凝重了起来，我心里却乐得跟开了花似的。不得不说，能够将压力甩出去的感觉真好。公公不愧是宦海沉浮的老手，看问题、说道理就是透彻。

"好了好了，你别再批评浩浩了。浩浩每天上班下班，也是辛苦得要命。孩子喜欢做什么就让他去做什么，设计师的钱就那么好赚呀，我看很多新闻都说什么年轻设计师熬夜加班猝死的。咱家还没到揭不开锅的地步，逼孩子干什么？"婆婆不满地说道。

公公哼了一声："慈母多败儿。"便站起来回房里休息去了。

回到房里，吴浩有些沉不住气，压着声音说："倩倩，我早说过，你若是真想去内蒙古，我尊重你的决定；你如果不想去，我们就安安静静地过日子。怎么今天又扯上我的工作了？搞得好像是因为我赚得太少，才逼得你去内蒙古一样。"

他居然也有焦急的时候！我看着他一副急于撇清关系的模样，心里泛起一层悲凉的色彩，哭笑不得道："吴浩，你要这么说，我们就把这件事情说清楚。你说你尊重我的决定，不反对我去内蒙古，那你是怎么不反对的？就光嘴上说一说吗？你妈妈身体不好，话里话外都是因为我执意要走，连累她连手术也不敢做。这种情况下，你帮我说什么、做什么了吗？没有吧。你的心早就偏到你父母那边去了，虽然没说什么，也恨死了我一定要接这个项目吧。"

"我没有。"吴浩心虚地嘴硬道。

"你有没有，我心里清楚。"我冷冷地回应道。

"那你要这么想，我也没办法。"

我压了压心中的火气，仍然好言道："就算是我多想了，在我看来，夫妻两个人犯不着，也不值得为了工作上的事情心存芥蒂，这对我们的感情一点好处也没有。所以，为了你，也是为了这个家，我愿意放弃这次机会。眼下，最重要的是你妈妈的身体，如果当真有必要进行手术，那就赶紧做。不要有后顾之忧，该怎么休养就怎么休养，身体永远是第一位的。"

听到我这么说，吴浩的心也触动了，语气也软了下来："倩倩，我知道你在工作上一直是个很上进的女孩，你主动放弃这次机会，心里一定很难受。这也是我不愿意强迫你的原因，我不想成为那种，一结婚就把老婆翅膀剪掉的丈夫。"吴浩深情地看着我，轻轻叹了一口气，"我承认，对工作的积极性，我确实不如你，可是你不能要求人人都跟你一样上进啊。总有些人会选择拼搏的人生，也有些人就想平平淡淡过一辈子。我爸爸从小对我就很严厉，我在他的呵斥下过了十八年，然后又被送去了英国。工程设计专业在我们学校也是出了名的苦,每天晚上光做作业,不到两三点是弄不完的。在英国熬完了地狱一般的五年,我真的不想再那么累地活着。你们都不喜欢我现在的工作,可我觉得很好啊,每天上几节课,下课就回家。虽然待遇一般,但也是比下有余的。有时候跟英国的同学聊天,他们现在年薪百万了,我也一点都不嫉妒,心态很平和,因为我知道那百万年薪后面他们要付出的是什么。我不想那么累。钱这个东西,是我的就该是我的,不是我的,我也不想费个半天劲去拼去抢。我这辈子就想安逸地活着,真的,我没有那么大的野心。"

我呆呆看着他,心里好想将他摁在地上,狠狠地抽打一顿。什么叫作安逸地活着?你吴浩30来岁的大男人,若不是父母早年在深圳置了几套房产,又是体制内稳定的工作,靠着这一星半点儿的荫泽,你拿什么谈安逸?在这个城市里,哪个不是起早贪黑,为生活在搏命?但凡命运肯向自己露出一丝半点儿的机会,哪个又不是如饿狼扑食般猛奔上去?我左扭扭头,右歪着脑袋看看他,清秀立体的面容,配上这毫无担当的言语,我突然明白,没有野心的人,当真跟咸鱼没有什么区别。眼前这个男人,不正是一条大咸鱼嘛。

可悲的是,这条咸鱼偏偏是我的丈夫。我心中方才还熊熊燃烧的火焰一下子就凉了,语气也带上了一抹哀凉:"不是我逼你,吴浩。可生活里远不止艳阳高照和云淡风轻,我们俩既然准备要过一辈子,就总会有遇到风、遇到雨的时候。你一心追求安逸,这是人生观的问题,谈不上对错,但你一定要明白,你享受的每一天安逸的背后,都有一人在为你负重前行。这个人大概率会是我,也可能是你的父母,但如今你看看,你妈身体已然出现了问题,需要休养。而我一旦怀孕,少则一年,多则三年,必定自顾不暇。你不站起身来撑住天地,我们还能指望谁?"我猛吸了一口气,看他的神色,倒像是听进去了的模样,又继续谆谆诱导道,

"你不喜欢去做工程设计，我不勉强你，可至少你在英语教师的职业上也可以奋进一些呀。比如朝九晚五后，可以再做个网络课堂，不指着这个大富大贵，但做得好了，也是一笔收入，对吗？"

吴浩张了张嘴，又没说什么。

我不给他思索的时间，又继续道："我刚才算的那笔账，可不是危言耸听，你要是还不够清楚，我再算一遍。龙华那套房，如今每月月供是15000左右，你每个月打到卡上的收入是12000到14000，再加上每月4000的公积金，也就是说，每月最多能盈余3000，交完水电物业煤气，连养你现在那台车都觉得很勉强。我这边，现在收入还凑合，能接近10000。但律所不是旱涝保收的单位，我一旦怀孕再生产，能够参与的案子必然直线下降，这意味着每月大头的代理提成费将所剩无几。剩下的这一点钱，够不够我们的日常开支都难说，还怎么养个孩子？"我看了他一眼，又继续道，"你别跟我说你爸妈会帮忙养。30岁的人了，养孩子还要靠爸妈贴补，你当真伸得出这个手，那你又能伸几次？"

吴浩嘴巴动了动，仍是沉默。

我趁着势头，继续说道："我之前想着，先把内蒙古这个案子拿下来，三五十万的代理费落袋为安，我们也算有些资本，那时候再要娃，才能有些底气。可如今这情况，还是要以你妈的身体为重，不去就不去了。但你也真不要就觉得我们早已脱离小康，迈入富裕阶层了。在一线城市里，谁活得都不容易，我们幸好得到了你父母赞助，才能在小家成立之初就解决了买房的后顾之忧。可接下来的路，终究还得靠我们自己努力往前走。"

在我连哄带灌鸡汤的劝说下，吴浩终于有所触动。他伸手将我搂进怀里，将下巴埋进我的头发，轻轻地说道："倩倩，我会尽力去做一个好丈夫，给你和我们未来的宝宝提供一个舒服的环境。我明天就去看看，怎么在网上开设课堂。这个我想应该不会太难，单位有好多同事都有自己的网络课堂。"

我长长地松了一口气，依偎在他身体的温暖中，甜甜地睡去了。

第二天来到律所，我认认真真地整理了一下形象，又准备了半天的措辞，才鼓足勇气敲开了包主任办公室的门。我添油加醋地将婆婆的病情夸大了一些，又郑重其事地向包主任道歉，辜负了他的一番心血，内蒙古的项目实在无法参与，并表示在接下来的日子里，一定更加努力地工作，如果有需要我效力的地方，请尽管吩咐。包主任倒是没说什么，反而很关切地问了问婆婆的身体状况，对我的决定也表示理解，还体贴地表示，家人的身体无论在什么时候都应该排在第一位，如果有需要请假的时候，不要有顾虑，他一定会尽力照顾的。

假模假样的对话结束，我从包主任的办公室里出来，将原本提着的那颗心沉沉地放下，发现它竟是如此沉重。我不敢细想，在接下来的一段时间内，自己在工作上会遭受怎样的冷遇，可既然已经做了这个决定，自然就应该认认真真地走下去。我尽量不去想，这是我为了这个婚姻做出的又一次妥协。毕竟在两个人相处的每一天，都需要彼此的妥协和体谅。这就是爱情在婚姻里的模样。我退让了，吴浩同样也退让了。只有程度的差别，彼此的本心都还是希望这个家好好地走下去。

不是吗？

我花了整整一天的时间，归纳整理好此前接收到的关于内蒙古项目的所有资料，全部交接给了所里另一个刚刚毕业、正意气风发的男同事。然后，我将电脑里所有的文档都关掉，打开了网页，开始搜索关于夫妻备孕的各种注意事项。

第五章

结晶问题和生意

婆婆的手术如期进行，周医生主刀。毕竟只是一个微创的小手术，我们在门外等了不到四十分钟，婆婆便被推了出来。她的精神很好，神采奕奕的。周医生跟在后面，将厚厚一沓术后需要注意的饮食禁忌交给了我。家里并没有额外再请人来照料婆婆。反正我最近在律所里宛如一个打字员一般存在，案子都跟自己绝了缘，所以到点就下班，学着煲汤，既是照顾病人，也是给自己调养身体。每天吃过晚饭，倘若天气还好，还能陪婆婆到附近的公园里遛遛弯。

婆婆在家休养了半个月，便恢复了七八成，开开心心地销了假，愉快地回去上班了。我接过新房装修的扫尾工作，尽量将每天的时间填满。值得欣慰的是，吴浩当真注册了一个网络英语课堂，每周远程上两次课，课时费用平台与他按四六的比例进行分成。现在只是初期，报名的学员并不多，第一周期结束后，仅仅结算了1000多的课时费，但我们俩都觉得挺高兴的。

更重要的是，我买来了成套的排卵测纸，老老实实按照操作流程计算着自己的排卵期，又一个不漏地将房事安排在排卵的日子里。到了后来，性爱已失去了愉悦的功效，成为一项不得不做的任务。大汗淋漓的两个人像极了春天草原上抓紧时间进行交配的狮豹，发射完体内的种子，连拥抱一下的爱抚时间都没有，吴浩便急匆匆地从我身上离开，我则连忙将双腿竖靠在墙上，呈倒立状，以便增加受孕的概率。

可是即便我们双方都很想要一个孩子，大姨妈仍然在每个月的固定时间前来报到。

新房子最后一次空气质量检测合格后，我和吴浩便从公婆家搬了出来，总算是在深圳这个地方有了一片属于自己的天地。Aggie在乔迁那天送来了一条尺寸、品相俱佳的过背金龙鱼，号称是自己出海潜水时打捞上来的。因这种鱼每次可产数亿枚鱼卵，想来肯定有招子多福的寓意，便急匆匆地送来给我了。我看着那条在鱼缸里孤零零游来游去的鱼儿，心里暗自吐槽，这一条鱼儿能生出什么鱼子来，还说是自己潜水时捞的，我倒真想去看看，这么一条大河鱼怎么就跑到海底去还被她捞了上来。这个女人，想必又是结交了什么新男友，想说又不愿说的，在这给我埋伏笔呢。

虽然搬出来住了，但每个周末，如果没有什么特别的安排，婆婆还是会喊我们回去吃饭。这天，在饭桌上，婆婆谈起了她们医院新推出的一个体检套餐："这个套餐呢，主要是为女性各项功能指标，特别是生育功能检测，包括优生十项、免疫性因素检测、输卵管造影什么的，单独做这些项目，每一个的费用都贵得要死，现在打包到这个套餐里，划算很多。我们医院那些未生育的，或者生了一个还想要二胎的，都买了这个套餐，医院职工购买还有折扣优惠。我想着给倩倩也买一个，抽个空去检查检查。现在大家都讲究优生优育，备孕也要讲科学，跟我们那时候可不一样了。"

我心里冷笑不止，这半年的时间没怀上，她就开始发作了。我笑笑说："谢谢妈，还这么关心我的身体。再给吴浩也搞一个什么套餐呗，优生优育可是两个人的事。"

"吴浩就不用了。他从小我就特别注意他伙食的营养搭配，身体向来是最棒的。你看这一米八的个头，在班上都是坐最后一排的。"婆婆看着吴浩，满脸得意地说，"更何况，这是母亲节的活动，专门给女人提供福利的，哪有男人什么事？"

这意思摆明就是说怀不上的问题出在我身上了。我一脸的不高兴，冲着吴浩硬邦邦地就是一句："那你直接去挂个号，查个精液质量。男人的检查反正也简单。"

吴浩放下了碗筷，抱怨道："好好地吃着饭呢，说这些干吗，一下子输卵管，一下子精液什么的，恶心不恶心呀。"

见儿子不高兴，婆婆也有些尴尬地说："我只是看看这个套餐适合倩倩嘛。你们也老大不小了，孩子的事，多上些心总是没错的。"

婆婆的话让人听着不是滋味，但道理确实就是这么个道理。如今环境污染、工作压力等问题导致全国不孕不育率逐年在提高，一线城市更是突破了10%。早早做检查，没问题自然最好，若有些毛病，早诊治也好过久拖成重疾。我算好生理时间，请了假，逼着吴浩一起去了医院分头做生育检测。

三天后，检查结果出来。我的身体一切正常，吴浩的精液中精子密度少于每毫升2000万个，是典型的少精症。这大概也是我们结婚这么久，一直难以受孕的症结吧。

得知结果后，吴浩整个人像被摧垮了一般。原本预约的网络课也顾不上了，一个人躲在卫生间里一根接一根地抽烟。我脑子里也乱成一团，坐在沙发上，看着卫生间的门缝透出微微的黄光，又有些呛鼻的烟熏味道从中渗漏出来。

过了许久，我终于撑不住，叹了一口气，支撑着自己站起来，去敲卫生间的门："吴浩，你出来，我们谈谈吧。"我温和地说道，里面并没有反应。我一下子心慌了，生怕他想不开，做出什么傻事来，手上便加了些力气，将门砸得砰砰响，声音也高了八度："吴浩，吴浩！"喊了一刻，终于听到里面有动静，吴浩青着脸色，猛地把门拉开，低沉着声音吼道："喊什么喊！烦不烦人啊！"

见他率先冲着我发怒，憋屈的泪水几乎在一瞬间就充满了眼眶。他厌恶地看了我一眼，紧绷的神色有一丝松动，口气里却是无穷无尽的哀叹："刘倩，我们离婚吧。我给不了你一个孩子，你别再跟着我浪费时间了。"

我气极了，心里大骂，吴浩你真不是个男人。话到嘴边，又觉得太戳他的痛点，便改口道："至于嘛，医生还没给你下绝对不能生的判决，你就先宣判我们婚姻死刑了？难道我们当初结婚，就是为了生孩子？你是动物吗？"

吴浩见我动怒，垂头丧气地说："刘倩，我们从没打算过丁克。我们只是组建了一个正常的家庭，而孩子对于任何一个家庭来说，都是很重要的。你现在也许说不在意，可以继续尝试，那是因为你还年轻。我怕以后你年纪大了，想要后悔的时候，怨恨我。"

我哑然，心里泛起一阵酸楚，很不是滋味。隔着空气，我能感受到他的痛苦和沮丧，还有因为自己无能为力所带来的深深戾气。我皱了皱眉头，跟哄小孩一般好言劝慰道："事情还没有到那一步，远远谈不上什么怨恨和后悔。你现在也只是概率低一些，又不是彻底不能生，只要加强锻炼，积极治疗，说不定老天爷对我们好，就给了我们一个孩子呢？"

吴浩沮丧地摇摇头："这不现实。我已经够烦躁了，还要去治这个病，那得活活把人逼疯。"

我心下一沉，嘴上却仍然好言好语："那也还有许多其他的办法可以解决。比如可以做试管婴儿，还有精子银行，都不行的话，我们就领养一个孩子当作亲生的。现在技术这么发达，总会有办法让我们当上爸爸妈妈的。但有个前提是，你自己不要放弃，不放弃自己，不放弃期望，更不要放弃我们的婚姻。"

吴浩仍然面无表情，一动不动地靠在沙发上。我说累了，心和大脑都疲惫极了。看着眼前这个男人，高大威猛，生得一副好皮囊，内里却像个脆弱的孩子。遇到挫折，首先便是不顾一切地自我闪躲；遇到打击，只消一下便倒下如烂泥。

当天夜里，我跟吴浩分房各自睡了。我迷糊了一阵，半夜醒来，望着黑洞洞的天花板，大脑里不断闪现他颓废的声音，对我说，我们离婚吧。要不当真离婚算了！我哀凉地苦笑着，还没生孩子呢，就不停不歇地在哄孩子了。谁来安慰安慰我，告诉我以后的路究竟要怎么走？我究竟又做错什么了，凭什么遭遇这些还要故作坚强？我想到Aggie，特别想跟她胡说八道一番。看看时钟，刚过12点，不知道她今日是早早睡了美容觉，还是在夜店买醉。闺蜜们一旦结了婚，原本寻常的午夜通话就变得谨慎起来，要极力避免干扰对方的家庭。幸好，Aggie不一样，她还是只自由的单身狗。

我拨通了视频通话，过了五秒，她便接了起来。画面中的她化着浓厚的烟熏妆，泛着金属光泽的红唇在一片斑斓的音乐灯光中尤其显眼。

"Hi，家庭妇女，怎么想到深夜给我电话啦？"

我皱了皱眉头，问道："你在哪里？这么晚了还在外面不回家。"

她咯咯咯一阵媚笑："傻妞，我在澳大利亚，怎么回家啊？"她向四周转了转镜头，果然旁边皆是金发碧眼的洋人。镜头停留在一个年轻的白人面孔上，白人青年冲我友好地笑笑，Aggie的声音在一旁响起："这是我的新男友，Williams（威廉姆斯）是个潜水教练，我们这次就是来大堡礁潜水追鱼的。Williams, say hello to my best friend, qian.（威廉姆斯，和我最好的朋友倩问好。)"

"你好,钱(qian)。"Williams的中文发音跟所有外国人一样,怪模怪样。Aggie肆无忌惮地狂笑:"Her name is not money, it means beautiful. You are so cute.(她的名字不是钱,而是形容美丽的意思。你真可爱。)"

Aggie接着将镜头对着自己,笑嘻嘻地说:"他是不是超可爱?"

我有气无力地回应:"你什么时候改这口味了,怎么感觉像是富婆包养外籍小白脸的路数。"

"已婚女人的思想真龌龊,不怪你看不懂跨越国籍的纯爱。"Aggie鄙夷道,"这大半夜找我什么事呀,是欲求不满导致深夜寂寥,还是因为家庭纷争搞得心绪难平呀?"

我勉力笑了笑:"都不是。刚做了个噩梦,梦见你容颜消瘦,一个人孤苦伶仃地在喝闷酒,就关心地给你打个电话。"

"我呸。"Aggie摸了摸自己盛妆的脸颊,唾骂道,"姐姐我有这么多丰盛的荷尔蒙滋养着,自然青春永驻,到不了容颜消瘦的那天。"Williams在她耳边悄悄说了句话,Aggie笑着打发我:"你赶紧睡吧,我再过个两三天年假用完了,就回深圳了。到时候让你当面见识一下我小麦色的大腿。"

结束了视频通话,我孤孤零零地靠在床头上,心里竟有几分羡慕Aggie绚烂多彩的生活。姐妹之间,我原本以为自己是更幸运的那个,在被恨嫁的恐慌吞噬之前,便早早寻到了合适且相爱的男友,顺利成婚。婚姻一向被我视作女人的归宿和人生的另一个起点。可如今看来,在这个归宿里,女人要把自己缩得很小很小,才能挤进男人的原生家庭里;又要将自己撑得很大很大,才能负起一家人的期望和要求,胼手胝足着向前爬行。而所谓的另一个起点,难道不是将婚前的努力和精彩变成人生的一个制高点,接着一步一步地往下走吗?我不知道是不是所有的女人在婚后都感受到我这份无助和委屈,万家灯火背后,究竟有多少个主妇如我这般,将脸藏在双手里,勒着嗓子,无声地痛哭着。

接下来几日,日子过得如白水般平静。我与吴浩处在同一屋檐下,两人却保持着最谨慎的客气和小心翼翼。幸好深圳的生活节奏足够快,早出晚归后,留给两人尴尬相对的时间并不算太多。

我在律所里,一面殷勤地跟各个资深前辈打好关系,一面忙乎着一些无技术含量的琐碎小事。这天,公公的电话突然打到了我手机上。我心里一惊,结婚以来,他从未主动联系我,难道是吴浩出了什么事?我接起电话,公公的声音在另一头响起:"刘倩,你现在有时间吗?我在华侨城这里,跟你杨伯伯,就是宏运集团的杨总喝茶,正好谈到他们单位在做一个项目,也在招标法务服务团队,正好跟你的工作还挺对口的。你有空就过来,大家一起聊一聊。"

宏运集团原本注册在内地,以家电器材的生产制作起家,产品销量极大,在行业内属于一哥级别的。后来产业技术升级,兼并了深圳几家研发实验室,又走出了智能化机械的生产路子。前两年被深圳市政府作为重点引进企业,给了一系列的税收政策,终于集团总部搬迁,落户在了南山区。这些年,宏运无论是发展规模、势头还是未来前景,都是极为令人称道的。早在杨总还是宏运深圳分区经理时,公公便与他相识,当年应是提供了不少便利。后来公公调离了原单位,两人不再有公务上的联系,可年年春节,家里总能看到或是听到杨伯伯的消息。我早想过希望能通过公公,与宏运集团搭上联系,可深谙官场又向来刚正的公公最是反感商业搭线。在他看来,一次人情买卖所带来的政治风险,远比那些商业利润要可怕得多。这次,他主动安排我与杨总的会面,想来必定不是巧遇。

我连忙答应。匆忙补了一下妆,叫了个车便往华侨城赶。

华侨城里有一家江南茶馆，饭点在包厢里供应地道的杭帮菜，其余时段则用竹篾编织的挂帘隔开茶座，是祖籍苏杭的人士最爱消遣时间的去处。公公和杨总显然已经聊了许久，一泡碧螺春冲得快没了味道。宏运集团的项目说来也简单，今年年初，他们新开了一条生产线，主打智能家电市场，目标客群是国内一二线城市正欣欣勃发的小资到中产阶级的家庭。投入市场不到一年的工夫，大受好评。集团在扩大生产规模的同时，希望再引进一个法律顾问团队，与原先的法律团队既形成一定的竞争，又各有侧重，平衡发展。这个需求正是杨总分管的部门在负责，将会通过招标的方式完成。他自己对这个事情很重视，希望法律顾问团队拥有相当专业的能力、丰富的经验，以及是自己信得过的人。

我大致了解了一下宏运新产品的基本情况，整个项目年服务费预算在50万元左右，内容是常规的国内法务审核工作，涉外、涉讼及陪同谈判等工作另计酬劳。不得不说，这是一个相当诱人的机会。我打起了十二分的精神，打开笔记本电脑里律所的PPT文件，详细生动地给杨总讲了一遍。

杨伯伯中年发福的面孔有种慈祥的味道，很像老家在巷口摆棋的老爷爷，只有一双细长的缝眼时不时流露出商人的精明。

"你们律所还是不错的，我也有所耳闻。不过，购买服务这种事，总归是要落到具体执行的团队，以及个人头上。小刘，你说说你的情况吧，你来牵头做，怎么样？"

"我怕是资历太浅。"我想了想，把实话先说在前面，"像宏运这样的大公司，服务团队的牵头人恐怕还得让我师傅挂个名，把把关，具体操作我全程跟进没有问题。"说着，我又将自己的基本情况、这些年来经手办理过的案子都说了一遍。

杨伯伯很有耐心地听我说完，笑眯眯地对公公说："老吴呀，你好福气呀。媳妇这般聪明能干，又通晓人情。现在说是说担当不起牵头人，但我看人一向很准，不出两三年，就能挑起大梁。"

公公给杨伯伯的杯子里添了些茶，笑道："他们年轻人，做事的精力是不缺的，就是好的机会可遇不可求。前段时间，他们领导想让她去内蒙古参加一个破产重组的案子，差点就去了。那时候要是去了，就没有机会让杨总照顾提携了。"

杨伯伯听完点点头，转过身来对我说："小刘，是这样，集团现在的规定呢，服务项目超过20万，都得走一遍招标采购的流程，几家律所一起竞竞标。你们律所的资历是没问题的，你也别有压力，我回头让人给你发一份招标义件，你看一看，快的话这个月底，慢的话下月初，过来开标。时间不算充裕，你把标书好好准备准备。"

我听他这般说话，心知此事已有了七八分的靠谱，连忙端了杯茶，恭恭敬敬地说："多谢杨伯伯，非常希望能有机会跟杨伯伯学习。"

杨伯伯眯着眼，颇有深意地说道："大家自己人不用这么见外。我跟你公公认识快三十年了，那时候吴浩还在他妈妈的肚子里，这一路我是看着他长大的。我们这一辈人辛苦操劳了一辈子，为的也就是儿孙的日子幸福。"

我听他这么说，心中咯噔一下，还未开口，一旁公公面上有些尴尬，打断道："你这话说的，跟半截入了土似的，老气横秋。我倒觉得我还有精力，还可以继续为国效力二十年。"

三人谈完，各自离去。公公和我先送了杨总上车，然后公公上车。他的奥迪就停在茶馆门口，他摇下车窗，嘱咐道："这段时间你自己多保持跟杨总的联系，不懂的地方就要大胆问，不要有顾虑。标书一定要做好，让别人看出你的诚意来。现在一整套流程上，经手的人很多，大家的眼睛都盯着，这个环节上如果出了问题，别人想帮忙都不容易开口。"

我自然明白里面的轻重，郑重地点点头。

公公上下打量了我一番，又道："行了，你赶紧回去上班吧。这个周末跟吴浩一起回家吃饭。"

我应诺了，堆起灿烂的笑容，道："爸，您开车也注意安全。"

第二天，宏运集团果然有个姓李的经理跟我联系，问我要了地址和邮箱，说今天就会将招标文件寄出，因为时间有些着急，电子版的可以先发给我。这等态度友善的甲方我还是第一次遇到，自然千恩万谢了一番。

我将招标文件仔细阅读了一遍，跟我大致的猜想差不多。报酬可谓是相当丰厚，若是真能中标，不仅我目前在律所的地位将发生翻天覆地的改变，对我未来的职业发展也是大有裨益的。我粗略地拢了拢自己的想法，趁着正式的招标文件还没到，自己先打印了一份，便去找包主任汇报情况。一是时间确实也比较紧张，二来也是故意显示自己与宏运特殊的关系，免得日后中了标，泯灭了我的作用。

包主任一面翻看招标文件，一面听我介绍整个项目。末了，他赞许地点点头："我果然没看错人，早就说过我们刘倩是要成大事的。在这个年纪，能够成为宏运集团的常驻法律顾问，算是踏踏实实地往上走了一大步。与你同届毕业的同学，甚至更早一些的师兄师姐都未必能有这样的机会。"

领导对你的大力称赞，最好的应对方式是赶紧给他脚下再塞个台阶。我笑嘻嘻地说："现在还只是刚刚拿到招标文件，最后能不能拿下这个项目，还不好说。我大概想了想，宏运这几年有计划运作上市，这又是条新开的生产线，我经验和能力各方面都不足，希望由包老师来牵头组建团队，我打打下手，跑个腿什么的。"

由包主任牵头这几乎是百分百确定的事情，可我自己先说出来，效果又有些不一样。包主任眼睛一亮，笑着说："这个项目，所里肯定会全力支持。我来牵头弄，这个没问题。可是你可不能只当个跑腿的，我前期的跟进和后期的具体对接，你都得是主力，责任要扛起来。至于团队里的其他人选，你这两天也琢磨琢磨，他们主要是配合你的工作，首先一条就是在工作上能跟你配合，能互补长短。要是有合适的，先拉进来，跟着你一起做标书。遇到了任何的难处，就来找我，我可以放下手上任何的事，优先帮你解决。"

我忙不迭地点头，喜悦和满足感在这一刻充满了整个心脏。包主任看上去也跟之前丑恶冷漠的嘴脸完全不一样，满是阳光，满是善意，几乎快要透出神圣的光芒来了。我还是留了条退路，有些担忧地说道："现在就让别的同事帮忙做事，万一到时候没中标，怕会不好交代。"

包主任哈哈大笑："这是所里要去拿的项目，又不是个人的。万一失败了，结果也是所里承担，大伙不会有别的想法的。更何况，我做了这么多年的生意了，这事儿肯定是你的。"

周末的家庭聚餐也在一片祥和快乐的气氛中进行。我将标书的初稿带给公公过目，他认认真真地看了一遍，提了几处修改意见，总体上还是很满意的，又嘱咐我周一上班，赶紧将修改稿先发给杨伯伯看看，万一有不对的地方，还来得及修改。我一项一项都认真记了下来。

婆婆做了一桌子饭菜，有荤有素，高蛋白低脂肪，堪称养生滋补菜肴的典范。她将一只金黄色的面包蟹夹进我的碗里，笑滋滋地说："倩倩，尝尝这个，澳大利亚进口的面包蟹。我跟办公室的几个小姑娘一起团购的，从南半球直邮过来，一百多一只。不过里面都是优质蛋白，澳大利亚的水好，不像国内，随便买条草鱼都怕重金属超标。"

我笑着接过螃蟹，客气地说："妈，你也多吃点，都忙一整天了，弄了这么多好菜。我这一个礼拜吃外卖的亏空都能补回来了。"

婆婆说:"你们年轻人就是仗着现在身体还好,不注意保养,天天不是外卖就是快餐,那种东西哪里有营养,现在食物污染又很严重,好端端的身体就都被糟蹋坏了。"

我抬头看了一眼吴浩,他正专心吃着饭,一言不发。我也不说什么,只顾自己吃饭。

婆婆见我们都没反应,并没有停下的意思,继续将话说得更明白:"浩浩的问题呢,我特意问了一下我们院里的陈医生,那可是有三十多年经验的老医生了。他跟我说,像浩浩这样的情况,现在特别常见,都是工作压力太大、饮食不健康还有环境污染给弄出来的。不过也不是什么大问题,有一半以上的人呢,最后都怀上了自己的孩子,关键是心态要好,要有耐心,也要有信心。浩浩前几年一个人在英国太苦了,每天都是汉堡薯条什么的,跟我打电话就是'妈,能给我寄些方便面来吗'。唉,我现在就特别后悔,当初送他出国,受那么大罪就算了,还把好好的身体给弄出毛病来了。"

吴浩在一旁也有些听不下去,不耐烦地说:"妈,你烦不烦啊,这些事说了多少遍了,哪个留学生不是这样?中餐馆多贵啊,我吃得起吗?"

婆婆并没有理会吴浩的抗议,又往我碗里夹了一筷子青菜,继续说:"我也问过了,要是觉得继续试孕的时间太长呢,可以尝试去做一下试管婴儿。这个技术已经三十多年了,各方面的条件都很成熟了,像浩浩这种情况,就是人工做一下筛选,我们医院就可以做,费用也不高。当然这个你们小两口也不要有压力,家里肯定是全力支持的。就是呢,陈医生也说了,既然打定主意要孩子了,试管的事就不要拖,你们现在的年纪去做试管,一次成功的可能性很高,很多三十大几四十多的夫妻再去做,就得弄个四五次,十几次的也有。花钱是一方面,这过程自己也遭罪,我和你爸爸的意思是……"

公公在一旁打断道："这是小两口自己的事。他们怎么想的，你问都没问，说那么多自己的意思干什么？"

婆婆也不甘示弱："我自己的儿子、媳妇，我自己孙子的事情，我多关心一下又怎么了？孩子们都年纪小，没什么生活经验，搞不好就想歪了，搞什么丁克。年轻的时候丁克很容易，没孩子没负担，都想要自由，可又有多少丁克的夫妻到了四五十岁开始后悔的，那时候再寄希望去做试管，成功率连五分之一都不到，好不容易怀上了，还不容易怀得住。就算顺顺利利生下来了，那时候我们多少岁了，还能帮忙带孙子吗？"

我见婆婆情绪有些激动，连珠炮似的说了一堆，吴浩在一旁仍是毫无反应，心里有些闷气，嘴上仍是温言道："妈，我们没想过要丁克。可这事关键也不在我，得看吴浩。究竟要不要去做试管，我们还没商量过。我也看过一些报道，试管婴儿的过程挺痛苦的，还有一些并发症的危险。我还是想，要是吴浩配合的话，先吃段时间的药，调养一下身体机能，尽量还是争取自然受孕。"

"倩倩，你要这么想，那就错了。生孩子这个事，永远都是女人为主的，男人只是配合一下。而且浩浩的问题，也不算什么大事，却没什么好的办法调理。陈医生说，要不就先吃中药看一看。可是中药这事，没吃上个三五年的，谁知道效果究竟会怎样呢？"婆婆赶紧接着话说。

我又看了吴浩一眼，他仍旧一副事外人模样，自顾自地在那吃饭。我心里的火气不由得蹿了上来，索性也不再接话，专心致志地剥我的蟹。

婆婆见我不为所动，便又去做吴浩的工作："浩浩，你有什么打算，你得跟妈说啊，你一直不吭气，我怎么知道你是怎么想的呢。"

"妈，"吴浩烦不胜烦，"我就想好好吃个饭。你一直在那说什么这个试管那个试管的，究竟还让不让人吃饭了？"

婆婆当面被吴浩呛了一嘴，竟说不上话来，眼眶微微有些泛红。吴浩心中不忍，嘴上软了半分下来："这个事情，我没想法，说到底都是我的问题，我的错，我还能想什么？反正你们爱怎么办就怎么办。要我上医院我就上医院，刘倩要是觉得委屈，想离婚，我也签字。但别让我去吃什么药，做什么治疗。本来就够闹心了，还折腾这些，丢不丢人？"

他这话一说完，公公啪的一声将筷子摔在桌上，起身回了房间。婆婆愣在了饭桌上，眼泪跟断了线的珍珠一样，滴滴答答地往下掉。我只觉得喉咙里一阵强烈的海腥味，刚才吞下的蟹黄跟鸩药一般死死哽在我的喉咙里，连呼吸都跟不上来。我冲到卫生间，哇啦哇啦一阵狂吐，直将胃里吐了个干净才停下来。

第六章

身体还是生活？

"哎哟喂，老太太这次人皮面具不戴了呀？直接买孙子了啊。"Aggie 一身紧身运动装，一面在公园里快走，一面摇头晃脑地说。她从澳大利亚回来后，对健身的兴趣猛然高涨，只要有空就一定在动，还戒了一切奶茶甜点，发誓要将腰上那多出的半分赘肉消灭于无形。

我尽量跟上她的步子，不耐烦地说："你还能不能说人话，怎么什么事情到你嘴里都变得这么龌龊？"

"生活的真面目就是龌龊和残忍。老头自诩清高了一辈子，这个节骨眼上，冷不丁地给你介绍个大单，什么目的呀？先稳住你呗。丢颗糖到你嘴里，再来提条件。这糖呢，你吞下去了，可就算收了他家定钱了，吐出来嘛，又有些舍不得。犹犹豫豫的，可不就被他们牵着鼻子往前走了吗？"Aggie 声音不大，话中的道理却说得清楚。我当然也不糊涂，公公在这个时候主动引荐宏运集团的项目，心里自然有这方面的考虑。但我总有些别扭地不愿承认，明明是一家人，怎么搞得如此算尽人心。

"这家人机关算尽了，跟他们打交道比上班还累，没意思。我说要不你就借着这个时机离了算了。反正你还年轻漂亮，短婚未育而已，折不了你多少婚姻成本的。"Aggie 大咧咧地说道。

"没有你说的这么严重吧？"我的心情实在糟糕，也不知道究竟该怎么办,"我跟吴浩的感情还算可以,虽然这次他的表现让我很失望,可是有时候想想,这事毕竟伤害了他作为男人的尊严,要他表现得成熟、坦然也不现实。至于他父母,做法虽然有些令人不屑,可算是在情理之中,他们的亲生骨肉是吴浩,我只是嫁进来的外人,能有点补偿的意思算是不错了,又还能指望什么呢?"我努力为他们寻找理由,也是在给自己这段不怎么顺心的婚姻寻找继续下去的理由。

"啧啧啧啧,倩儿你已深陷泥沼,我有预感我是救不上你来了。"Aggie惋惜地将我上下打量了一遍。

我心中自然不服气:"什么泥沼?少给我来这套,救不救得上来,你扔根绳子了吗?那么多废话。"

Aggie看看我,唉声叹气了半天,缓缓说道:"说起来,吴家看上去也算是家境优渥的婆家,吴浩的硬性条件也还拿得出手。只不过呢,他家这般处心积虑地算计,我就有些看不过眼,毕竟你可是个身心健全的育龄妇女。他家儿子有毛病,干吗不逼自己儿子去看病,主意都打在你身上了。怎么着,媳妇就不是妈生爹养,一路疼大的呀?你知道试管婴儿是怎么一回事不?对男人那就是打个飞机的事,对女的,从促排卵开始,打进身体里的针绝对比前半辈子打针的总和还要多,还得活生生从体内取卵子,然后再给放回去,那遭的罪可大了啊。你说凭什么呀?本来女人怀孕生孩子就够苦了,这好端端的前头再来加上这么一截,你图什么呀?"

"Aggie,我有的时候在想,结婚以后,考虑问题是不是应当换个角度,不能只从自己的立场出发,而是需要从整个家庭的共同利益来看。毕竟想要孩子的也不仅仅是吴家,我也想要个孩子,有了孩子,夫妻两个,整个家庭才会更稳固,更幸福。"我想了想,说道。

Aggie像看个神经病一样看着我,故作深情地说道:"你说的没错,婚姻就像一把锋利的雕刻刀。跨进了这个门槛,三纲五常、三从四德就深深地刻在了脑子里。"她伸手在我脑袋上狠狠地推了一把,"你脑袋是不是有毛病啊?结再久的婚,你刘倩还是你刘倩,仍然是一个独立的个体。自己的权利自己都不知道去维护,指望谁帮你出头?我告诉你,别说是加个吴太太的名号,就算是加上英国王妃的称号,那些针、那些药水还是打在你自己身上的,可疼不到吴浩半点。"

我呆了片刻,内心巨大的委屈和无奈涌了上来。当着 Aggie 的面,我再也忍不住,开始号啕大哭:"那我该怎么办,这时候离婚,我不甘心,真的不甘心呀!何况离了又怎样呢,谁能保证下一段婚姻就不会遇到问题了?人性都是自私的。我不能每一次都站在道德高地上去批判他人啊。这个社会,给女人留下的路,实在太窄太难走了。"

Aggie 从未见我如此失态,竟然有一时的慌神,连连劝慰道:"哎,哎,你别哭啊。我不是逼你非要离婚不可,我只是觉得……唉,算了算了,不说了。要不然我码些人,把吴浩这小子揍一顿,出出气再说。说到底,这事都怪他,自己的老婆也不知道好好心疼,平白让人受这么大委屈。真是越想越来气,不行,我现在就打电话。"

我噗的一声便笑出声来:"码?码什么人,社会姐啊你。"我擦了擦眼泪,淡淡地说,"我算是想明白了,现在真要离婚,我肯定做不到,也怕真离了,以后会后悔。那就只能继续过下去,试管……就试管吧,谁让子宫长在我身上,我就弱势呢。反正也不急在这一时,等宏运的项目谈妥了再说。毕竟那个项目做下来,我一年到手也能过20万了,就算是给自己买补品的钱了。这么一想,也不算亏太多。"

"还不亏呢?"Aggie 怜悯地看着我,话到嘴边,又怕惹我再哭,换了口气,说道,"你打定主意就好。我只劝一点,孩子的事,千万别着急。迎接一条新生命的到来,无论什么时候,都得是你自己想要了,再生。

千万别为了老公，为了公婆，为了婚姻要孩子。你尤其要给我记牢了，如果你觉得今天的自己步步被动，不断妥协，那么，一旦你有了孩子，那时候的你只会十倍、百倍地被动，彼此遇到矛盾时，属于你的选项就只剩下妥协一个了。"Aggie几乎是声嘶力竭地说道。

我怔了怔，心像是被一团温暖的海绵包裹住，嘴上却不服软，笑道："说得好像你生过一样。"

"姐姐我虽然一没踏过婚姻牢笼，二没遭过生娃的罪，可我通透呀。男男女女、家长里短这点儿事，在我心里跟九九乘法口诀一般，都是定数。"Aggie摇了摇她束在脑后的马尾辫，刚做完自体脂肪填充的脸上露出一丝宛如少女的笑容，百媚顿生。

"妖孽。"我笑骂了一句，"唐僧究竟走到哪儿了，怎么还没来收了你？"

宏运集团的投标工作进展得极其顺利。月初，在宏运集团总部大楼举行了现场评标，在十二名专家集体打分和集团主管闭门短会商议后，我们律所顺利击败了其他六家律所，以综合评分第一的成绩拿下了宏运集团为期两年的法律顾问服务合同，成为集团第二家外聘常驻法务团队。作为评标主讲人的我，也因为在开标会上镇定大方且没错词的优质表现，获得了律所尤其是包主任不遗余力的夸奖。

我的心情美好极了，屋外连绵不断的阴雨天气在我眼里都灿灿地绽放着金色的光芒。这是律所的一小步，却是我人生的一大步。我美滋滋地想着，一个不小心，就撞在了一个人身上。我吓了一跳，抬头一看，竟然是吴浩。

"吴浩，你怎么来了？"我惊喜地说道。

"嗯，我早就来了。知道你们在上面开标，我就在这里等了一下午。"

他一边说,一边从身后拿出一大捧鲜艳的红玫瑰,"看到你发朋友圈说中标了,我便赶紧出现恭喜你。就算做不成第一个跟你道喜的人,那至少也是第一个给你献礼的人吧。恭喜你,倩倩。你真棒,你是我的骄傲!"吴浩露出洁白整齐的牙齿,满面春风地说道。我细细看了看他,干净白皙的脸庞,完美的下颌线,像极了靠脸吃饭的小鲜肉明星。

"谢谢。我今天真是激动坏了。宣布我们中标的时候,我简直不敢相信,愣了半天,才被同事推起来,去跟宏运的头头们握手。"我一面嗅着令人沉迷的花香,一面激动地跟他讲述刚刚发生的一切。

"好了好了,我们边吃饭边说吧。我好不容易在王子餐厅定到了位子,还特意问了他们,今天有你最爱的肉眼牛排。"从大厅到停车场有几步路的距离,风雨斜斜地飘洒着,吴浩将我裹在他宽大的外套里,快跑了几步,再小心地将我塞进副驾驶座上,自己才去开门。

一阵阵幸福甜蜜的感觉从心底往上涌起,两个人就像是回到了刚刚恋爱的时候。车外的雨丝轻轻地洒在玻璃上,几缕水串融汇成一道道亮闪闪的水痕,在偷偷露面的阳光下闪耀着彩虹的斑斓。我伸手触了触,街道两旁繁密的树影摇曳着倒映在车窗上,夹杂着这个城市的华灯初上,只觉得满眼流光滟滟。我望了望吴浩,初次见面的心动,刚刚确立关系时的耳鬓厮磨如投影般闪现眼前,一颗心竟如绸棉般柔软。我晃了晃神,只觉得面燥耳热,心绪澎湃难平。

吃过饭回到家,刚进门两人便纠缠在一起。薄薄的衣物对于翻腾的欲望来说实在太碍事。两人从门厅开始便激动地摸索着对方的身体,每一次触摸都能带来指尖欢愉的颤动。很久没有这般激动,这般尽兴了。两个人赤裸地拥抱着,汗腻的肌肤紧紧贴在一起,我的大脑好久才缓缓从方才攀越快感巅峰的晕眩中苏醒过来。

"吴浩,我爱你。"我咬着他胳膊上的肌肤,轻轻地说道。

吴浩没有作声，用深情的吻回应着我，用力之大似乎要将我整个人活生生嵌进他的身体。沉默良久，他轻声地说道："倩倩，对不起。都是我的问题，才让你平白要受这些苦。"

他这句话，让我在一瞬间泪眼潸然。我埋在他怀里，几乎丧失了理智般动情地说："我们是夫妻，没有必要分那么多对得起或是对不起。吴浩，我愿意为你生孩子，我们去做试管吧，早早解决这个问题，省得我们整日为这个事平白消耗感情。"

吴浩点点头，不再出声。我抬起头细细打量他，一双极大的眼睛，挺直的鼻梁，高高的颧骨，左右看着都是令人悦目的容颜。"谢谢你，倩倩。"他低沉着声音说道。

第二天一早，我裹在被子里，懒懒地享受着清晨的阳光照在身上的舒适感。想起昨天招标会上的大举成功和吴浩温柔入骨的体贴，嘴角不由自主地扬起幸福的微笑。今天上午可以好好休息一下，去做个SPA（水疗），下午再到所里，及时跟进项目合同的签订。我美滋滋地做着一天的计划。

浴室里的流水声淅淅沥沥，吴浩在里面洗澡。我幻想着他光滑舒适的身体，以及触摸上去的滑溜手感，又有些心痒，只等着他出来后，再要一回。等得百无聊赖间，吴浩的手机突然响了一下，有微信进来。我想也没想，随意拿起看了一眼。手机屏幕是锁着的，微信提示是婆婆的消息，只有八个字：怎么样，她同意了吗？

硕大的屏幕在这一刻闪出刺目的光芒，我的呼吸像被人掐住了一般，竟有几秒的窒息感觉。手机像炙热的烙铁一般被我迅速甩开，我不敢再看，心里颤颤发抖，更加害怕再看。我不想知道在这条信息之前，吴浩和他妈妈商量了什么，抑或是婆婆教唆他做了什么。我缩在床头，心像被一条毒蛇紧紧缠绕。

昨夜的殷勤，难道只是一种逼我就范的手段？我自以为的两情相悦，难道只是为了达到传宗接代这一目的而故作的姿态？算计人心，何至于算计到如此地步？我从来不认为自己是一个痴妄纯爱的女人，再是情到浓处的男女，也避免不了内心滋生的一念自私。倘若为己考虑本身无错，那么算计他人的心思又有什么大错呢？我为什么这般难以接受，仅仅八个字，仿佛就要动摇了这段婚姻的基座，让我从对现实的极度满意，一下子跌进迷离的破碎中去。

我死命地咬住了嘴唇，胸口翻涌不歇的呕吐感阵阵袭来。我猛地冲进洗手间，趴在马桶上便是一阵狂吐，直到看到昨晚昂贵的肉眼牛排混成一堆肉糜，烂兮兮地躺在马桶里，方才罢休。

吴浩带着一身的水汽，站在我身后，满脸迷茫。他弯下身体，轻轻抚摸着我的背部，柔声细语地说道："怎么回事？吐得这么厉害，该不是吃坏了什么东西吧？"忽而眼睛又掠过一道亮光，笑眯眯地说，"难道是已经怀上了？"

我抬起头，被呛得泪眼蒙眬，脸上还残留着些许呕吐物，满脸丧气地说道："怎么可能？"

关于婆婆的那条短信，我没有再问，一心希望这件事沉落在生活的琐碎里。这段时间，我的日子过得极其惬意。在律所，我是新晋的功臣，炙手可热，年纪轻轻便拿下了这样的大单。领导夸奖，同事羡慕，无论做什么事，都有人给一路开绿灯，就连平常在所里走路，衣角都带着风。感情上，我跟吴浩似乎又重新找回了热恋时候的亲昵，我们不再疯狂地备孕，这使得每次的私密时光更加甜美，他还时不时地给予一些小礼物和惊喜准备，每天早上，看着镜子，我只觉得自己的容颜越发闪亮，嘴角带着甜滋滋的微笑。我并不在意真正是什么原因让他改变，在我的解读里，我相信是他做好了成为一个父亲的准备。

　　试管手术是我们避不开的一个话题。到了9月，当宏运集团的项目进入平稳运行期的时候，婆婆终于将这个话题摆上了桌面。

　　"现在时间最合适，十月份受孕，等明年春夏相交的时候，宝宝出世。那时候天气正好不太热，坐月子也好，照顾新生儿也好，都方便很多。"婆婆看着我们俩，笑眯眯地说道。

　　我瞧瞧吴浩，他也笑着对婆婆说："我没问题，这个主要看倩倩的时间安排。"

　　"我也没问你，你懂什么？"婆婆笑骂道，"倩倩，我前段时间听老杨说你工作完成得很好，才两三个月的时间，就获得了他们集团上下一致的好印象，都说你业务能力强、做事又认真。现在工作都进入正轨了，你们所里也是好几个人的团队在做事，趁着国庆长假，去把试管给做了吧。我想啊，怀孕生娃这过程太遭罪了，能一次解决就一次搞定，直接做个双胞胎吧，一男一女，以后孩子长大了也有个照应。"婆婆瞅瞅我的脸色，又补充道，"生完以后你就不用管了，我都跟院里打好招呼了。上次动手术以后，可伤着我的元气了，再为组织效力一年，明年就争取办个内退，我要在家待着，好好照顾我的孙子孙女。"

　　我有些尴尬。至于双胞胎的事，之前并没有认真地考虑过。我只知道现在的试管婴儿技术不仅可以筛选性别，还可以做双胞胎，甚至三胞胎。这也是许多做试管家庭的选择，也是适应二胎时代的一种高效的生育方式。我对此并没有太多的排斥，毕竟中断一次事业发展的时机同时获得两个孩子，也算得上是一笔非常划算的买卖了。我点点头，笑着说："两个孩子也好，同年同月同日生，一起相互陪伴着长大，就是小时候照顾起来会比较辛苦。"

　　婆婆一听我不反对，脸上立刻绽出了芙蓉般的笑容："不辛苦，一划拉就都大了，总好过带大了一个又要从头来一遍。何况现在条件都好了，到时候再找个育儿嫂，方便得很。"

我看婆婆一副大包大揽的模样，心里倒很是受用，也懒得操心，但还是认真地想了想，问道："那就做个双胞胎吧。也没必要卡着国庆假期去弄，我改天去挂个号咨询一下，听说这个得跟着母亲的生理周期来安排时间。"

婆婆灿烂如花的笑容顿时萎了萎，瞅了公公一眼，稍微有点为难地说："倩倩，你知道现在各个单位都在肃清作风问题，做试管本身是没问题的，可是要是涉及性别筛选，一来呢，国内技术远不如国外先进；二来呢，这院里院外的，一系列流程下来，经手的护士医生也多，到时候传扬出去，我也怕影响不好。所以，我跟你爸商量了一下——当然也要你们小两口同意——最好的办法是直接去泰国做试管。钱当然是要多花一些，但这个你不用担心，家里肯定给出，主要是方便，深圳飞过去也就三个小时。到时候你们小两口一起过去，就当是又度了半次蜜月。"

我愣了愣，脑子还没转过弯来，便听到吴浩满口答应："泰国挺好的，我有一个同学就是在泰国做的试管，说那边的服务比国内好多了，也没有比国内贵很多。二十万以内吧，吃饭住宿、机票还有医疗费全都够了。"

我狠狠地瞪了吴浩一眼。看他们母子俩一唱一和的，显然早就对这个问题讨论过。我心里泛起了一阵难受，闷闷地说道："去泰国终归是出国，可不比在国内。整套手术做完，得飞过去多少次，还是得一直在那边待着？国庆假期就七天，够用吗？"

吴浩尚未察觉我语气中的不满，仍然一副熟门熟路的样子说道："我问过了，前后大概二十多天吧。国庆假期再加上你今年的年休假，足够了，实在调不过来，就跟所里再请两天假呗。"

我压了压火气,连时间都算得这般清楚了,就我还蒙在鼓里呢。明明有近在眼前的国内医院不去,偏要舍近求远去国外,只为了避免给号称明年就要内退在家带孩子的婆婆造成不好的影响,那我这么大张旗鼓地休假、请假去做手术,回来所里人又该怎么看呢,还是说这不良的影响只落在我的头上,与他们倒是无干?想到此处,我的话语之间便带上了显而易见的嘲讽:"这样不太好吧,我用什么理由请假呀?休假回来就怀上一对双胞胎了,领导和同事该怎么猜想我呢?"

　　婆婆看了看我,面上微微流露一丝惭色,道:"倩倩,你们单位都是年轻人,自顾自的生活都来不及,哪里有力气去说他人的闲话?更何况,你这次拿下这么个好项目,给自己放个假也说得过去。回头怀孕了,别人也没什么实证,多说不了什么。不比我们这种老单位,人员多年不流动,闲言碎语传得倒是快。要是在院里找人做,传来传去的就容易变了味道。我在这岗位上干了一辈子,临退休了来这么一出,以后退休干部的活动就不用回去参加了。"

　　我愣了半晌,突然觉得她的理由角度奇锐,竟让我一时之间无言以对。婆婆丢了个眼神给吴浩,吴浩见状,连忙紧挨着我坐下,语气恳切地说道:"这个事情呢,妈妈之前跟我提过。我是这么想的,无论是在国内还是出国,首先是要保证你和宝宝的健康。我也调查了一下,去泰国做无论是对你的身体还是对宝宝,都更有好处,你何必在这细节上闹别扭,你不是一直挺喜欢充满异国情调的泰国吗?正好这次住上一段时间,也是人生里一段独特的经历。"

　　吴浩的话,像冰冷的雨滴一般砸在我心里。地板上一圈一圈精致的花纹反射着明耀的灯光,只让人觉得晕眩。我暗暗垂下了双眼,这不是矫情,也不是偏偏要在细节上闹别扭的问题。只是,这种被隔绝在外的感觉实在很不好,令我又回想起了当初他们一家人着急忙慌地在婚前买房的事情。何况这次,一向对任何事情都不上心的吴浩倒是令人意外地主动。看来动物繁衍的本能很是可以克服性格上的弱点。

我咬着牙,硬是一言不发地坐在那里,整个心像跌进了一个巨大寒冷的黑洞里。他们见我这个模样,也不再多说什么,换了话题,只拣最近遇到的奇闻趣事来讲,只是眉飞色舞间,眼角总是在不经意间往我身上瞥。

直到回到家,我仍是一言不发,径直去了卫生间。花洒的水声成功地掩盖了我的哭泣声。我呆坐在马桶上,抱着腿,脸埋在膝盖中间。外边的寒意一层一层地透进来,裹着热水的雾气,让我有种窒息的濒死感。

心中的憋闷令我十分想找人说一说,或者哭一顿,但自己却在这一刻突然明白:一个女人一旦结了婚,她便失去了抱怨自己婚姻的立场。我不敢跟父母说,怕他们伤心,更怕日后两家人互生愤懑,更加不易相处;我也不敢向亲如姐妹的Aggie抱怨半句,我能指望她说什么呢?她必然是劝我离婚,可明明大亏都决定忍下来,为了这点小委屈闹得分崩离析,又是何苦?

我竭力地扬起头,将泪水一粒一粒地倒流回眼眶里。眼泪不再铺满整张脸的时候,思维能力才能回归大脑。我不是擅长离婚官司的律师,见惯家庭纷争,但也清楚,在任何一段婚姻当中,房产与生育问题永远最敏感,也是最容易伤人的。从我和吴浩结婚之初,在房产问题上,吴家做得便不算厚道,可也不算特别过分。如今又遇到生育的难关,吴家父母算是主动做出了补偿。无论是因为他们给予我事业上的帮衬,还是对吴浩的感情,抑或是守护这段婚姻的决心,我都是心甘情愿地做出试管婴儿的决定。再谈到别的心思……我的思绪断了断,伸手擦了擦镜子上的水雾。镜中的自己风华正茂,光洁的皮肤,上扬的嘴角,只是眼眶的微微红肿让人看上去有些憔悴。

我怨不得任何人。毕竟打从一开始，就是我自己对自身的利益采取了放任的行为。我用糟透了的理由说服自己去妥协，与此同时却又保留了一颗敏感易碎的心，以致到了今天，我才会这般在意对方的一举一动、一言一行，甚至能够被对方的几句话给轻易伤害。这不是活该吗？

我咧了咧嘴角，挤出一丝苦笑。每个女人在披上婚纱的那一刻，都卸下了自己的铠甲。我们抱着对婚姻最美好的期待，去开启新的生活，傻愣愣地觉得婚后的生活应当美好如童话，即便没有华丽奢侈的城堡遮蔽风雨，至少有个王子会一心一意为你抵御一切伤害。可偏偏现实令人尴尬，童话终究是虚无的存在。你们的家里除了你和一个没长大的王子，还有老国王和王后。他们会对你的生活做出各种指示，谈不上善意或恶意，因为人心总是向着自己的利益，来不及顾上他人的感受。与所有的人际往来一样，你身上若没有铠甲，只懂退避，那在这段婚姻中，势必任人揉捏、步步被动。

我用两只手狠狠地捏了捏自己的脸颊，努力向上拉，硬生生扯出一个笑容的弧度。

以后，万不可这样活着。

第七章

曼谷的雨季

生活在信息商业时代的最大好处便是,你一旦有了某项决定,总能在最短的时间内找到相应的服务商。过了几天,婆婆便带我去见泰国医院的中方代理,一个有点胖却格外精干的女孩子顾莎莎。她将整套流程、注意事项和需要签署的文件摊在桌子上,一件一件地向我们详细地介绍,原来这些年去泰国做试管婴儿的人还真不少。

"尤其是二胎政策放开之后,许多高龄妈妈想追个'好'字,特别是第一胎生了女儿的,很多人要再追个儿子,去泰国都快成刚需了。"莎莎微笑着说,"像您这种情况我们也遇到过很多,一次生两个孩子,儿子女儿都全了。单位上也只需要请一次产检,对职业发展不会造成太大的影响。"

我心里暗想,这年头家里有皇位要继承的人还真不少,面上点点头,又问道:"我主要有些担心我老公的情况,他的化验单你给医生看过了吗?精子活跃度不好,我担心会匹配不成功。"婆婆的脸上微微抽搐了一下,我只当作没看见。

"这个你不用担心。化验单我已经传到泰国那边让医生看过了,Dr. Hong很有信心,之前有很多情况比您先生更严重的病人都成功了。"莎莎莎职业地回答道。"病人"这个词让婆婆觉得有些刺耳,她刚要说些什么,我急忙抢着逼问:"医生也只是有信心,并不能完全保证成功。如果实在是没有办法匹配,你们还有其他的方法吗?"

莎莎顿了顿,笑道:"医学上当然没有百分百确定的事。如果经过几次尝试,您先生实在无法提供优质的精子,那您还可以考虑用精子库里的精子。"

婆婆在一旁脸唰地便拉下来了,冷声说道:"我们不用精子库,那生出来的还是我们吴家的孙子吗?我家浩浩不会有问题。"

莎莎见状,连忙解释道:"那是当然,我只是说最坏的打算。基本上这个情况是不会发生的。"

见她这般,我心里有种报复的变态式快感。婆婆最不让人说吴浩的问题,整日什么都是儿子最棒,我却偏偏要挑明白这事的根源究竟在哪里。

接下来便是一些赴泰的手续和流程。泰国签证最长可以办理60天,整个做试管的过程从第一次检查到回国,前后一共需要28日。莎莎跟我核对了例假的日期,配合国庆假期,初步拟定了赴泰的时间和签证办理的时间。我捏着那几张印制精美的说明手册,皱着眉头说道:"上面说男方只需要在泰国待三四天,那剩下的时间就变成我一个人在泰国了?"

莎莎笑道:"是这样的。整个过程只有采精这一个环节需要老公参与,其他的时间他可以选择在泰国陪你,也可以回国。反正深圳飞过去,也就三个小时,比去北京还方便。"

婆婆一扫方才的不悦,笑着说:"你们的时间好,国庆有七天假,都让浩浩在那边待着,可以陪你熟悉一下环境。等假期结束,他正好回来,这边还要上课呢。你只需要一个人在那边待两周多一点。"

我脸上仍是不满意的样子,迟疑道:"曼谷我实在是人生地不熟的,又要做手术,又要等待结果,一个人一日三餐连买菜去哪里都不知道。"

莎莎见状，赶紧推销道："这个您不用担心，我们公司在曼谷有专人负责您的检查安排。至于日常生活，您也可以选择我们合作的短租公寓，根据公寓房间的大小分了几个档次，前面这三种都配有专职保姆，负责日常饮食和清洁工作。当然，费用也会高一些。"莎莎指着手册上几个套餐的照片介绍道。

"那就这个吧。"我指了指最贵的那个套餐，是一幢两层高的小别墅二楼，环境优美，上下共三间房，还有一个开放式的现代厨房，带一个小花园。虽说位置离医院不算近，但也在城中核心区域，况且套餐里包含了每次去医院检查的包车。价格自然也不菲，几乎是第三档小公寓的三倍。"这样吴浩在泰国的时候，也能住得舒服一点。这么大的房子，要不爸妈你们趁着国庆假期也一起去泰国住几天吧。"我没心没肺地跟婆婆说。

婆婆脸色微微一动，也没多说什么，对着莎莎说道："那就这个吧，人住得舒服一些，也有助于受孕。我跟你爸就不去了，现在管控得严，出国报批的手续太麻烦，你们在泰国好好玩玩。"

莎莎自然大喜，一边填单子，一边嘴里奉承道："刘小姐，你婆婆对你真好，订这么好的房子，这一趟出去可算是度了半个假了。"

我亦微笑回应道："可不是嘛。希望一切都顺利。"心里暗自腹诽，论起做人的老到，我还真远不是婆婆的对手。

签完合同，我便开始准备去泰国的行李，又给父母打了一个电话，没敢说自己要去泰国做试管的事，一是怕他们心疼女儿，二是担心他们对吴浩有异样的看法，只说律所在曼谷有桩生意，得过去跟进一下。挂了父母的电话，我又给Aggie发微信说了此事，顺带将那豪宅别墅的照片拍了过去。

Aggie回复得倒是很快："妹妹你开窍了嘛。让自己过得开心才是生活第一要义,何况是花别人的钱让自己开心。"

"事实是我并没有很开心,而且看我婆婆那个样子,好像也没多心疼,二话不说就付了定金。"

"你婆婆那已经是修炼千年的人精了,喜怒哀乐哪里还会挂在脸上?不过呢,这钱花得应该有一半是心甘情愿,毕竟事关自己的孙子,你可千万别错领了情。"Aggie的声音从手机里传出来。

"我知道。"我迟疑了一下,又说道,"也就是因为这个原因,才不高兴的。我自己的孩子,为什么要花别人的钱?我在想,之所以我老觉得被她牵着走,就是因为在我和吴浩的婚姻里,掺和了他父母太多的力量,我真不想日后她又觉得这孩子是他家花钱做出来的,以后对孩子的事指手画脚。"

信息发过去不到几秒钟,Aggie便回复了一阵长长的几乎喘不过气来的爆笑。末了,她说:"这个问题你倒是想透彻了。可再透彻又有什么用?你想干干净净过小日子,你家吴浩未必这么想。你想跟吴浩两人携手奋斗,不靠父母不啃老,可目前的形势和环境下当真能够做到吗?至于孩子嘛,就算以后你们自己养得起,你有时间管吗?上幼儿园之前可是三年24小时贴身照顾,上了幼儿园之后又是早晚各一次风雨无阻的接送,不靠祖父母帮衬,那你是打算辞职自己带呢,还是交给来路不明的保姆?人一生中有很多种失去自由的方式,结婚算是其中的一种,要小孩则是加强版。你也别抱怨吴浩什么事都担不起,但凡你想要有一丝个人的自由,这对上一代人的依赖关系,就一样无可奈何。所以呢,对于解决不了的现实矛盾,最好的办法就是闭上眼睛,好好享受。你就这么想吧,他家能在事业上帮衬帮衬,在生活上给你搭把手,算是很不错的了。你抱怨得太多了,小心别人说你矫情。"

她的话只听得我背脊发凉,感情这费老大劲去要孩子,结果竟是给自己未来的生活挖下一个大坑啊。我心中不忿，不满地说道："你还有没有立场呀？之前你不是还跟着我一起咒骂婆家霸权主义的吗，现在怎么转过头，开始帮他们说话，污蔑我矫情了呢？"

Aggie 对我的抱怨不以为意，依旧笑嘻嘻地说："我可没污蔑你矫情，你本身就矫情。当然，这也不能怪你，你自己就是个现代社会的半成品，21世纪的大脑里充满着独立、自由、平等观念，身体却很诚实，被传统的大家庭观念和贤良淑德、孝忍避让那一套束缚得紧紧的。跟你一起痛斥婆家霸权呢，是为了满足你精神上的欲求；帮着你婆家说话嘛，是为了让你肉体躺下来的时候，不至于太硌硬，算是满足你的肉体需求吧。咯咯咯咯咯。"

Aggie 笑得如此放荡不羁，我被气得几乎要咯血，不再与她废话，指尖在屏幕上迅速敲下两个字：友尽。

之后，我将手机如扔手榴弹般抛远。世界终于又回归了一片宁静。

飞机在曼谷素万那普国际机场降落。10月已是雨季末期，一场飘飘洒洒的细雨令这座热带城市降温不少。蒙蒙雨丝，在整座城市明亮的灯光下熠熠发亮，仿如蚕丝般剔透。我们租的房子在城市的东北部，小区的环境极美。门前种植了一排玉兰树，浅玉色的花梗在枝头矗立着，亭亭如荷，从二楼的窗户望出去，那初绽的花苞仿似带着微光的美玉，层层叠叠地堆成了雪。晚风有时将花香带进屋里，呼吸之间就染上了清淡迷离的味道。

吴浩头枕在双手上，往床上一倒，笑道："这里真舒服啊，我们当初就该选择来泰国度蜜月。去啥北欧，天寒地冻的，害得我鼻子直到现在还畏寒。"

我轻轻地踹了他一脚，将莎莎给的一张密密麻麻的行程表丢给他，笑道："你可别真把这当度假了，你看看，明天下午去见医生，抽血化验，之后每天都要去打针，一直到你回国前一天，要做手术取卵。你说是做全麻的手术，还是局麻呢？我看网上很多人说，取卵的过程很痛。"

吴浩有些愕然，傻愣愣地说："这个麻醉还能自己选吗？有什么区别？"

我有些小恼，脚尖微微用力踹了他一下："来之前不是把所有的资料都发给你了吗，你究竟有没有看过呀？"

吴浩伸手将我的脚抓住，握在手里，赔笑道："每一项都仔细看过了，事关你和宝宝的身体，我怎么能不上心？不过，我真的以为手术的事情都是医生说了算，就没留意。你也别想太多，明天问问医生的意见比较好。"

我心情又转晴朗，在铺着柔软薄被的大床上，一下子便睡了过去。梦中酣畅，只有缕缕玉兰香。

第二天，接待我们的 Dr. Hong 是个华裔医生。40 多岁正是医生的黄金年龄，祖上五代都在泰国生活，到了他这一代，只会几句简单的粤语，英语倒是流利，我们交流起来也没有太大的障碍。

Dr. Hong 拿着我们的检查单，告诉我们检查结果都正常，情况比他之前预测的要好些。不过即便在双方都正常的情况下，试管的成功率大概也只在 50%，并不是国内代理鼓吹的 70% 以上，我们的概率还要低一些，希望能够事先做好心理准备。

关于这种概率数字，虽然无可奈何，却也只能看淡。无论结果如何，落在个人身上就是 100%。我点点头，表示一切后果都可以承受。Dr. Hong 便开了 6 天促排针的单子让我下去打针。这个针打在肚皮上，倒是不太痛，但回到住处，我竟然开始有恶心的反应。开始只是两侧腰部有微微的胀痛感，之后又觉得浑身无力，胃里开始犯恶心。

吴浩给Dr. Hong打电话，对方说是正常的反应，个体感觉会有差异，有些人打了几天身体适应了，便不会再觉得难受了。他这么一说，我和吴浩倒是放心了不少，我便老老实实地躺在床上，像一具半死的尸体，或是一根等待蘑菇发芽的枯木。

接下来几天，恶心难受的感觉没有加重，却也没有减轻的趋势。每日我除了去医院打针，便是躺在房里恹恹地瞅着窗外的树影。吴浩为了陪着我，哪里也不能去，每天晚上拿着曼谷的旅游地图可怜巴巴地对着我的肚子说："别再折磨我老婆了，明天让我的倩倩舒服一点，我们一起去看金光灿灿的大皇宫好不好？"

到了第五天，我仍是不适。眼见吴浩回国日期将近，我便让他自己出去走走转转。吴浩说什么也不肯，到最后只说去小区内的泳池游个泳，也算是舒活一番筋骨。

小区的泳池之前散步的时候见到过，设置在一大片芭蕉树荫中，椭圆的形状，水很清澈。吴浩走后，我在床上又浑噩地睡了一会，醒来时一身汗渍，胸口倒不似之前那般沉闷了。我见太阳已西斜，黄昏的凉风习习吹来，便换了件颜色鲜亮的长裙，沿着林荫小道走去寻吴浩。

泳池里人不算太多，多是贪凉的小孩被大人领着在戏水。看样貌，国人竟占了大多数，还有几个金发碧眼的欧美女孩在池边躺椅上，裸露着大片的肌肤，正在日光浴。我看了半天，池里池外竟寻不到吴浩的踪影。我们房里的大浴巾和他的墨镜倒是丢在椅子上。也许去上厕所了？我也不急着催他，沿着池边缓缓坐下来，将双脚浸入凉凉的池水里，身体上的不舒适，便随着池水的荡漾散开了去。

正在享受，眼角不经意间却瞥见一条花色熟悉的短裤，我打了个激灵般猛然惊醒，那不是吴浩又是谁！仔细一看，他手上端着四杯颜色各异的冰饮，风骚地从泳池旁的小卖铺走到泳池旁边，卖弄般地将饮品一杯一杯递给那几个比基尼美洋妞。阳光在这一刻变得十分刺眼,灿灿金光耀在那金黄色的发丝上,反射出无数箭头,一瞬间便刺瞎了我的双眼。偏偏听力还格外灵敏,隔着大半个水池,我还能听见吴浩流利的英语在赞扬泰国美好舒服的气候。

我用力地掐着自己的掌心,心里不停地说:这只是正常的交际和搭讪,要换作我自己身体无恙时,不也时不时撩一撩偶遇的美男,吴浩又何曾在意过。可此时此地,我总觉得扎心,还想再安慰自己几句,闷极了的胸口里像憋了一股强大的气流,翻腾了没两下,我竟趴在泳池边,哇哇哇地开始呕吐。

去他的清澈池水,去他的波光粼粼!我只觉得将胃彻底翻腾空了,自己像一条搁浅的鲸鱼一般仰面躺在水池边,嘴巴一张一合,还真是舒服啊。

第二天是取卵手术的日子,因为太过害怕,我最终还是选择了全麻。手术台和手术器械的冰凉对我来说,只是失去意识之前一瞬的短暂且模糊的印象。我醒过来时,房间里多了不少红红绿绿的包装袋。原来在我沉睡的时间里,吴浩见缝插针地去附近的商场扫购了一圈,给家里的大小亲戚、单位的大小领导置办了旅游纪念品。我勉强咧嘴笑了笑,怀孕永远只是一个女人的旅程,男人在快感结束的那一刻,便彻底成了旁人。

取卵的结果很不错,一共取了12个成熟的卵子,培育的结果还需要再等5天。我心里有些害怕,便跟正在收拾行李的吴浩商量,让他能不能晚几天回国,至少等我做完了胚胎移植之后再走。吴浩显得很为难,他搂着我温和地说:"你知道的,10月是培训最忙的时候,大家都想在年底拿到英语成绩。我好不容易推掉了国庆的加班,要是再请假,的确也没人能顶上我的课时。最难的一关我们已经完成了,接下来都是水到渠成的事。你心里不要有压力,万一没成功,我肯定不会怪你的。"

这番冠冕堂皇的话倒不如不说。我心中怨愤大作,冷笑道:"不成功不会怪我,我遭这般罪又该怪谁去?"

吴浩的脸色一瞬间便变得铁青,咬着嘴唇闷坐在一旁。我也觉得自己话说得有些过火了,却又拉不下脸讲和,也闷坐着,任由尴尬的沉默凝结了房内的气息。终了,吴浩深叹了一口气,丧气道:"倩倩,我觉得你最近变得很奇怪,好像无时无刻不在找我的茬。我想,可能是因为我身体的毛病,让你觉得受了委屈,觉得自己很不值,所以才找别的事情来发泄。所以,我一直让着你,可现在弄得我心力交瘁了。我没有强迫你要这个孩子,是你自己说要的。可现在我看来,你其实并不是真正想要孩子,或者说并不想通过这种方式来要。"

我嘴唇微微抽动,想否认他的话,却觉得自己受的委屈还没缓解,他凭什么又来说我,嘴上一硬,又道:"我当然不想通过这个方式来要孩子,哪个女人想这样获得自己的孩子!我有别的办法吗?我没对你有什么想法,我只是希望你能别像个没事人一样,该玩玩,来泰国就跟度假一样,到点就回去上班。这不是上班打卯,混完了一天算一天。我希望你主动关心我,关心我明天要去做什么,今天哪里不舒服,而不是像现在这样冰冷冷地陪伴,一心觉得我什么都能自己搞定。"

吴浩抬起头看着我,目光里满是困惑和不认同。他呆望着我,大概有几分钟,最后还是软了下来,有气无力地说道:"好了,倩倩。我这也是第一次准备当爹。那些针不是打在我身上,这些痛苦和难受我的确不能像你一样感同身受,是我做得不够,也做得不好。但你要相信我,我以后会越来越好的。"

我的脸像一块面巾纸一般,一瞬间便被泪水浸湿。吴浩小心地捧着,一面将我脸上的泪水仔细擦干,一面小声地说:"可能是那些促排的药水,影响了你的内分泌。我那个爱笑的老婆,现在怎么动不动就跟我发脾气呢?"

我把脸放在他的掌心,像乞爱的流浪猫一般磨蹭着。即便没有什么实际用处,好歹也是一股温暖。

国庆假期结束,吴浩如期归国。虽然他在走之前百般承诺,只要有机会,课时稍微松一些,他就立刻飞来曼谷,接我和宝宝一起回家。我只笑了笑,当作又一句徒有安慰功效的废话。

又等了三天,Dr. Hong通知我胚胎筛选的结果出来了。很幸运,优质胚胎里有一个女宝宝胚胎和两个男宝宝胚胎。按照之前的想法,移植了一对龙凤胚胎,剩下一个放进了冷冻室。做完手术的第二天,我只觉得后腰窝的地方酸胀得要命,在床上躺了整整一天不敢动弹,眼睁睁看着太阳从东边的窗口冉冉升起,又从西边的窗户缓缓落下。我从来不是一个信佛的人,可这天我祈祷了整整一天,将从小听说过的菩萨名字都默念了一遍,希望无论是中国还是泰国的菩萨,只要有一个显显灵,保佑我的宝宝着床成功,日后一定重香还愿。人类的力量,在概率面前,竟显得如此渺小,似乎除了寄希望于神秘的宗教之外,别无他法摆脱这精神上的巨大压力。

到了晚上,我一下子觉得胃彻底空了,肚皮快要贴着床板了,这才突然想起来,自己大半天没吃东西了。我挣扎着起来,去楼下翻了翻冰箱,发现做家政的阿姨连个生鸡蛋都没给我留。这么饿着也不是办法,我看了一眼时间,不到19点,正是夜市刚上的时候,便想着出去找些热食。

曼谷的街道大多繁华明亮,从住处走到闹市不过二十多分钟。我喝了碗汤米粉,只觉得自己五脏六腑都舒坦了许多。刚付完钱,只见旁边吃夜宵的人群开始骚动,经营的摊主急急忙忙整理档铺,黄豆粒大小的雨点毫无征兆地从天而降，落在我头上，让我有一瞬的呆滞。一整日都是晴朗的好天气，怎么这个时候突然下起了暴雨？等我回过神来时，街上的人早已散去了七八分。我没带雨具，早上刚做完移植手术，根据医生的嘱咐，又不敢剧烈地奔跑。我心里焦急无比，也只好踩着一双人字拖尽量沿着街边的商铺，往住处赶。

　　即便如此，我浑身还是被淋了个湿透，一阵夜风吹来，裸露在外的一双光脚竟觉出瑟瑟凉意。我着急得快要哭出来，见路边有一家7-11便利店，连忙躲了过去。刚进门，便被店内寒凉的冷气吹了出来，无奈之下，只好缩在店门口躲雨。避雨的人很多，我小心翼翼地护着肚子，尽量往干燥的地方避让。这么躲了十来分钟，雨势竟没有半分减弱的意思。我愣愣地看着从头而降的万缕雨丝，只觉得自己像一座孤岛，不由得便蹲了下来，屈膝抱成一团。正发愁间，身后有一阵衣物摩挲的声音，接着，我觉得有一个人也蹲在了我身边。扭头的瞬间，一阵熟悉的声音在耳边响起："刘倩，真的是你。我刚才在后面看了半天，都不敢上前来认你。"一张熟悉的国字脸，正是林颂。

　　林颂是我的前任，也是我毕业后正正经经谈的第一任男朋友。他是个励志青年，家在西北一个很偏很穷的山村，大学考上了广州的一所211学校，专业是气象学。大一时他便想转专业，要转去日后赚钱多的金融系，学校不同意。他便天天翘本专业的课，去金融系蹭课。第一学年结束，他气象学的课程挂了大半。辅导员找他谈话，说下学期再是这般情景，怕是奖、助学金申请会有困难，另外每科的重考费用对他来说也相当昂贵。林颂咬咬牙，每天只睡两三个小时，下个学期金融系的课一节没落，自己专业的课程也不敢松懈。这般拼到本科毕业，他终于考上了本校的金融系研究生。家里自然反对，要求他立刻出来找工作。他倒是很有底气，自大一起便打工存钱，积了一点钱便投进股市里，眼光很准，运气也好,三四年后毕业时高位清仓,用一笔父母从未见过的数目成功为自己争取到了读研的机会。硕士毕业后,他到深圳一家金融机构任职,收入不算菲薄,无奈家里经济压力实在太大,与我相处的那几年里,时不时会有种令人难堪的羞涩。

然而,我对这段感情的记忆仍是美好的。我成了他的白月光,他也是我青春的纪念册。最终缘于彼此太过清楚价值观上的不合适,在没有闹得彼此狼狈之前,便天涯两宽了。

可是,像今天这样重逢的场景,是我无论如何也不愿发生的。

他穿着一件胸前大大地印着"I ♥ Thailand"的白色大T恤,下面一条大花的裤衩,背后背着一个双肩包,标准的游客装扮,头发收拾得很利索。我挤出一丝笑容,勉强道:"林颂,好巧,居然在曼谷遇到你。"

林颂环视了一圈,见我没有同伴,又看我脸色苍白,紧紧抱着肚子,脸上掠过一丝顿悟的表情,便关切地问道:"有人陪你出来吗?"

我缓缓地摇摇头,低声道:"我一个人,忘记带伞了。店里的伞又卖光了。"

林颂点点头,笑道:"可不是嘛,我也是过来想买把伞,居然一把都没有了,不过没想到竟在门口遇到了你。"

我没有心思回应他的笑容,低着头,将自己的身体抱得更紧。

他的眉头皱成一团,小心地问道:"你好像很不舒服,是肚子疼吗?"

被他这么一问,方才还只是凉凉的寒意,此时变成了下腹部的微微胀痛,我脸上唰的一下失去了所有血色,手指死死地抓住他的胳膊,急切地问:"林颂,有没有办法帮我叫台出租车?我真的,真的不太舒服了。"

他见我这般紧张的模样,也抬头看了看被大雨浇得七零八落的街道,丧气地说道:"这个时候叫车太难了,这里又没有滴滴,我刚才用Uber

试了半天，也没人理睬我。"

我眼中闪过一丝懊悔和绝望。他不忍心，便说："你住的地方远吗？我送你回去？"

"你？"我迟疑地看着他，"你也没有伞啊。"

"我来想想办法。"他一边说着一边站起身，目光停留在了便利店门口卖雪糕的巨大遮阳伞上。等我反应过来时，他已经走进了便利店。透过厚厚的玻璃门，我看见他正比手画脚地在跟店长交涉。看样子，他居然异想天开地想买下那个大伞。我苦笑了笑，心里来不及感动，便被腹部隐隐痛楚的担忧占据了。万一真的出了什么问题，我还怎么回国？如何去面对吴浩？雨为什么还不停……

正在这胡思乱想的时候，眼角的余光竟看到林颂跟着店长走了出来，两人三五下便将那巨大的遮阳伞拆了下来。林颂潇洒地对店长道了一声谢，便将那伞扛在自己肩上，像得胜的将军般朝我走来。

我吃惊得有些语无伦次："你……你怎么搞到这伞的？"

林颂甩甩头，将淋湿的头发甩到后面，咧嘴一笑，露出洁白的牙齿："走吧。这可是我这辈子买的最贵的伞了。希望这雨能多下一会儿，摊薄它的使用成本。"

"你买的？"我笑出了声，"他居然肯卖给你？"

林颂严肃地说："开始当然是不肯，后来我把价格提升到了5000泰铢，又说我朋友正在生病，鉴于资本诱惑和道德压力的双重作用，那店长只好勉为其难地答应了。"

5000泰铢，那差不多相当于1000元人民币。要是放在电视剧里，这该是一场浪漫的戏码，可在现实中，倒并不这轻松。"我会把钱还你的，总之谢谢你。"我一边说，一边缓慢地走着，手指牢牢地攀在伞柄上，以此借得一点支撑的力气。

林颂皱了皱眉，看了我一眼，道："还什么钱？这钱又不是借给你的。就算没有你，我自己也要回去的呀。"他停下了脚步，看着我，狐疑地问，"刘倩，你是不是很不舒服？你的脸色真的太难看了。要不我背你回去吧？"

我大骇，惊恐地看着他。

林颂被我的反应吓了一跳，连忙解释道："你别误会，我没有其他什么想法，我知道你已经结婚了，纯粹只是想帮帮你。我记得你从前说过，女人在生理期的时候，最怕受凉和浸泡冷水，这风雨这么大，我也是怕你身体落下什么病根。"

我低头看了看自己的光脚，仅穿着一双拖鞋站在路上的一摊积水里，还不断有风裹着雨水打在小腿上，留下一阵接着一阵的寒凉。我沉思了片刻，终于还是不敢拿肚子里刚刚种下的胚胎开玩笑，便点点头，又说了一句谢谢。

我接过沉重的大伞，林颂将我背在背上。一人一伞的重量并不轻松，他走得却很稳。伏在他背上，他身上的气息热腾而起，是早已陌生的记忆。我的脸颊涨得通红，为了缓解气氛，我故作轻松地说："你好像比以前壮实些了，人也长高了点。"

林颂笑着接话："每天都在健身房里待上个把小时，把肌肉练大了些，看起来就显高了。"

我笑了笑，又问："你怎么想到来泰国旅游的？我记得你从前最讨厌出门旅游了。"

"谁会真的讨厌旅游啊，我只是讨厌花钱。"林颂爽朗地笑道，"不过这次来泰国也不是我自己出的钱，是去年公司年会上抽中的奖品，什么十二日泰国双人豪华自由行套餐。再不来，这就要过有效期了，所以赶紧趁着国庆放假过来看看。不过这么多天，我也没去别的地方，就光在曼谷转悠了。"

"双人游？"身为前任女友，我灵敏地抓住他语句中的八卦点。

林颂笑了笑，说道："奖品是双人游，可我却是一个人来的。来深圳这么些年，只顾忙着工作，同龄的朋友个个早已成家立业，就剩我一个落单的，竟连个同游的伙伴都找不到。"

听他的语气中颇有自嘲和薄薄的悔意，我竟有一种难以形容的满足感。

林颂小心地问道："你呢？一个人，还是跟老公一起出来的？"

我故作轻松地回答："两人一起来的，不过他假期完了，先回国。我还没玩够，打算多待几天。"我想了想，又补充道："还有几个朋友跟我一起，只是今天恰好都出去了。"

两人闲话了一路，我渐渐不觉腹部的酸痛。到了住处门口，他小心地将我放在干燥门厅的台阶上，四周打量了一番，半是玩笑地说："看你选的这个地方，就知道你日子过得很好。"指了指门，笑着说："赶紧回去休息吧。我也回去了。"

我嗯了一声，心里反倒像是放下了一块石头。林颂走了几步，又转回来，对我说道："我在泰国还要待上一周，也不想去别处，就在曼谷窝着。你要是有空，或是有什么需要帮忙的，随时找我。我的联系方式没变，你还记得吗？"

我点点头，笑了笑："我们只是分手了，又没有结怨。我删你号码干什么？"

林颂笑意粲然，在昏黄灯光和无尽的细雨中，流露出对彼此往昔时光的珍视。他转过身，挥了挥手，肩上扛着那把大得出奇的遮阳伞，很快消失在了茫茫夜幕中。

我不敢耽搁，赶紧回到房里检查了一下，果然内裤上有丝丝褐色的血迹。我的心如悬崖坠落一般，猛地一沉，又草草弄干了全身，还灌了一个暖袋抱在怀里，将身体窝缩在被子里，心事复杂地入眠。

第八章

刻舟求剑

一夜多梦,汗水将被褥打湿了好几次。在梦里,林颂和吴浩的脸交替出现,我又回到了自己婚礼的现场,只是纯白色的现场布置变成了暗红色,飘逸的白色婚纱也在梦境中褪了色,呈现斑驳的米黄色。吴浩在司仪的祝福下牵着我的手,温柔地低下头亲吻我。我正陶醉中,眼前的人脸却突然变成了林颂。林颂的力气比吴浩大许多,用力地捏着我的肩膀,大声地说:"倩倩,你不要害怕,孩子马上就要出来了。"我低下头,紧身的婚纱将小腹勒得平平的,哪里有孩子?又出了一阵冷汗,冰凉的湿腻感将我从梦中唤醒。窗外已是明耀晴天,昨夜的风雨早已不见踪影。我起床喝了一口水,再检查一番,内裤上干干净净,幸好已经没有再出血的征兆。

为保险起见,我还是预约了 Dr. Hong 做检查。结果出来,Dr. Hong 利索的眉头微微一皱,我的心也跟着一跳。

"其他指标倒没什么问题,时间还短,胚胎还没有着床。不过从 B 超来看,你腹内出现了一些腹水,这很可能是取卵时卵巢受到了刺激引起的,现在还只是少量,回去多吃高蛋白食品,保持心情愉快,可能的话,可以做适量的运动。"他看了我一眼,又笑道,"别紧张,根据我的经验,移植后出现腹水,多半会带来好消息。"

他的话并没有减轻多少压力，我急忙问道："那如果腹水加重了会怎样？会影响怀孕吗？"

Dr. Hong想了想，谨慎地说："一般来说，通过补充蛋白质可以治疗腹水症状。有一定概率会出现特别严重的腹水，那时候可以采用抽取的方式进行治疗。你不要给自己太大的压力，放松心态，保持好的心情，是你这个时候唯一能做的。"

从医院出来，我的心情沉重得跟暴雨前夕的天空一样。受孕的结果尚未得知，又出现了讨厌的腹水。回到住处，我赶紧给吴浩打电话，可他正在上课，直接挂了。我烦躁极了，想先睡一会儿，却在床上翻来覆去怎么也睡不着，索性点开一部韩剧，跟着男女主角生离死别的凄惨剧情痛痛快快地哭了一场，一直哭到眼睛都睁不开，方才昏昏沉沉地睡着。

睡醒时，已是傍晚。我拿起手机，并没有吴浩回拨电话的记录，倒是林颂发来一条微信，说是自己发现了一家相当地道的中餐厅，要是我的胃已经受不了酸酸甜甜的泰菜，可以来这里尝试一下，还推送了地址。我哪有心情吃饭，心急火燎地又拨打吴浩的电话。这次接得倒是很快。

吴浩正在父母家里吃饭，我赶紧将出现腹水的事情跟他说了。他停了几秒，有些茫然地问："腹水？怎么会这样？严重吗，会影响宝宝吗？"

我还没来得及答话，那边的手机便被婆婆拿了过去。婆婆胸有成竹的声音很快在听筒里响起："倩倩，我跟你说，不用担心，出现腹水是很正常的现象。那个促排针刺激卵巢发育，很多人都有这个问题。你别怕，这几天多吃些鸡蛋，让做饭的阿姨给你煲些冬瓜汤啊之类利尿的吃，你自己也起来走动走动。过几天就好了，不会影响宝宝的啊，不要害怕。"

我心头一酸，又觉得满腹的话不知道跟谁说，撇撇嘴道："妈，我昨天晚上一个人走在路上，突然下了暴雨，躲也没地方躲，浑身都被淋湿了，回来有点见红。今天医生虽然说没事，可我还是害怕。"

婆婆在那头沉默了几秒，又急切地问："你淋湿了？有没有感冒？感冒了也不能吃药，喝点姜汤什么的。哎呀，这个千万要小心啊，怎么好端端的，会淋到雨呢？你现在是非常时期，一切都要特别注意。曼谷的人又这么多，全球各地的都有。我特意花钱给你安排了僻静的别墅区，就是让你不要到外头去人挤人。剩下几天啊，你能不出去最好就别出去了，那个套餐里不是包含了一天三餐吗，吃完了就在小区里散散步。我待会儿给那个莎莎打个电话，他们怎么照顾人的？"

从她的话里，我听得出来她对我淋湿这件事是有怨气的，只是不方便直接发在我身上，便转移到了别人身上。我平静地说："知道了。我能跟吴浩说说话吗？"

手机再次回到吴浩手里，他的语气明显轻松了很多："妈说了，腹水不是大事。你别太担心了啊。上课的时候看到你给我打电话，我还以为出了什么事呢，吓我一跳。"

我压着脾气，问道："你以为出了什么事，可为什么下课了都还没给我回电话，一直要等到我现在给你打？"

吴浩怔了怔，吞吐道："我下课的时候已经很晚了，我想你可能正在休息，就想晚上回家跟你视频，没想到你先打过来了。"

这个时候，我有种想哭也哭不出来的感觉。给他打电话源于我脆弱的情绪，期望他能给到一些安慰，甚至幻想他能立马飞过来，同我一起面对这些。可看这形势，软弱的话我自己也说不出口了，只能满是怨气地说了一句："万一我真的有什么事，你后悔都来不及。"

"别瞎说。"吴浩立马阻止道，他压低了声音，悄咪咪地说，"你也别全听我妈的，曼谷好玩的地方可多了。要是身体没什么问题，可以四处逛逛。整天憋在房间里，一不小心就变成怨妇了。"

我苦笑了笑，两人不咸不淡地又说了几句。挂线之前，我清楚地听见婆婆的声音:"唉,咱们这个媳妇身体还是不行啊。"

心如滚过刀刃。

接下来几天,我一直老老实实地待着,按时吃饭,尽量多睡觉,实在睡得烦躁了,便去小区转悠一圈,日子过得无聊极了。腹水的情况并没有好转的迹象,三两天的工夫,小腹甚至明显凸了出来,还时不时有胀痛下坠的感觉。面对这一糟糕的情形,我也逐渐麻木,顾不上许多。又过了两日,早起测孕,细细的验孕棒上竟出现了一道淡淡的水印。我强压着猛烈跳动的心脏,又验了一根,并没有多余的痕迹。心里忐忑,我还是赶忙掏出手机,将那两道印子的验孕棒拍了下来,发给吴浩。

几乎是在信息发出去的一瞬,手机便响了起来。吴浩激动的声音震得我耳朵嗡响:"是有了吗?是怀上了吗?图片不太清晰,这么快就出结果了?太好了!"他语无伦次地在那头叫喊。

我心里自然也是高兴的,声音倒很平静:"验了两根,一根有,一根没有。待会儿去医院抽血化验一下,就可以确定了。"

"千万别是诈和。"吴浩有点担忧,嘱咐道,"那你快去吧,有确切的消息一定要马上告诉我。"

男人当真是播种动物,在别的事情上,倒从未见他这么在意和主动过。到了医院,很快有了验血的结果,移植的胚胎顺利着床了,HCG值较一般孕妇高出许多,这很有可能是双胞胎的征兆,现在不能确定,但回国后应该能够验出结果。不好的消息是腹水的情况并没有好转,Dr. Hong嘱咐了一些饮食上的禁忌,站起身来,与我握手,恭喜我得偿所愿。这意味着我可以回国了。

从医院走出来,我立刻将好消息通知了吴浩。光从他的声音中,就足以知道他的兴奋。挂了电话,我像一个立下不朽功绩的将军一般昂着头走在曼谷车来人往的街道上,暖暖的风把散落鬓边的碎发吹到脸上,惹来一阵一阵酥麻的痒。我见路边的院墙上攀出一片浓烈的炮仗花，娇艳怒放，心里竟能背出两句古词：良辰美景奈何天，赏心乐事谁家院？默默念完，又不禁偷笑，这番折腾总算是有了好的结果。我极想与人交流分享，可身在异国，连个认识的人都没有。我突然想起了林颂，那日多亏他仗义，买那遮阳伞也花费不少。他之前素来看重金钱，这次虽然不让我分担，但终归算我欠他一份人情。想到这里，我拨通了他的电话，想试试运气，看他回国没有。

与从前一样，在第三声铃声响起之前，林颂准时接起了电话："我正好想今天再问问你，有没有空出来一起吃个饭，我明天可就回国了。"

我心情大好，声音自然也悦耳："那真是凑巧。晚上一起吃顿大餐吧，就去你上次说的那个中餐厅，这些天我的胃真被虐惨了。不过事先说好，这次我做东，你不许跟我抢。"

他哈哈笑道："你可要确定。那家店标价可不便宜，我上次是跟几个来自驾游的驴友一起去的，五个人才敢点三个菜，出来后每个人在路边又吃了一盘抓饭才饱。"

"那你还推荐我去试试。"我心情大好，并不在意他的玩笑，"算了，反正我也不知道别的去处，正好见识一下我大中华饮食如何荣登海外饮食链的巅峰。"

我换了条露肩连衣裙，百褶的裙摆正好落在膝盖位置，露出紧实完美的小腿线条，妆也化得精致，西柚色的腮红不仅减龄还在妩媚中映出几分调皮。上次见面的形象太糟了，这次得好好找补回来。我穿上下午逛街时买的细带半高跟鞋，镜中的人影袅袅婷婷、嫣笑百媚，很符合一个前女友的完美形象。

那家中餐厅在曼谷市的核心位置，带一个天台花园，用鲜花和玻璃布置得极为雅致，暖色调泡泡玻璃灯与藏在四周的烛光相互配合，营造出一种高档暧昧的气氛。我叹了口气,看这装修的格调,就知道价格得上天了。林颂比我早到,见到我,眼睛里闪过明显的亮光。我心中极满意,优雅地坐下,也打量了他一番。

今天他亦不是上次那番游客装扮,整洁贴身的衬衣勾勒出肌肉的线条,脸上刮得很干净,整个人浸在一股清新的味道之中。他手上戴着一串深褐色的老料佛珠手串,油溢光泽,想必戴了不少时日。我指了指手串,笑着说:"你从前不是最不信这些吗?怎么现在自己也戴上了?"

林颂低头看了看,笑道:"我这也算是入乡随俗。你也知道,虽然我自己不做交易,但身边的朋友、老板们大多都跟K线缠绵悱恻,也信这些珠啊、串啊、牌啊之类的。我戴个在手上,彼此一下子就找到共同话题了,不是吗?"

我低下头笑了笑,果然是林颂,只要是耗费了时间和精力的事情,必然要求有所回报。"那你这次来泰国,估计也进了不少手串回去吧?"

"不能这么说话,"林颂一本正经地纠正我,"这叫请了一些手串和佛牌回去。"

我俩相视大笑,有种久违的畅快。点的菜肴很快就上来了,做得果然地道,摆盘也甚是精美。我今天的胃口很好,加上久没有吃到如此对胃的饭菜,也顾不得矜持,不一会儿便清空了两个盘子。

林颂吃得很少,更多的时间是在一旁含笑看着我。我猜他并不是吃饱了,而是见菜量不多,又不好意思多点,故意要让给我吃。我抬起头,说道:"你应该没吃饱吧,我得再加两个菜,这分量哪里够两个人吃的?"

林颂笑了笑,温和地说道:"菜就不用了,再来两碗米饭吧。泰国的米真香,一会儿我就这些菜汁拌饭,就足够了。"

我扑哧一笑,心头一暖,面上却又马上拉了下来,正色道:"你这什么意思啊,我好不容易请次客,还不让你吃好,回头该怎么说我?而且你现在好歹也是一大基金经理,别弄得跟刚毕业的穷学生一样,你的客户到时候该以为你赚不到钱了都。"

林颂仍然像方才那般看着我,眼中却多了几分笑意:"我可没把你当成需要应酬的客户,老朋友之间相处,就该是怎么舒服怎么来。"他看了看桌上零落的几个菜盘子,继续说道:"这些菜足够了,再点就要浪费了。我从前是没钱,浪费不起。现在倒不是钱的问题,只是在奢靡成风的金融圈里待得久了,身边每个人都努力避开跟'寒碜'二字相关的行为,追求一掷千金的奢靡,但在我看来,那都属于职业行为的一部分,所以今天难得自在,你也别来那些虚礼了。"

他的话说得真挚,我点点头,也停下了手中的筷子,让服务员添了一碗白米饭。待二人都吃饱了,林颂没有离开的意思,反而又添了一壶茶,浅色的茶汤配着透亮的杯盏,也是一件怡人心扉的妙事。

林颂笑道:"饭后本该去散步消食,可人一吃饱反而不想动了,正好这里环境也不错,喝茶聊天也合适。"

我环视四周,此时饭点的高峰已过,晚市的酒水生意逐渐上场,旁边的餐桌大多数是你侬我侬的情侣。我笑着说:"你不觉得这里的气氛太暧昧了?周边可都是谈情说爱的小情侣们。"

林颂狡黠地笑道:"他们谈他们的恋爱,我们也有我们的正事要谈,互不干扰,又有什么关系?"

我微微一笑,林颂果然还是那个林颂,便揶揄道:"在曼谷偶遇的前任男女朋友,居然也能有正事要谈,林总果然是林总,见缝插针呀。"

林颂只有一秒的怔神,继而便恢复了常态,嚷嚷道:"哎哎,叙旧自然是主菜,生意嘛,自然可以顺便谈一谈。说实话,在遇到你之前,这个项目我还真没什么合适的人选,你今天给我打电话的时候,我才猛然醒悟,你不就是 the right person(合适的人选)吗?"

我皱了皱眉头，疑惑道："究竟是什么项目呀？"

林颂给自己斟了一杯茶，浅浅地抿了一口，说道："倒也算不上是什么大项目，不过赶得也算是巧。是个朋友的公司，看这些年教育行业发展的势头很不错，有意向收购一家培训机构的股权，双方价格、收购节点什么的都谈妥了，我那朋友这时候突然想起来要找个律所给对方做一下尽职调查，前天心急火燎地让我推荐靠谱的人，说下个月就要签约了。我说这事时间紧、任务重，本来想给推了，还没开口拒绝，他就满口说价钱不是问题，关键是办事的人得信得过。我正好就想到你了，不妨帮你们搭个桥。这哥们虽然是个土豪富二代，却也是踏踏实实做生意的人，尽调对你来说也算是对口，你看怎样？"

我没忙着表态，反而好奇地问："他前天跟你说的这事，你当时就想起我了。可今天明明是我找你吃饭，饭菜都吃光了，你才提起这事。这件事，你究竟是想成还是不想成呀？"

林颂低下头，又抿了一口茶水，掩饰了一下自己的紧张，尴尬地笑道："你果然观察入微、心细如发。这事说起来我心里是有些犹豫的，不过你别误会，我主要是担心你对我介绍的生意会有顾虑。我这个朋友公司的资金运作一向是我在帮忙，包括这次准备投资的钱，也是我融来的。你要是接了这活，日后我们免不了开会时遇着，我怕你不愿意，才犹豫了一整天，但心里又总觉得你是最合适的人选，不开口自己也觉得可惜，所以才问问你。"

我轻轻地笑了笑："你从前可不是这么一个会考虑别人感受的人。"

林颂也笑了，略带腼腆地说："从前的坏毛病，这些年，我一直在努力改正。"他又半开玩笑地说道："我总担心，要是再遇到一个像你这般优秀的女人，再被我的坏毛病给吓跑了，我一定得后悔死。"

我笑了笑，低下头喝了一口茶，掩饰脸上的尴尬，心里细细一琢磨，

第八章　刻舟求剑

便觉得这事大概并不当真如此，便故作轻松地说道："这么一个牵强的借口，我是不信的。想必你这朋友的公司里，你也是有持股的吧。一面做融资，一面参股，这可涉嫌违纪哦。"

林颂不太自在，很快却又调整好了状态，镇定地说道："我得再重复一遍自己的话，果然是什么事情都瞒不过你。其实这事我本就不想瞒你，但真的是害怕你认为我偏私，看重的是我们从前的交情而不是你的能力。这算是一个善意的谎言吧。"

算不算善意的谎言，我不好判断，但在我心里，林颂的做事风格一向过于狠辣，为达目的可竭尽所能，我实在无法完全认同，这大概也是当初我们分手的主要原因。但刨除这些，这个项目本身算是优质，按目前的市场价格，做完之后收他十几万的服务费，也是半台车的钱。不过，这意味着我将要频繁与他打交道，想着我们之前的关系，再想想自己肚子里正在孕育生根的孩子，我实在不愿惹这个麻烦。我捋了捋头发，尽力让头脑清醒一些，露出职业的微笑，委婉而真诚地拒绝道："这个项目当真很不错，林总愿意给我这个机会，无论是出于私交还是公道，我打心眼里感激，也领你的情意。可我真的不能接，一来是我们之前的关系，容易惹上一些流言蜚语，也增加彼此的沟通成本。无论我做得好不好，掺杂着你前女友的身份在里头，怕也是难以获得公允的评价。二来是我前段时间走运，接了个集团的大单，精力有限，也怕兼顾不过来，别到时候误了你的事情。如果说你真的没有更合适的人选了，我倒愿意为你推荐几个靠谱的同行，我们所的或是别所的都行。"

林颂的眼中闪过一瞬的失望，很快又被淡淡的笑意掩盖，他的手指在桌面上轻轻敲击了几下，笑道："虽然有些失望，不过这也无可奈何，还是得麻烦你帮我推荐一下靠得住的人选。以后合作中万一闹了什么不愉快，还有个作保的。"

我笑道："想得美。总想着拉我下水，不怀好意啊。"

林颂笑着说："我也听说你最近接了宏运集团的大单子，这样的机会确实值得全身心地投入对待，恭喜你，倩倩。"

我故作闲情地转了转手中的茶杯，道："你的消息倒是很灵通。"

林颂笑道："我们的圈子本身就很小，彼此交叉又多，更何况，对于在意的人和事，我一贯是很上心的。"

我浅浅微笑，不置可否。

这顿饭在一种谈不上惬意也不能说是尴尬的气氛中结束。我回到住处，觉得心里像缺了一块似的空洞，便给Aggie打电话，告诉她我怀孕的喜讯，顺便说了一下与林颂的晚餐会。

"啧啧，不得了。人都说怀孕的女人特别容易孕傻，你倒不是，一怀孕，头脑反而清楚了，连送上门的蛋糕都舍得拒绝了。"Aggie迫不及待地开启了点评模式。

"你知道我心里有多舍不得吗？这种时间短、赚钱多、费劲少的好项目，太有助一个孕妇在律所里彰显价值和刷存在感了，可对方偏偏是林颂。唉，天知道我内心纠结了多久，最后终于用理智战胜了金钱的诱惑。"我对原本唾手可得的那笔服务费仍念念不舍。

"那林颂肯定很失望，或许还有些受伤。"Aggie故意刺我，"他那么骄傲的一个人，白白送上门的大礼竟然被人给拒收了，光想想那画面，就很难接受。"

"我已经尽量委婉了，还许诺给他推荐一个靠谱好用的律师。"我辩驳道，"我可不信什么玛丽苏的传说，也不是什么白莲花，前男友刻意帮忙的好意，总会带来日后无穷无尽的纠缠和麻烦。为一笔生意赔进去之后的安宁日子，这可不划算。"我停下来，想了想，又继续说道，"你知道吗，他今天还有意跟我说了一个成语典故。"

"什么？成语典故？"Aggie的语气中颇有遇到神经病的感叹。

"刻舟求剑。林颂跟我说他小时候学到这个成语的时候，心里觉得这个人好傻，怎么会有这样的人，难道不知道剑在江中央掉下了水，船到岸边以后是找不到的？'然而当我真正长大了，失去了一些东西之后，才发现，在人生的岁月长河里，我们每个人在某个节点上遗失的东西，之后会一次又一次想返回去寻找，却永远也不会明白，自己只是在船边徘徊，江中央是再也回不去了。'"我学着林颂说话时淡淡忧伤的语气，向Aggie复述道。

Aggie在电话另一头沉默了许久，憋着一口长气，问道："他想干吗呀？缅怀过去的感情，还是有什么企图要打人妻的主意？"

"也许都不是，可能只是着意想撩一撩旧情，展现一下自己的多情，塑造一个痴情男子的形象。"我笑了笑，"这坏毛病也算是金融男的通病。话说回来，林颂也算是个优质男，聪明、积极、努力，遇到问题不慌不忙，情商也是极高的。我跟他相恋相处了好些年，最终大家和平分手，他也从未做过什么对不起我的事。问题是他哪有这多愁善感的文艺路数呢，他越这么装模作样，我只觉得他越不真诚。就像他手腕上戴的串珠一样，明明是不信天命的人，为了走进那个圈子，能将牌子、珠子挂一身。"

Aggie听我这么说，便放心地说道："我发现你除了对自己的婚姻经常会脑子不清楚之外，对别的事情倒是精明透彻得很，尤其对林颂，简直冷静到冷血的程度。"

我听她又来讽刺我，仗着心情愉快，也不与她一般计较，依旧笑道："这哪能相提并论，婚姻本来就是有温度的，生意又没有。"

Aggie连忙表示受不了我对婚姻的真切向往和肉麻，慌不迭地挂了电话。

曼谷的风柔和地吹拂思绪，夜色精美，放置在道路两侧照明的石灯荧荧明明，与天边笼笼圆月交相辉映。伴着缕缕清风，我坐在宽敞舒适的飘窗前，一面往嘴里送了块香甜滋美的蜜瓜，一面悠哉哉地畅想日后美好的生活。手掌不自觉地滑落到腹部，感受体内气息温和的起伏。生活因新生命的到来而满是生机，原本遭遇的所有不堪和狼狈，尽数消散在这千里之外的异国他乡里了。

坐早班的飞机回到深圳，我尽情享受了一番将军凯旋的荣耀。婆婆见面就给我塞了一个大红包，拉着我的手殷勤地嘱咐这是给我补营养的，怀胎十月里千万别委屈了自己。回到家中，我发现冰箱里更是塞了几大盒优质的干燕窝。我咧嘴笑了笑，心道婆婆半日生活虽然讲究，但也算是简单，这等近乎奢侈的营养品，除了为子孙，怕是再也难见。可惜一个月后，我便出现了极大的妊娠反应，别说是海参燕窝之类的补品，就是日常吃惯了的饭菜，光闻见气味，就能在马桶旁边狂吐一番。吴浩最初还有些担忧，但婆婆很快就告诉他，吐得越厉害，证明孩子扎根越稳后，他便对我的难受状况习以为常了。孕八周的时候，我的小腹竟已明显凸出，去医院第一次做B超，显示器上清晰可见两个孕囊正在茁壮成长，腹部积水的情况也有了一些好转。

工作上也近乎梦幻的一帆风顺，虽然身体各种不适，但我仍然坚持每天准时准点到律所，认真准备与宏运集团的每次会议和汇报。所里领导与甲方众人大多已经知道我怀孕的消息，不过见我每次妆容整洁地出现，并没有流露出异样的神色。另一方面，我促成了包主任与林颂的合作，尽调周期两个月，服务费25万。老包笑得脸上的褶子都要扯平了，人前人后一个劲地夸奖我，颇有将我视作干将爱徒的意味。他在日常相处中，对我也越发亲近，甚至让他爱人为我去香港买来一大袋孕妇补品，从叶酸到钙片、各类维生素，提在手里，颇为沉重。

吴浩也不再惹我生气。事实上，自打我怀孕之后，诸事顺心，他也实在没什么能让我生气或是失望的了。而从前的别扭，像是江水那头泛起的小浪花，转眼便从生活中消散了去。我在手机上下载了一个孕期计算的App，怀着最美好的期待等候两位小天使降临到我的生命中，与我一起和和美美地成长。

所谓岁月静好，大约便是这个模样吧。三个月的时间转眼便逝，其中值得一提的是，我的幸福气场似乎连钢铁女战士Aggie都被感染到了。她开始考虑自己年龄颇大，婚事无所着落，便去做了冷冻卵子，以防日后后悔无门。我自然不放过这难得的嘲笑机会，原来战无不胜攻无不克的Aggie姐也有害怕的事情。

Aggie冷笑道："自然万物，成长凋零，谁都无可奈何，违逆不得。"

我琢磨着她这话里悲春伤秋的味道，也许她是真的恨嫁了。

第九章 妈妈来了

孕12周的时候，我去医院建册产检。做B超的医生将探头在我肚皮上探索了许久，样子很是疑惑。我心里担忧，急忙问道："是不是宝宝有什么问题？"

医生认识我，便笑着说道："别担心，宝宝挺好的，只不过有一个孕囊里出现了两个胎心。你等等，我让主治医生下来看看。"

不多时，婆婆便跟着主治医生一起来到B超室。主治医生查看了片刻，笑嘻嘻地转过头对婆婆说："你媳妇可真能干，这可是个好消息，有一个受精卵自然分裂成了两个，原本的双胎如今要变三胎了。你们家日后可热闹了。"

我躺在床上，心里不知是喜还是悲。原本怀双胎就已经够折腾了，如今再多来一个，我摸了摸自己的肚皮，深深怀疑这薄薄的容量能否装下三个宝宝。

婆婆的脸笑得五官都看不见了。她盯着显示屏看了半天，心里有些吃不准，又咕囔地问道："这多的一个究竟是孙子还是孙女呀？"

两个医生相视一笑，也将头挤了过去，三个人看了看，主治医生笑着说："现在还看不出来，再过两个月吧。不过这怀三胎的辛苦程度可比双胎要大许多了。孕妇这段时间别想着减肥和身材的事，要多吃些营养，身体里三个孩子等着你这口饭呢。"

我欲哭无泪，哀声道："我实在吃不下东西，闻到饭菜的味道就想吐。吃完饭，还没等消化，就又吐光了。"

婆婆在一旁，连忙接着说道："没事没事，以后我每天给你炖汤喝，吐也没关系，吐了再吃，总能吸收一部分营养的。"

主治医生跟婆婆相熟多年，也不在意，便笑道："你这什么方法，吐了再吃，你吃得下啊？"又转头对我说："一会儿我给你开些维生素吧，调理一下，在身体允许的情况下，你也尽量保持每天运动。还有就是不要生气，工作压力太大的话，就回去休息。怀着三个宝宝，肯定各方面都艰难一些。"

婆婆接着说道："她现在天天还在上班，又是律师，每天忙成那样。我说干脆早点请假，在家休息。三个宝宝，每天这么上下班颠来颠去的，我这心里可不放心了。老吴，你得帮忙想想办法，开个保胎假条什么的。"

主治医生看了看婆婆，又看了看我，面上有些为难，说道，"现在年轻人的想法跟我们那时候不一样。律师可是好职业，生娃耽误了事业，人家可不一定愿意。我的意见是，如果身体没什么特别的反应，比如见红啊，腹痛啊，孕期坚持上班也不是不可以，毕竟整天待在家里心情也未必能愉快。但考虑到你一下怀了三个，身形也不是那种人高马大款的，要是吃不消，我帮你开一段时间的保胎假条也是可以的，毕竟国家法律保护孕期妇女，你们单位也不能把你怎么样。"

我看了一眼婆婆期待的目光，微笑着摇摇头，坚定地说："暂时先不用吧，等以后肚子大起来了，行动当真不方便了，再考虑休假的事。"

主治医生似乎暗自松了一口气，在我的产检手册上龙飞凤舞地写上"不适随诊"几个字。

我怀了三个宝宝的消息成了晚上家中的讨论话题。吴浩有些昏憒，似乎还没接受自己要成为三个孩子父亲的现实。公公面上平静如水，晚餐却比平时多吃了一大碗米饭，想必心里也是极其喜悦的。婆婆收拾完碗筷，在沙发上坐下，用半是得意半是喜悦的口气说道："倩倩一下子给我们家带了个三喜临门来，想着以后三个宝贝在这里跑来跑去的画面，可得让人羡慕死。老吴，咱们这些家具得换换，你看看这个茶几，四个角都是尖尖的，万一小孩子一下摔着磕着了，可不得了。还有那个柜子，那么大一块玻璃，撞上去可太吓人了。"

公公素来不管这点小事，只浅浅地说道："你看着办吧，想换都给换了，我没意见。"

我忍不住接话道："妈，别折腾这儿了，这些家具都没用多久呢，到时候给包个防撞条就行了。新买的家具，甲醛还没释放完，更不安全。"

婆婆想了片刻，笑道："也是。我这也是被喜悦冲昏了头脑，一下子都不知道该干什么了。吴浩小时候也多亏了他奶奶和外婆帮手，我那时候天天上班，产假又短，哪有精力照顾孩子呀。"她偷偷瞥了一眼我的脸色，继续说道："如今你比我可要辛苦多了，一下子来三个宝贝，别说小孩出世以后得人手照料，这孕期就得好好看护着，千万不能出什么差错。我这边呢，刚动完手术，还在调养期，内退也不是一时半会儿办得下来的。所以，我在想，能不能让你妈妈来深圳先照应一下。毕竟你们母女俩，很多事情也方便些。"

我心里冷笑不已，我妈妈跟婆婆年纪一样，也还未到退休的时候，现在重庆的一所小学任语文老师。

"我妈学校的事情也挺多的，哪里是一时半会儿脱得开身的。我现在还照应得过来，等以后身子沉了，再请个阿姨帮忙吧。"我不卑不亢地回答，"何况吴浩不是也在吗？"

"浩浩一个大男人，会做什么呀？洗个碗都能摔三个。"婆婆一脸焦急的样子，"倩倩，你别多心，我不反对花钱找人帮忙，只是一来呢，现在好的阿姨很难找，何况再好的阿姨也比不上自己的母亲贴心。这二来呢，我听人说，现在学校的老师都可以找人代课，课时费就给代课的那个老师，也不需要办什么手续，只要跟校领导打好招呼就行。你看这样好不好，让你妈妈在那边操作一下，损失的费用呢，我们来出。你妈妈要是愿意过来照料你的身体，我们这边也放心一些。三胞胎可跟单胎不一样，别人四五个月才显怀，你的肚子马上就能赶上了。"

我极其别扭，语气也带着不爽，道："我妈就算要过来，也用不着这边给钱。您说的这种代课方式，以前是有人这么干的，后来上头有文件下来，严令禁止了，未必行得通。何况我妈也是高级教师，现在带着一个毕业班，当真不是说走就好走的。"

婆婆面上讪讪，低声咕哝道："我这也是为了你的身体着想，马上要做妈的人了，多为自己考虑一些总是没错的。"

公公皱了皱眉头，制止了婆婆蚊吟般的抱怨，道："行了，你别在那自顾自地瞎指挥。亲家母家里有自己的事，不一定能适应深圳的生活。我看这样吧，我们两条腿走路，倩倩回去问一声你母亲，能操作自然最好，实在不能，我们这边也开始物色阿姨吧。反正迟早都是要请人的，孕期便过来适应适应，比到时候孩子出生了手忙脚乱的要好。"

公公的总结陈词结束了今晚家庭会议的讨论。我跟吴浩回去的路上，吴浩面上颇有些不满，抱怨道："你怎么对妈那种态度说话？她也是为了你和宝宝好。你这么顶撞她，搞得大家多尴尬。"

我方才的气本已消了大半，被他这么一激，又冲了上来，口不择言道："我怎么顶撞她了？怀之前是谁信誓旦旦地说等有了宝宝，自己马上办内退，在家好好享受天伦之乐？现在到了兑现的时候，怎么打起我妈的主意来了？你妈要上班，我妈也不是家庭妇女。不来深圳，她在家过得逍遥快活得很。你妈凭什么把我妈当成阿姨来看，还给钱？我妈就算过来，也是看在我的面上，不缺你家这点钱。会不会说话啊，有这么侮辱人的吗？"

吴浩被我急速的"你妈""我妈"吵晕了头，强硬地说道："你的心思怎么这么歪啊，什么叫打你妈的主意？做母亲的过来照顾一下自己女儿和未来的外孙，有什么大不了的？"

我冷笑不已："那可不一定。别以为我不知道你家动的什么脑筋，怀孕之前一门心思想要抱孙子，现在一看来了仨，怕日后照料孩子辛苦了，所以趁早先把我妈弄过来，等孩子出世后，外婆就顺理成章地挑起带娃的重任，你妈有的是理由在外围搭个手，看看热闹吧。"

吴浩冷瞥了我一眼，道："你自己听听你说的话，哪里像是一个受过高等教育的人讲的？这等心思和眼界，跟一个市井泼妇有什么区别？"

我心里冷笑得痴狂，语气却越发冰冷："我也想有风度，有涵养。不愿去管也不愿去想这些鸡零狗碎的事，可你看看自结婚后，你家给过我优雅洒脱的机会吗？你问我对你家有什么不满意，我告诉你，我就是不喜欢你父母牺牲别人利益时一副理所当然的态度，认为只要付一些钱，根本不管别人是否愿意。不过他们还不是最糟糕的，毕竟他们还有一点补偿的想法。最可怕的是你，吴浩，你把所有的获得都当成了理所应当！结婚这么久，你为我们这个家主动做过什么？既然你向来不管不顾惯了，又凭什么因为我一句话语气不太好，回头就跟我发飙呢？"

"刘倩，你说话要摸着良心，我家哪里对不起你了？无论是生活还是事业，哪里不是竭尽所能地在帮衬你。出个国，做个试管，别人都住公寓，你要住别墅，都依着你。现在只不过让你回去问问你妈愿不愿意过来帮忙一阵，你就这么多抱怨。说到底，还不是你一下子怀了三个小孩出来，搞得大家都乱了阵脚！"吴浩也几乎丧失了理智，口无遮拦地说道。

我气极了，地下停车场里指示的灯光在这一瞬间闪耀成一团一团刺目的线条，只觉得一口鲜血被憋在喉间，连呼吸都跟着急促起来，在那一瞬间失去了争吵的力气，抢起手上的手机，便向吴浩的脑袋狠狠砸了过去。

iPhone易碎屏的传说果然不是虚言。在吴浩脑袋上猛砸几下之后，他的脑袋还没破皮，手机屏幕却龟裂成了几个大块。吴浩虽然气得嘴唇发紫，在冷色的白炽灯下像受凉了一般微微发颤，但终究还是不敢动手还击，只是一味地躲让，避免让我继续击中面部。最终，他深深地叹了一口气，躲进卫生间里去处理额头，避免两人继续刺激。

我在客厅的沙发上像个孩子一般号啕大哭了许久，终于将大脑中的一切放空，痴痴呆呆地看着客厅顶上那个华丽温馨的吊灯。突而想起来，这次争吵的源头竟是如此不值一提。我双手放在微微隆起的小腹上，努力做成拱卫的形状，脑中却在想：这即将到来的三个小生命，作为他们的母亲，我又能凭借什么力量去保护他们。我们像一块完整的水晶走进婚姻，却被生活中的琐碎杂质击打得混沌不堪，最终与它们一道沦为砂器。

回归现实，我再一次认真思考拥有一套属于自己房子的可行性。今天的交锋让我绝望而清醒地认识到，无论吴浩在英国接受了多少年的西化教育，无论吴家父母表面上演绎得多么开明且现代化，他们骨子里仍奉行中国传统家庭的那一套伦理逻辑，即父系原生家庭是根，媳妇是叶，子息是枝。嫁入婆家的女人，在中国传统社会中，仅是带着一具血肉身躯过来，所有的社会关系、生产资源皆源自婆家的供给。在这种环境下，女人最大的价值便是由身体滋生出来的生育价值。这套逻辑，中国人信奉了两千年。在工业化发达的现代社会里，它未必成立，却仍然滋滋长存，成为人们思维上的一种惯性。而这种理念与我信奉且企图营造的核心小家庭观念实在相去甚远，或许这正是双方矛盾不断的根源所在。

当然，换一个角度来说，我也未必成了自己想要做的现代独立女性。如今我住着自己没有半分产权的房子，经营着靠公公关系给予的事业，连去泰国住得舒服一些都是由公婆买单。这种情形之下，除了去做一个乖乖听话的小媳妇，我还能怎样呢？Aggie说我在婚姻中步步被动，受制于人，她说得没错。我在外面伪装得再坚强能干，底色却如中国大多数的妇女一般狼狈和不知所措，只将婚姻系在一条纤细的感情线上费劲地维系。

没有底牌、没有后援，在这段婚姻中，我在自己的利益上步步退让，终于连身体利益的底线也未能守住。也正因如此，一遇到冲突，我便表面上暴躁如泼妇，心底脆弱如水晶。想到此处，眼泪悄然而下，瞬间便浸湿了整个面庞。我想到了最坏的结局，如果有一天我与吴浩当真走到了离婚的地步，法院会怎么判这三个孩子的抚养权？一旦最坏的事情发生，在这一段婚姻里，我果然什么都守不住。

我猛然坐起，从后脊梁骨处渗出一阵接着一阵的冷汗。

争吵过的第二天一早，吴浩给我准备了营养丰盛的早餐。新鲜的牛奶，现烤的吐司，还有一盘子洗净的水果。我孕反厉害，本来并没有什么胃口，但见他主动和好的态度，也不计较太多，高高兴兴地全部都吃完了。

上班的时候，我跟妈妈汇报了一下双胎变三胎的事。妈妈没什么别的想法，高兴过后，又开始担心我的身体会不会因为怀着三个孩子而遭大罪。我故作轻松地说，现在营养补充什么都很充裕，工作也算舒心，实在不行,最后几个月就在医院里住着,差不多了就给剖出来。反正深圳市的生育保险政策很好,都花不了自己多少钱。

妈妈的声音立刻沉了下来,嗔道:"哪有这么说话的?医院还是少进的好。吃什么营养品都不如一天三餐顺心合口。现在你家谁做饭?饭菜合口味吗?"

我立刻顺着话头往下说:"没人做饭,早上和中午在外面吃,晚上有时候去吴浩家吃,有时候就在家叫外卖。"

妈妈一听可着急了:"这怎么行呢,你现在怀着身子,一个人要吃四个人的营养,你婆婆也不管你。"

我笑道:"她上班比我还忙,何况他们江浙口味,弄的饭菜总是带甜,我吃不惯,吃多几口还得吐。我就想吃妈妈做的饭。"

我久未在父母面前撒娇,妈妈一听,心顷刻便软了。"我倒是也想过去照顾你,怀孕可是女人一辈子最关键的时候,但学校这边怎么办呢?"还未等我开口,妈妈自己接着说道,"要不我去跟领导商量一下,看能不能找到代课老师,我还是尽量过去。你离我们这么远,我总是不放心的。"

我心中一暖,喜滋滋地说:"还是妈妈最好了。"

放下电话,我便出门去溜达。律所附近有几个商务公寓的楼盘正在预售。周边现在看着环境挺糟糕,眼见之处都是工地围板,这都是政府在修地铁所致,也意味着将来的三五年,这里将有两条地铁线路贯通,再加上附近新盖的几座写字楼,地段价值相当可期。我看上了一套六十多平的小两房,加上赠送面积,不难做到小三房。属性是商务公寓,好处是不占购房名额、首付一半,坏处是没有学位,贷款期限最多十年,月供的压力比较大。我算了算手里的钱,正好够付首期。在交房前,由于没有月租收入,月供款几乎要耗尽我所有的工资。漂亮的售楼小姐见我面露犹豫，在旁边怂恿道："我们这房子热销得不行，还有半年就交房了。那时候姐姐你正好宝宝出世，就当作是给宝宝的新生贺礼，不是正好吗？"

听她说到宝宝，我脑子里立马有种充血的热度，接过售楼小姐递来的笔便在认购书上唰唰地填资料。填到认购人姓名的时候，我只犹豫了一秒，便将妈妈的名字写了上去。

售楼小姐微微一怔，道："姐是要给阿姨买房？"

我微微扬眉，问道："不行吗？我妈妈今年54岁，贷款上限年纪是65岁，相差大于十年。商务公寓并不要求本地户口，我妈妈应该是符合条件的吧？"

售楼小姐见过各种奇怪的购房情形，对我这个自然秒懂，连忙笑眯眯地说："那是自然，我有很多客户，尤其是已婚的女性客户，买房都写父母的名字，也是对未来生活的一种保障方式吧。无论什么情形，自己的父母终归是父母。"

交完了定金，开发商很大度地给了一个月的筹款期。我抱着用华丽信封装着的认购合同，像抱着下半辈子的依靠，脚步轻盈地往回走。不用说，这种操作自然涉嫌婚内财产转移，吴浩若是当真要追究，也免不了一场鸡毛官司。但生活本就没那么多大道大义，人心算计至此，我更不愿看见自己的处境越发被动，最终手里连根稻草都抓不住。

回到律所楼下，正巧遇到在等电梯的林颂。我微微吃惊，他却回过头，热情地朝我打招呼："今天正好到你们所里开会，还想着会不会遇到你，没想到，竟然在这儿就撞到了。"他目光微微扫过我已明显隆起的腹部，有一丝讶异和恍然在不经意间流露，道："还没恭喜你，才这几个月的工夫，便要做母亲了。"

我淡淡笑道："多谢林总，到时候可有理由向你讨要红包了。"

说话间，我们便到了律所。包主任和负责尽调项目的朱虹抱着一大摞的材料早早便在小会议室里等候。我见气氛不太对劲，便打了个招呼就溜走了。我的位置离会议室不远，隔着玻璃，看得出众人谈得不是很顺利。林颂几番挥手表示不耐烦。毕竟是我介绍的项目，还是有些放心不下，我便偷偷问跟进项目的文书小蒙，是不是遇到了问题。

小蒙今年刚刚毕业，人和嘴巴都勤快，撇了撇嘴，道："这个林总性子着急。从接到项目的第一天开始，每周都要来催问进度，朱虹姐跑了三次苏州，都快一个月没着家了，这家教育机构的材料才算是收集周全。倒也没什么大问题，跟他们提供的信息基本吻合，就是有一份资料始终没见到原件，只有现场照片和扫描件，朱虹姐不放心，还要再去现场调查一次。林总就不愿意了，认为目前的材料足以证明真实性，再折腾太耽误时间了。这不，连包主任都出马来调和了。"

朱虹做事心细得近乎执拗，非常适合做文件审查工作。这也是当初我推荐给林颂的重要原因。不过在与人打交道方面，这直性格难免得罪人。我又问："什么材料没见到原件？重要吗？"

小蒙想了想，道："怎么说呢，是一份房屋产权证明。在对方的资产中占比并不算太大，我看好像也影响不了什么。但朱虹姐就是不放心，认为没有见到原件，就不能证明房产的归属性，无论如何也不肯在报告上签字。两边就僵起来了。"

我琢磨了一会，说道："听你这么说来，朱虹没错。那包主任是什么态度呀？"

"我也不知道包主任怎么想的，没明确表态吧。不过今早开内部会的时候，我觉得包主任倒是想早早结了这个案子，把尾款赶紧收了，所里与客户才能皆大欢喜呀。"小蒙人小鬼大，连领导的心思都会琢磨了。

我拍了拍她的肩膀，笑道："行了，我待会儿问问朱虹吧。好歹是我介绍的客户，看有没有需要我来协调的地方。"

我又等了好一会儿，终于林颂站起身来告辞。临走前，倒不忘来我位子前打了个招呼。他的背影一消失，我便立刻去堵朱虹。

朱虹又高又瘦，五官线条极为硬朗，此时正在茶水间里猛灌咖啡。我走进去，给她递了一个糖包，她见是我，面色一愣，勉强挤了一丝笑容出来："呵，林总的这个项目，你当时没接可真是明智。"

我见她话里有话，知道她是误会了，便凑近了些说："朱姐，在这行你是我前辈，项目的具体细节我不清楚，也不方便过问。我心里清楚的是，我跟你是站在一条线上的，若是有需要跟人吵架拍桌子的活，你尽管吩咐，我帮亲不帮理。"

朱虹听我这么一说，心中的火便先消了一大半，目光在我隆起的小腹上转悠了一圈，语气也转了调性。"你个大肚婆要跟谁去拍桌子吵架？唉，"她摆了摆手，目光有些疑惑，试探性地问道，"我问你一句话，你信不信你的客户？"

她这么一问，我便知该认真回答，思忖片刻，低声笑道："我上班的第一天，带我的老师就跟我说，做我们这一行，最不能相信的就是你的客户，他们可能因为任何理由欺骗你。等到翻脸的时候，你才会发现在他们眼中，我们可能连把工具都算不上。"

朱虹极细极细的双眉微微一挑，沉默了一瞬，继而笑道："我的老师也跟我说过同样的话。"

朱虹最终还是在那份尽职报告上签了名字，但她固执地在所有正式文档上写上了一句"未见原件，仅以复印件为参考，不能对其房屋产权真实性负责"。这在当时看来颇有几分怄气的言语，却成为几个月后，众人免遭责难的护身符。当然，这些都还是后话。眼下我最重要的任务就是迎接妈妈的到来。

妈妈向来都是一个雷厉风行的人，这次仅用了两三周的时间便办妥了在老家的所有手续，足以见得她对我的重视。妈妈到深圳那一天，吴浩正好有课，调不开时间，不能跟我一起去接站。我心中对他的这般作态早已习以为常，也懒得抱怨，便让 Aggie 开了车跟我一同前往。

Aggie 的热辣性子很对妈妈的胃口，两人一见如故，在车上便欢声笑语不断，我倒像是个外人一般插不进嘴。正巧这时吴浩的电话打了进来，说公公婆婆在龙凤酒楼订了一桌饭菜给妈妈接风。

挂了电话，Aggie 笑着说："阿姨，你看吧，这临时通知请客吃饭的规矩也不知道是什么地方的规矩。"

我笑骂道："你少在旁边煽风点火，一副唯恐天下不乱的嘴脸。"

"哟哟，还真是女生外向，这么着就埋怨起我来了？我这可是为你好，趁着阿姨来了，有娘家人撑腰，正好把你平日里的包子性格好好调整调整。该争取的争取，该斗争的斗争，人类的每一次进步都是在斗争中取得的，对吧，阿姨？"Aggie 振振有词道。

妈妈是善良的人，却也听出了 Aggie 话中对吴家不满的味道，当即沉了沉脸，颇有要给女儿争气的态势："Aggie 你也一起去吃饭，倩倩在深圳也没个亲戚帮衬。你是她的姐妹，有什么看得惯看不惯的地方，千万别见外，想说就说，该批评就得批评。"

Aggie 闻言，眉眼笑成了一朵花，甜甜地答应了一声。我伸手在她粉嫩的胳膊上狠狠一掐，低声道："你看热闹不嫌事大啊。"

Aggie 一路戏精一般嗷嗷乱叫，一直挨到目的地，才悄悄说道："不是我有意挑事啊，只不过我觉得你妈这次是有备而来的，怕一会儿的场面你控制不住，才故意找借口跟着的。咱可够姐们吧？"

我偷偷瞟了一眼妈妈，她一副朴素的人民教师打扮，齐耳的短发梳得一丝不乱，嘴唇微微绷成了一条直线，满脸严肃，那神情能让人一秒回到学生时代被老师监考的时刻。我琢磨不透母亲的想法,被Aggie这么一说,却觉得心烦意乱,只好扯着她的衣袖,叮嘱道:"你待会儿见形势不对,得帮着圆场啊。"

Aggie拍拍我的手,挤眉弄眼道:"今天娘家人都来了,你担心什么?"

进了包厢,公公婆婆热情相迎,将妈妈塞进了主座上。点过菜不久,吴浩也风尘仆仆地赶了过来,一身的粉笔灰还未拍落。婆婆责备道:"你看看你,今天是你岳母到深圳,也不知道去车站接,吃个饭还迟到。这也太分不清楚轻重了。"

妈妈微微笑道,和蔼地说:"没事没事,亲家母你别怪孩子。我也是做老师的,这都是一个萝卜一个坑的工作,有时候排好了课时,你要请假,就算学校肯批准,那满屋子的学生也让你丢不下。这个我能理解,何况我这次也没带什么太多东西,Aggie两只手就帮我提完了。"

婆婆满脸春光地对Aggie说:"老听倩倩说起你,今天才第一次见面,真是一个漂亮的女孩子。可辛苦你了,等倩倩的孩子出生以后,得让他们认你做干妈。"

Aggie堆着一脸的贤良淑德,假惺惺地说道:"那太好了。接一次站,赚三个孩子,这生意划算。"见我狠狠瞪她,她又改口道,"叔叔阿姨,你们真是好福气,人家三年抱俩都算是家中的大喜事,您这一年抱仨,可以算是头彩中的头彩了。"

婆婆的眼睛眯成了两条细缝,笑道:"多亏了倩倩,她可是我家的大功臣。怀孕这般辛苦,尤其是怀着三个孩子,她前段时间胃口又不好,吃什么吐什么,我可着急了,恨不得把我们医院的营养师给绑了去给她做饭。现在幸亏亲家母赶来救场,我这颗心才算是放下了。"

妈妈也笑道:"女人怀孕可是一辈子的事,我们做父母的怎么能不上心呢？现在的年轻人，仗着年轻身体还行，就什么都不注意了。怀着孕还叫外卖吃，我跟她爸一听就急了，新闻不知都曝光多少次了，外卖那用油用料，谁敢放心啊，还是得自己买的新鲜肉菜才安全。"

婆婆脸上有些微微不自在，只好假装埋怨自己儿子，道："浩浩也是，工作太忙，又加班又加课的。有时候我在家煲好了汤，让他过来拿一下的时间都没有。想给小两口找个钟点工阿姨做饭吧，又找不到放心的，他们那个房子里家具家电可都是全新的，万一遇到一个歹心肠的，全给搬空了，那也麻烦。"

我在一旁见婆婆和妈妈刀光剑影地这么几个来回，自己都觉得累得慌，便悄悄给Aggie使了个眼色，让她出面终结话题。Aggie心领神会，笑嘻嘻地问婆婆："阿姨想得真是周全。我有个问题，有点超纲，不知道妥不妥当？"

婆婆和蔼笑道："什么问题呀，神神秘秘的？"

Aggie像讲相声似的开口道："倩倩肚子里，究竟是两个男孩一个女孩呢？还是两个女孩一个男孩呀？"

第十章

终于翻脸了

Aggie的话一出口,在座各位都笑出了声,目光却有意看着婆婆。看得出来,大家对这个问题都很在意。婆婆故作轻松地笑了笑,说道:"这有什么不好打听的,虽说现在国家政策不允许非医疗用途辨别胎儿性别,可哪个孕妇不好奇自己怀的是男宝宝还是女宝宝的。别的不说,买衣服总方便选个颜色吧。"婆婆环视了一圈,目光落在妈妈身上,道:"今天都是自己人,又是这么欢喜的场合。正好我今天跟倩倩的产检医生聊了一会儿,她透露给我的新鲜消息,倩倩肚子里应该是两个大孙子,一个小孙女。"

众人心里一阵惊呼,而我自己则激动得几乎要落泪。我并非想多要一个儿子,只是为人母亲,听到关于孩子任何一点细小而具体的消息时,总是忍不住地浮想联翩。不久便有两个臭小子和一个嗲姑娘围着我叫妈妈了,这等喜悦,旁人又怎能感受?我与吴浩互看了一眼,他眼中也满是激动,放在桌上的手,也与我的手情不自禁地相互紧握。

婆婆仍然美滋滋地解释道:"我还特意问了一下,原本只看到两个胎囊,怎么一下子来了三个宝宝?医生说,这正是我们家的福气,原本两个独立的受精胚胎,其中男宝宝的那个自然分裂成了两个,形成了一个同卵双胞胎。专业上两个男宝被称作是单卵双胎,男宝和女宝之间又叫双羊双绒双胎。你说这么巧的事情，之前也只是听人说过，没想到真的发生在我们家了，出去跟别人说，别人还不得把咱们羡慕死啊。"

见婆婆兴奋得几乎要手舞足蹈，妈妈端起茶杯，抿了一口水，悠悠地笑着说："我跟倩倩爸听到这个消息也非常高兴，当天就告诉了倩倩的爷爷。老人家今年86岁了，还把《辞海》给翻出来，说要给曾外孙们选个好名字。"她的目光深深地落在吴家三口人身上，继续道："我这次过来之前，倩倩爸跟我说，也是让我跟亲家商量一下，如今一下子来了三个宝宝，是不是可以让其中一个孩子跟母亲姓刘。我们倒也不是那种一定要个男孙传宗接代的旧思想，不过是给倩倩爷爷一个念想，老人家辛辛苦苦一辈子，临了这几年能有个同姓的曾孙辈，也算是一大喜事。"

妈妈的这个要求，之前从未跟我提到过，今天突然在众人都在的场合说出，我也跟着一脸昏懵。公公和婆婆相视一望，眉头便有微微蹙起的颤动。吴浩原本握着我的手，此时也不由自主地分开，满目狐疑地看了看我。我扭过头，见Aggie正趴在桌子上，脸几乎要贴着饭碗在那扒饭，心中叫苦道：还真被这个女人说中了，妈妈果然是有备而来的。

我憋着气，不敢随意表态，连呼吸都控制在最小幅度里，以免扰乱了饭桌上这凝滞的气氛。婆婆先沉不住气，圆场道："这事咱们还是一家人回去好好商量商量，您这突然提出来，我们也没个准备不是？"

"今天这里又没有外人，正好商量商量。你们什么想法，咱们讨论一下。"妈妈柔中带刚，这般果决的态度，倒是我从前未曾见过的。

婆婆的目光飘过Aggie身上，我见她整张脸都快埋进碗里了。婆婆见缓兵不成，索性直说道："亲家母，我是觉得三个孩子整整齐齐的，取名字也该整整齐齐按照辈分来排，其中要是有个其他姓，别人听起来也会觉得蛮奇怪的，不知道的还以为这个孩子是领养回来的。这不是好端端的，要把小家庭给拆乱吗？何况，这对孩子的成长也不是什么好事。"婆婆摇摇头，一本正经地说。

妈妈轻轻笑了一笑，又问公公的意见。公公向来沉稳少言，掂量了一番形势，便指责婆婆道："亲家母这个要求也是合理的。你别在那胡说八道，什么叫拆乱小家庭？外人胡说八道，你也跟着乱讲。只不过呢，按照我们吴家的家谱，每一代都有对应的字辈和五行。现在是两个男丁，若是一个跟了外家姓，这便是大大不利于家族兴旺的。当然，现代社会讲究没有这么多，不过老家很多上一辈的老人都还在世，考虑问题的时候也不得不顾及他们的想法。如果亲家觉得可行，那就让那个女孩跟母亲姓好了。不过，我们说半天也没用，这个事情还是得小两口最后拿主意。"

妈妈对公公的表态很是满意。我看了一眼吴浩，他倒没有太多的想法，只附和着自己父亲的态度，道："我没意见，随便怎样都行。"

家里两个男人都投了赞成票，婆婆也不好再继续坚持什么。就在我以为话题将要圆满结束时，婆婆沉着脸，不高不低的声音说道："三个宝宝都是我家出钱做的，白送一个出去。"

我眼前一阵眩晕，呼吸都要跟不上来了。妈妈完全没听明白婆婆的意思，懵懵地追问道："什么做的宝宝？"

婆婆沉着脸，一声不吭。吴浩仿佛被人当众揭了短似的耷拉着脑袋，眼睛望向别处，显然不想理会这场家庭狗血剧。我求救般的目光投向Aggie，她刚站起身来，想要说点什么。妈妈却在那一瞬间，明白了做的宝宝的意思。她走到我面前，将我上上下下看了一番，疑惑地道："我还觉得奇怪，我们家从来都没有双胞胎的基因，怎么突然就怀上了三胞胎。原来你们是去做的试管婴儿呀。倩倩，你告诉妈妈，是你身体有问题吗？一直怀不上吗？"

我的精神和意念在这一刻几乎要崩溃，Aggie一面从后面扶住了我，一面快速地说道:"阿姨,你误会了,这事一时半会儿说不清楚。等回去再好好说。"被她这么一提醒,我缓过神来,推了推吴浩:"妈妈累了,你先送你爸妈回去吧,我跟Aggie带我妈先回家。"

一场风生水起的聚会,最终闹得不欢而散。妈妈回去的路上一直铁青着脸,我见此状态,不敢隐瞒,只好将吴浩身体的事跟她说了个清楚,并解释道,去做试管婴儿完全是两个人自己的决定,因为有可能失败,所以事先没有跟家里说。妈妈始终一言不发。

Aggie帮忙将妈妈从老家带来的大包小包行李搬上楼,私底下对我说:"吴家老太这次太不地道了,完全暴露了斤斤计较的小人心态,自己理亏还不懂得退让。要是两家人真翻脸了,你也什么都别怕,孩子还在你肚子里呢,拍拍屁股走人,让他们家人财两空。"

我摸了摸自己的腹部,叹气道:"我现在哪有精力跟他们折腾啊。这一大摊子鸡零狗碎的事,偏偏又摊上个什么事都不管的佛系老公。"

Aggie拍拍我的肩膀,冷静地说道:"我也不是存心挑拨你们夫妻感情,只是你自己多留个心眼吧。之前你还觉得你家吴浩什么都不在乎,在我看来他那计较得失的模样,像极了他那个妈妈,比他爹差上了一万倍。"我脸色一变,心头像被重锤猛击了一般。

回到房里,妈妈已经收拾好了行李。我倒了一杯热水递给她,说:"妈,您别跟吴浩他妈一般见识。她向来就是这般斤斤计较的人。别看她现在混得跟个小官太太似的,骨子里却还是个弄堂小民。"

妈妈将手中的水杯往床沿上重重一放,呵斥道:"你怎么能这样说自己的长辈,你这是要让他们吴家笑话我们没家教吗?"

我见妈妈生气,撇了撇嘴,只觉得鼻头酸楚难当:"妈,她对我这样就算了,我们做小辈的还真去跟她计较这些吗?可她今天对您也这样,我就不能忍了。"

妈妈拉着我的手,语重心长地说:"倩倩,自古以来,婆媳关系就没有好相处的。你一个人在这边算是远嫁,爸爸妈妈瞅着吴浩是个好孩子,本来也是没什么不放心的,可你什么事都瞒着家里的话,妈妈就免不了要各种担心了。"

听她这么一说,这一段时间的委屈便如潮水一般涌了出来,我伏在床沿,一边抽泣,一边将去泰国做试管的经历告诉了妈妈。她也跟着我哭,到后来,我的眼泪止住了,妈妈却还一个劲地在落泪,怎么劝也劝不住。

我找了纸巾,递给妈妈。大哭过后,我的脑子反而像泉水一般清晰,缓缓地说道:"妈妈,我没事。我这些日子早就想明白了,人这一辈子,总会遇到一些事,一些磨难和挫折。在这件事情上,客观来说,吴家已经比国内 90% 以上的家庭要做得合乎情理了。但合乎情理的事情未必就不会伤人。你要是问我为了生个孩子遭这么大的罪,值不值得?我只能说不值得,为了任何事情毁损自己的身体都不值得。可我并不后悔,这一步真的就是我和吴浩婚姻的关键一步了。我若是放弃了,我们的婚姻也就散了。所以,我宁愿为了这个目的努力一次。"

妈妈怔了半天。我不知道她有没有听懂我的话,但将这些言语说出来之后,自己觉得胸中畅快了很多。妈妈伸了伸手,想帮我捋顺额前的头发。我们母女间已经很久没有这种亲密的动作了。她的手停在空中,最终还是落了下去。

"唉,我跟你爸一直觉得你是个优秀的孩子,能够将自己的生活打理好。这次出来前,也是你姑妈的主意,让我们要一个孩子姓刘,说是省得你独自一个人在这边,身边都是姓吴的人,连个依靠也没有。我们觉得有些道理,反正三个孩子,一个跟你姓也合乎情理,可看今天这情形,好像我给你添乱了。"

我苦笑着摇了摇头，安慰道："没有，我觉得姑妈这个想法挺好的。本来嘛，我自己生的孩子，有一个跟我姓又怎样了？公公是个讲道理的人，当场不就答应了嘛；婆婆嘛，唉，管她做什么。"我一面敷衍着，其实心中并不在意这些虚名，一面抓过自己的背包，从里面拿出两个文件袋，递给妈妈，道："妈，这是我上周选中的一套房子，是在深圳核心区的商务公寓，不限购，不需要本地户口，购房人我写了你的名字。我算过了，结婚时候存的那一笔钱，再补几万就够首付。这半年我来供月供，半年后交楼，再租出去，租金收益也够每月的房贷了。这事我没有跟吴浩说，你也别跟爸爸说，爸爸思想太过正直，有的时候还有些迂腐，未必能明白女人对未来风险的担忧。"

妈妈一看上面的购房金额和每期的还款数，惊得咋舌，看了我一眼，担忧道："你跟吴浩真的走到这一步了？"

我笑出声来："妈，你别多想了。走没走到这一步，谁都不知道。我能做的是，万一真的到了这一步，我不能什么都没有。"我停了停，又补充道："我是学法律的，我知道现行的法律对弱势一方的保护有多么缺乏。可既然我知道了这个道理，再不做什么去补救，那就真是太傻了。"

妈妈想了想，叹了一口气，道："你们这一代人的想法跟我们真是不一样。"

说完这句话，妈妈好像很累很累的样子，两眼放空，什么都不再说了。

我知道今天的信息量对她来说有点大，她需要时间好好接受和消化，便将另一份文件又放了回去。那是我前两个月在香港买的一份保险，受益人写的是父母的名字，一旦我发生了什么意外，他们将得到一笔足以安度晚年的赔偿金。薄薄的几张纸，捏在手里似乎没有什么分量，但是也算是我对这个风险社会能尽的全力了吧。

今夜的月色很美，朗朗夜空中，一轮玉盘散尽清辉。在我小的时候，老师曾布置过各种描写月亮的作文。我也曾搬着凳子，坐在家门口，像这般仰着头，细细观察月亮的每一寸模样。那时候的我，第二天要交的作业便是生活中最大的困难，只能竭力去做，尽管最后也未必能得到一个非常好的分数。而如今，每天究竟要遭遇多少场纷争，每夜要焦虑多少次潜藏在未来的风险？心力交瘁之外，除了奋力前行，我又能怎样？

吴浩很晚才回来，他告诉我，送他父母回家之后，公公很生气地斥责了婆婆一顿。这也是这些年来，他第一次看他爸爸发这么大的火。我对此并不作评价，默不作声地在一旁用手机给肚皮放轻音乐，听说这样能刺激宝宝的发育，启迪情商。吴浩见我没什么反应，自然要为婆婆抱两句不平："我觉得我爸也是小题大做了，我妈那样说话当然是不妥当，我也生气，可没必要发这么大火呀。我妈也不容易，一直在哭。"

"哟——"我轻轻地叫了一声，像是冷漠的嘲讽。

吴浩扭过头，皱了皱眉，道："怎么了？"

我有些不确定地说："好像宝宝动了一下。"

"是吗？"吴浩有些兴奋，连忙爬过来，伏在我肚皮上听了很久，最终失望地说，"这才几个月，哪有这么早就会动的？"他一面用手摸着我的肚子，一面若有所思地说道，"倩倩，要不你跟你妈妈再商量商量，还是让三个孩子都一个姓吧，整整齐齐的多好。有一个不一样，总是怪怪的，我又不是倒插门的女婿，别人会笑话我的。"

"呵。"这次的声音确凿是从我喉咙里发出的，"是你妈跟你这么说的吧。"

"是我自己的想法。在饭店的时候，我没想明白，又不愿意违背你妈的意愿，就胡乱答应了。刚才开车回来的路上，我觉得这样挺不好的。"

吴浩委委屈屈地说道。

"你18岁不到就去英国留学了吧,在海外待了七八年,怎么价值观还这么老套?又关心别人的看法,还在乎是不是倒插门?这么新鲜有趣的词,是你英国哪个老师教的?"我讽刺道。

"我在国外待再多年,还不是黄皮红心的纯种中国老爷们。倩倩,我们毕竟不是生活在真空的环境里,旁人的看法和意见肯定会影响我们的生活的。我妈这个观点并没有错。"他见我脸色越来越难看,又补充道,"何况,真要是在英国,别说这几个孩子了,就连你也得跟我姓啊。"

我白了他一眼,心中对这个妈宝男烦腻极了,便说:"反正你妈说什么都是有道理的,我也懒得跟你争。恰好这次我的想法跟你一样,我觉得我妈说的很有道理。三个孩子,我费这么老大劲生育了,让其中一个跟我姓又怎么了?"

吴浩爬起来,眼神直勾勾地看着我,语气中透露着无限的无可奈何:"倩倩,我们都是普通人,都是俗人,生活在一个特别庸俗的时代。可有时候我觉得你走得太快了,比这个时代的大多数女性都要快上那么一步两步,这让我在后头撵得特别费劲。其实,你没必要走这么快的,我们为什么不能像社会中的大多数一样,享主流的福,遭主流的祸?然后,一辈子就过去了,彼此也没有这么多的争吵。平平淡淡的,随波逐流,不是挺好吗?"

我上下将他打量了一遍,倒有一些惊讶他肯与我这般坦诚地谈话。我想了想,平静地问:"那你说说看,这个时代主流的福与祸究竟是什么?"

吴浩眼睛一亮,却又摇摇头,迷茫地说:"具体的我说不上来,这个时代变化得太快了,没人知道明天会怎样。比如,我当初去英国留学的时候,正是一股出国潮,我爸单位的孩子几乎都送了出去。可真到了毕业的时候,又是一股回归潮,大家又都一股脑儿地回来了,现在不是都过得挺好?要是那个时候我拼了命地留在国外,自由可能是自由一些,但生活肯定比不上现在安逸。我大概也是从那个时候开始,没了那么多叛逆。父母总归是为了我们好,即使有些细节上处理得不妥当,但大的方向听他们的总是没错。他们就好像是一棵老树,深扎在地底数十年了,号这片土地的脉搏肯定要比我们准确得多。"

"所以,我和我的家人就该跟你一样,什么想法也没有,只乖乖听他们的安排就好了?"我瞪着眼睛望着他,几乎不敢相信这些话是从一个30岁的成年男性嘴里说出来的。

"我并不是这个意思。"吴浩虚弱地辩解道,"可是对于生活,你还能有更好的选择吗?"

这一瞬,我突然觉得体内空空荡荡的,似乎所有的泪水都蒸发了干净,心里干干涩涩的,隐隐泛着一股扯拉的疼痛。也正是在这一刻,我突然意识到,我与吴浩之间竟如此不相契合,价值观相差这么大,仿佛是面对面的两个陌生人。还有余生,还有漫长的余生,我与他该如何在婚内相处?

我扭过头,淡淡地说道:"好了,我明白你的意思了。父母自然不会去害子女,他们对社会的洞察能力也比我们精确得多,但你就此得出得跟着他们的安排走完一生的结论,我并不同意。最重要的原因是,他们是你的父母,并不是我的。我与他们之间有利益差别,同样,我与你的利益也不全然相同。他们站在你的角度上,全心全意为你考虑谋划的同时,未必不会做出伤害我的决定。所以,你能彻底地将自己交还给他们,而我却不能。"我停了停,怔怔地看着他道:"我也要告诉你,当你什么决定也不想做,什么困难也不想面对,只想做回自己父母的宝宝的时候,对我来说,已经是一场抛弃。你放弃了我们夫妻间的利益共同体,使得我不得不独自面对和承担风雨。"

吴浩有些慌乱，连忙道："事实并不是这样的。你放大了矛盾，淡化了家人间的关爱。你……"他迟疑了片刻，继续道："把生活计算得太冷静了。"

我挥了挥手，并不想再继续这个话题，勉强挤出一丝笑意，有气无力地说道："冷静不是什么坏事。我更希望有一天，你能站在我的立场思考一下，毕竟谁都不是傻子。"

昨夜的纷争和纠结，对第二天朝九晚五的通勤并未有丝毫的影响。我刚到律所，便被包主任叫了过去。他的面色很平静，指了指跟前的椅子，示意我坐下，开口便是关怀的语气："你最近身体还好吧？要是不舒服，可以不用每天到所里来，把事情带回家里做也是一样的。"

我连忙道谢："多谢主任关心，最近没什么问题。我妈昨天过来了，专程来照料我的生活，相信在孕期里除了必要的检查时间，不会过多地影响工作。"

包主任点了点头，目光轻轻掠过我遮不住的黑眼圈，若有所思地说："今天找你过来，主要是朱虹那个尽职调查的案子出了点小麻烦。你是这个项目的介绍人，我也想听听你的意见。"

我心头一紧，连忙问道："什么问题？"

包主任翻了翻桌上的材料，推到我面前，说道："说起来跟我们律所关系也不大。朱虹的尽调报告完成后，客户在三个工作日内便完成了对该项目的投资，钱已经打到对方账户上去了。可是，再进行下一阶段磋商的时候，对方突然就没影了。"

"没影了？是法人失踪？携款逃跑？"我大吃一惊，连忙思考最坏的情况追问道。

"大致是这么个情况。究竟怎么个没影的，我们也不清楚。"包主任微微笑着说,"但是,客户这边非常生气。这么大笔钱打了水漂,这个损失使他们异常恼怒,盛怒之下正在四处找人承担责任。毕竟钱也不全是从他们腰包里掏出来的,花了各方投资人的钱,总要给个交代。所以,他们现在认为我们的尽调报告有瑕疵,要求律所承担相应的责任。"

我突然想到当时朱虹对于那份产权复印件的疑惑,便问道:"朱虹办事一向谨慎,经验也很丰富,做一个尽调项目,应该不至于会给对方留有挑刺的由头吧。"

包主任突然笑道:"这正是我要表扬朱虹的地方,当初要不是她坚持在报告上写了未能对房屋产权真实性负责的话,我们现在可就真讲不清楚了。"

我也跟着开心,笑道:"现在查明这房产果然有问题吗?"

"有很大的问题。该不动产不仅多次抵押,产权还于今年9月转移给了一家海外公司。这已经涉及商业诈骗的问题了。"

"既然我们的报告没有问题,那客户还有什么理由吵闹呢?这件事情即便去法庭上说理,我们也是依法依规操作呀。"我不解地问道。

包主任看了我一眼,像是在掂量我对整件事的考量。过了一刻,他才缓缓说道:"你这话便有些失分寸了,律所跟自己客户打官司,传出去,以后还要不要再做生意?"他的手指轻轻地在桌面上敲击,又道,"那个林颂,听说是你朋友?"

我心中一凛,惊道:"是,我认识他挺多年的了。这个项目也是他介绍给我的。"

包主任点点头,道:"他在整个收购案里明面上的身份是收购方的融资代理人,可我听说他也实际持有收购方的一些股权。同时,在整个项目推进的过程中,他跟被收购方走得也很近,一直在竭力促成这次买卖。"包主任两眼眯成了细线,闪耀着令人悚然的精光,道:"这种一局吃三方的人,我见得并不少,真要深究起来,已经涉嫌商业违规了。我猜,或许他当时找你来做这个项目,就是有熟人好办事,出了事,推一把的心态。当然,这个是我个人的猜测,我并不知道你们之间的关系究竟如何,只是现在客户在闹腾。闹腾也许只是他们的一种转移责任注意力的手段,但对所里来说,这毕竟是一件麻烦。"

我坐在椅子上,跟坐在一块满是刺钉的砧板上差不多。我脑海里想起了在曼谷时林颂的果决与体贴,想起了谈到这个项目时他的信心满满,也想起了他笑意满满地说"以后合作中万一闹了什么不愉快,还有个作保的"。我苦笑了一下,我果然成了双方中作保的那一个。

包主任见我面色不太好,便温和地安慰道:"我这么说也没有其他的意思,你不用太过在意。只是朱虹的性子,你也清楚,太过执拗,让她去与对方协商解决这个问题,结果肯定是双方不欢而散。所以,既然你跟对方从前也有些交情,我的意思是希望你能够出面跟他们将事情解释清楚。首先整件事情上,我们都是依据法律法规完成的,没有失职的地方。其次对方如果认为他们是根据尽调报告决定投资,以致被对方欺骗,造成了损失,我们可以帮助他代理追偿的官司。但如果对方是想要通过胡搅蛮缠的方式,混淆视听,把我们拉下水,那让他们也趁早别做这个打算。当然,话可以委婉一些说,尽量不要撕破脸,山水总相逢,说不定我们哪天又因为某个项目一起合作了。"

我不禁在心里佩服包主任这只老狐狸,一番话说得滴水不漏,先激起我对林颂的愤怒,挑起我急于找他理论的心情,再将自己的目的放在后面,最后还来一句"尽量不要撕破脸"。我面上笑了笑,心里却突然浮现出一句东北话的小段子:你咋这么能呢?好人坏人都做绝了,你咋不上天呢?

从包主任办公室出来,我立刻找到了朱虹,将事情的来龙去脉了解了一下,大致与包主任说得无差别。回到座位上,我便给林颂发消息,约他今天下午见面喝个茶。

La Café 是我这两年最喜欢去的一间咖啡馆。宽阔明亮的落地玻璃,墨绿色的遮阳伞,低垂的绿植树叶,三色条纹坐垫,店里处处透着浓浓的法兰西小资情调。无论是赶工作还是打发时间,我能在这里消耗一整日的时光。与林颂约的是下午4点,我中午吃过饭便踱步过来,挑了个外头的好位置,趁着阳光正好,暖意融融,顺便整理一下宏运集团的几个文件,回去发发邮件就行了。忙乎了半天,眼见时间显示15:45,我合上电脑,一抬头,果然林颂出现在了咖啡馆门口。

无论跟谁相约见面,提前十五分钟到达是林颂这些年来一贯坚守的原则。他穿着一件素色暗纹的衬衣,面容修理得干干净净,仍然是清爽干练的精英打扮。我支了支略显沉重的腰身,换了个端正的坐姿,提醒自己千万不能在气势上被他压住。

他好像能读懂我的心思,刚刚坐下,便故意说道:"倩倩,你好像胖了不少。"

我毫不在意,淡然笑道:"是吗,我好像的确是比一般孕妇要更显怀一些。"

他拨弄着杯子里的小勺子,若有所思地说道:"倩倩,你今天找我,是为了项目的事吗?"他轻叹了一口气,语意中沾染着七分伤感两分忧郁,道:"若是有不好听的话,我情愿我先说;要是双方真闹得不愉快,我来做坏人。倩倩,你只需要好好休养身体就行了。"

看着他一副深情款款的模样,我当真有些压不住火气。看着他熟练的表情,可想而知这些年,他必然通过与人称兄道弟、玩玩暧昧得到了不少甜头。可惜我早已不是当年那个"情"字为上的青涩丫头了。思索了片刻,我语气缓了缓,笑着问他:"现在你们想要以尽调报告存在重大瑕疵为由，要求律所承担赔偿责任。但事实我们都很清楚，朱律师所做的每一件事都依据事实，并已经及时提示了风险。我不明白你们仍然胡搅蛮缠的意义何在？"

"是否当真尽职了，现在双方各执一词，谁也说服不了谁。那个小朱律师，我从来都不认识她，也是看在你的面子上才将项目交给她的。现在既然出现了问题，我觉得作为客户我们有要求律协进行调查的权利吧？"他见我将事情摊开来说，索性也免了掩饰，直接提到了律协。

我心中大怒，要是他们当真告到了律协，就算最终查明与我们无干，这调查期间停止执业和这样的名声，怕是对朱虹都是不小的打击。世上永远不乏无赖和小人。我看了看林颂，一副社会精英的模样，聪明有进取心，多年的工作经验让他掌握了一定的社会资源，同时又通晓部分运行规则，最可怕的是，做事只求牟利而没有底线。这样的人，在现今社会极容易获得通俗价值体系中的成功，当然，也同样承担着从高空跌落的风险。跟这种人打交道，无异于与毒蛇共舞。或许正是这样的感觉，才让我对他一直心存防备。

看来，在泰国时对他的拒绝还不够决然。他是早早就做好了绑定一家律所共担风险的准备。问题是，这样的操作，你有多大胜算呢？

第十一章

第一次针锋相对

我用力吸了一口杯中的果汁,甜腻的液体流入喉咙,压住了起伏不定的气息。我做出和颜悦色的样子询问道:"朱虹的脾气你这些日子也是见识过的,倘若你们真把这事闹上律协去,她就能跟你闹上法院。在一件你们并不占优势的事情上折腾出这么大的动静,我且以一个朋友的身份问问,林总,你的目的究竟是什么?"

林颂眯着双眼,浅浅地抿了一口杯中的拿铁,仿佛在思考究竟要怎么回答我的问题,亦可能在思索要如何提出自己的要求。过了许久,他缓缓开口,道:"我这两天也认真地看了你们提供的报告。现在的焦点集中在那份关键的房屋产权证明上,其余的材料大多是虚拟资产或是预期收益,这份产权看似占比不多,却能集中反映出他们的资金和信用的真实状况。事实上,后来也查实了这份产权归属存在严重瑕疵。可偏偏就是在这样的材料上,你们写道,'未见原件,仅以复印件为参考,不能对其房屋产权真实性负责'。这当然是你们的免责条款。可我倒要问问,既然没有查清楚,为什么不去详细调查?倘若当初能够将这套房产的问题查仔细,我们的损失就有很大可能避免,从这个意义上来说,你们的免责,实际上就是一种不够尽责。"他轻轻吸了一口气,目光凝在我身上:"其实我的诉求也很简单,就是希望你们律所能出一封正式的函件,承认当初工作中存在疏忽。至于需要承担多少责任,我个人倒是不太在意的,你们内部处理就好了。"

见他振振有词的无赖模样,我死命压住的呕吐反应又涌了上来,还未见过这般无耻的人!我冷笑道:"这便是你的要求?是你个人的意见,还是可以代表收购方?"

"这个我不能说百分之一百保证,但是我一定会竭尽全力去说服他们。毕竟现在出现了这么个局面,无论是哪一方都希望有个能说的原因。"林颂看着我,双眼竟流露出真诚的目光,"这个要求我觉得并不过分。本来我是不想跟你谈这些的,我真的不想这些不愉快的话题误伤了你我之间多年的感情。"

我几乎要笑出声来,心想之前与他没在公事上打过交道,真不知他竟是这般厚颜的办事风格,三句谈工作的话里硬生生掺上一句谈感情,这搅浑水的能力真是令人钦佩。我心中鄙夷得要命,面上语气却竭力平静。"包主任不愿出面跟你谈这些,是因为他不想把事情闹到不可开交的地步。我明白你的心思,无非就是想用一个莫须有的罪名,把朱律师拉下水,给资方一个交代。我们一旦出了承认错误的函件,你们的决策失误便尽可以推到律所的头上。我们不出,你便一直胡搅蛮缠,用尽申诉手段。一方面是为了拖延时间,让你有机会找到新的出资方,只要有新的资金进来,重组包装之后,这个项目说不定又能复活;另一方面,就算一直找不到新的资金,只要你肯闹,从面上看,你永远都有推责的借口,别人在心理上也会觉得你占着理。即便当真对你追责,态度也会和缓一些。可是,林总,你是个聪明人,却也千万不要把别人真当成了傻子。在整个项目里,你自己的屁股干净吗?你坐着一方吃三方的好处,这等手段,连我都瞒不过,现在还想使无赖的招数,这如意算盘是不是打得太轻松了?"

林颂静静地听我说完，脸上有恍惚的阴晴变化，他丧气道："倩倩，在你心中，我当真是这么龌龊的一个人吗？"

我微微一怔，强压下去的火气又噌噌往上冒，语气也越发咄咄逼人。"林颂，你在我心中究竟是怎样的人，一点也不重要。你也不要一直对我打感情牌。我们有三四年没见面了，这些时间里，我经历了什么，你并不知道。但至少我不再是当初跟你吃着冰棍拿着鲜花，无忧无虑轧马路的天真实习生。我不否认我们曾经有过感情，但那早已经是过去式了，如今，既然已经分道，再以工作合作的身份相聚，我希望你也能专业一些，我们就事论事来说。在这个项目中，你若当真问心无愧，现在最着急的人就不应该是你。"我换了个坐姿，手指捏着搅拌棒轻轻地敲击着咖啡杯的边沿，语气淡薄如烟云，"无论有事没事，我们都不愿跟律协扯上什么干系，就像林总你一样，也是不愿接到证监会的电话吧。"

林颂的脸色唰一下就沉了下去，凝滞在我身上原本温煦的目光瞬间变得冰凉，但这也只有一瞬。几秒之后，他管理好面上的表情，自嘲般地说道："倩倩，你这算是胁迫我吗？"

我轻轻地摇了摇头，缓缓说道："林总，我们在同一个游戏里，规则对双方都是平等的。没有道理只许你自己放火，他人点盏灯都不行吧？"

林颂沉沉地看，轻蔑地笑道："其实，你也只是虚张声势，并拿不出什么实质的证据。"

我还之以同等的轻蔑，笑道："你不也一样？胡搅蛮缠，浪费彼此的时间而已。"

林颂哈哈大笑，道："三四年的时间，真的能改变很多事、很多人。Whatever（无论如何），我的小丫头成长起来了，也成熟了。其实我也没什么好瞒你的，我是个双头介绍人，这个项目做成了，我收获丰厚的佣金；现在他们跑路了，佣金也没收全。当然，我自己在投资方这边多少也确实有些股份,这你之前也知道。"他停了停,目光极快地在我身上逡巡,像是在计算损益,又像在揣测我与他杠到底的决心。终于,他的语气松弛了下来:"算了,投资方那边我会去替你们说话,倩倩,我希望你能明白,整件事情里,最不想看到尴尬局面的那个人,一定是我。"

我见他松口,自然也不再穷追猛打,便堆上了善意的笑容:"这样最好,说到底,我们都是这个项目的受害者,当然,你们损失得自然比我们要严重得多。与其相互推诿指责,倒不如赶紧立案,起诉对方涉嫌经济诈骗。这方面,我们倒很愿意提供法律方面的支持。"

林颂对我的提议不置可否,只微微笑道:"再说吧。他们这局仙人跳,彻底把我给坑进去了。立案追偿,自然是要做的,但我心里也清楚,这种经济纠纷的事,我们又在外地,运气好的话,三年五载也许能有个眉目,而三五年,对于一波资金来说,都走过几次生死轮回了。"

我见他这番颓废的模样,心下有些不忍,便问道:"这次你自己亏损得多吗?"

林颂有些怔神,恍惚道:"前海那套房估计是保不住了。"

我想起在曼谷时,他说到在前海买了一套房子,当时觉得他是在我面前显成功,毕竟住前海的人对住龙华的人总有点说不出的优越感。现在听他这么一说,心里竟起了三分同情与七分看他卖惨的好奇。反正谈话的局势已被我掌握住了,索性懒在暖暖的坐垫里,听他在那儿絮叨当初若不是自己太重感情,讲义气,怎么会疏忽大意轻易入局。

林颂是个非常善于表达的人,语速不快,每句话都饱含着信息,或者说他的每句话都能准确地传达出他想要表达的信息和情绪,却又不让人觉得乏味。这种能力,不得不说是一种良好的职业素养。按理说,我们两人的语言风格是很接近的——不知谁受谁的影响——就是绕,甚至挖点无伤大雅的坑,对话虽然伤脑细胞,却显得很深刻的样子。后来为纠正这种习惯，以适应律师简明精准的语言要求，我还真下了一番苦功。有时也想，两个趣味相近的人，为什么就不能走到一起？看来还是那种骨子里的东西排斥。我静静地看着他舌灿莲花般地洗白自己，心里翻腾过一阵阵呵呵、呵呵的笑声。他说得越多，我却越觉得这人越发令人琢磨不透。他的面孔太多了，从前相恋时，他努力上进、纯朴抠门；泰国偶遇时，他仗义主动、出钱出力；推卸责任时，他无赖卑劣。可一旦发现你能触碰他核心利益时，他又能迅速服软，放弃自己原先的计划。即使见识过他这么多面孔，我仍然看不透他是个怎样的人。好人？坏人？我企图在两极标准中给他找个定位，却发现实在很难。或许，是因为我们之间相隔了时间，四年的岁月足以把好人变成坏人，也能把坏人变成好人。或许，是因为我们之间相隔了利益，在利益算计的面前，没有好坏之分，只有强者与弱者的相逆导向。

我挟带着谈判的些许胜利，偷偷在心里让情绪翻滚感慨了一番，抬眼却见方才还明艳耀目的阳光，此时已褪色成了斑驳的夕阳，微寒的凉意悄悄袭上身来。我合上电脑，礼貌地说道："无论如何，林总你的态度对我们非常重要，这件事情，希望日后不要再有节外生枝的情况发生。"

林颂微眯着双眼，仿似赞同地点点头，笑道："我原先听说你接了宏运集团的新项目，还以为是有暗线操作。从这次跟你打交道来看，你担得起这份重任。"

我实在有些累了，不愿再多说话，便一面站起身来，一面告辞道："我一会儿还有别的事，就先告辞了。"话音未落，许是起身起猛了，眼前竟有一片一片的金星闪耀，又觉得身下微微涌出一股暖流，顷刻间便浸湿了内裤。我大骇，低头去看，在猛低头间，金星又换成了一阵漆黑，大脑立刻空白，身体不受控制地顺着椅子软绵绵地滑了下去。

失去知觉前一刻，我仿佛听见林颂在非常遥远的地方大声叫喊："刘倩,刘倩,你怎么了?有没有人,赶紧过来帮忙啊!"

自我懂事以来,当众晕倒这个词对我来说,只是电视剧里恶俗矫情的桥段,没想到有一天竟会发生在自己身上。

从渐渐感受到枕头的柔暖,消毒水气味带来的安心,再一点一点睁开眼缝,让白炽灯的光线在眼前拢成妈妈焦急的模样,我有些失神,呆愣了片刻才忆起失去意识前,双腿间那股令人心惊的暖潮。我下意识地去摸自己的肚子,竭力用沙哑的嗓音询问道:"妈,宝宝没事吧?"

妈妈见我醒了,脸上的焦虑也散了大半,连珠炮似的说道:"都好好的,刚才护士来测了一下胎心,三个都还挺好的。你自己有些见红,不过医生说估计问题不大,可能是怀着三胎的压力太大。以后要注意休养,千万不能顾着工作忽略了自己的身体。你现在可不比从前,需要拼命地活,能躲就躲,这可不是逞能的时候。"

妈妈的絮叨让我安心不少,我拿起水杯喝了一口水,感觉大脑也开始恢复运作了。

"我一直也没觉得身体有什么不舒服的地方,从前也没有过突然昏倒的情况,今天这是怎么了?身体好像一下就失去了控制,什么都不知道了。"

妈妈一面从包里翻找零食,一面埋怨我说道:"你还好意思说呢,这多可怕啊。孕妇的体质哪里能跟常人相比,特别容易犯恶心、头晕、血糖低甚至晕厥。你刚刚没醒,详细的检查也不方便做,但医生估计你这是低血糖导致的昏厥。"她递给我一块巧克力,又嘱咐道,"以后随身得带着一些零食,感觉不舒服了,吃点东西就好了。这次要不是林颂正好跟你在一起,事情可就麻烦了。"

我低头看了看手中的巧克力,想起自己在 La Café 喝的那杯甜得几乎发腻的果汁，真不敢相信这样还能发生低血糖。不过我的注意力很快被转移到林颂那儿，环顾四周，急忙问道："妈，是林颂送我来医院的吗？他人呢？"

"已经走了。"妈妈脸上的尴尬近乎于难堪，语气也带了几分责备，"他是等我和吴浩赶到医院之后才走的，他们两人还打了个照面，聊了几句。唉，林颂这孩子，看着也是个挺不错的小伙子，之前你们相处的时候，我跟你爸还以为你们就要成了，突然，你就一定要跟他分手。那我们也没意见，但年轻人分就要分干净些，何况现在你都结婚了，还跟他出去喝茶聊一个下午，这让吴浩怎么想？"

我冷笑道："这是林颂跟你们说的？"

"可不是嘛。"妈妈继续道，"我跟吴浩进来的时候，他还在帮你整理东西呢，吴浩当时脸色就很不好看了。林颂倒是一副淡定的模样，转身跟我打招呼，还主动要跟吴浩握手。吴浩也没睬他，只闷着一口气不说话。"

"然后呢？"我心想林颂这个王八蛋，我刚在尽调的项目上将了他一军，以他的小心眼，指不定要怎么报复我。挑拨我跟吴浩的关系，恐怕是他的第一步。

妈妈瞥了我一眼，继续说："然后，林颂也不以为意，一副很坦然的模样，说你们下午谈公事谈了整整一个下午，都怪他也没注意照顾好你，害得你累晕了。还很抱歉地解释，他并不知道你怀孕了，因为之前在泰国见到你的时候，你明明还很灵动，一连喝了几杯鸡尾酒都没事。"

我恨得牙根发痒，下午见他还有些物是人非的感慨，此时都散了个精光，只觉得这个居心叵测的混蛋，说的每句话都带着炸药，炸得我脑袋生疼，恨不得立时跳起来，扯着他的领子责问："我什么时候连喝了几杯鸡尾酒？"

妈妈见我面色阴晴不定，有一些担心，却又不得不告诉我后面发生的事情。

吴浩见林颂这般咄咄逼人的样子，反倒先将脸上的怒气收敛了三分，甚至带上了一些客气的笑容，对他说："这次真是有劳林先生了，倩倩永远都是这么任性，跟她说了多少次了，怀孕了就该多在家休息，她偏偏不听，还是要强撑着去工作。幸亏这次面对的客户是你啊，跟咱们都熟悉，你说要是换作别的陌生人，找家属电话也得费老大劲了。这样吧，等过几天倩倩身体情况稳定了，我们夫妻俩一起请您吃个饭，算是我们一点感激的心意。"

林颂没料到眼前这个休闲打扮，脸上甚至带着两分稚气的男人竟能够说出这般得体的场面话来，表情不由得微微一滞，很快却又扭过头，望着躺在床上的我，带着几分深情的遗憾，说道："举手之劳而已，若是这点小事都要感激，那倩倩……哦，不，刘律师一定会觉得很奇怪。"

吴浩走到我的床前，阻隔开了林颂的目光，继续说道："要是林先生当真不在意，那我就口头表示一下谢意好了。确实也是，倩倩现在怀着三胞胎，特别辛苦，孕期也不方便。不然还是等孩子们出生后，做满月的时候，再请林先生赏脸。"

林颂脸上露出一丝讶异，神色复杂地看了我一眼，嘴上连连说道："哦，原来是怀着三胎的英雄孕妈妈啊，你们夫妻真是好福气。""气"这个字在他嘴里变换了两三种声调才吐完，林颂不大的眼睛里也随之闪耀出恍然的光。很快，林颂的神情恢复了常态，彬彬有礼地再次主动与吴浩握手告辞。

两人寒暄了几句，吴浩自以为用丈夫的身份以及即将到来的三个小生命压制住了妻子前男友嚣张的气焰，正扬扬得意之际，林颂却看似不经意又没头没脑地说了一句："她向来是一个肯搏命的女孩子，对工作对生活都这样。去年在泰国的时候，我还劝她凡事不要太执着，伤着了自己的身体总不是好事，不过如今看来，也算是天遂人愿。"

林颂这话说得极其隐晦，却饱含信息量：一是说我们在泰国的时候已经见过面；二是说我告诉了他我去泰国的原因，他还劝过我不要牺牲自己的健康；三是说既然这个三胎是非自然受孕，那你吴浩又有什么可值得炫耀的。当然，这话落到吴浩耳里，便更多生了一层意思出来，而这层隐秘的含义直指他最脆弱的自尊，让他先前自以为胜利的骄傲顿时灰飞烟灭。吴浩本来就生得白净的脸，一瞬间涨成了殷红的血色，下一瞬间又变成了冰冷的青白色。

妈妈说完，我的脸色也变得近乎失血的惨白，捏着巧克力的手跟得了帕金森病一般止不住地颤抖。我在心中思量，与从社会底层一步一步爬起来的林颂相比，吴浩充其量只是一株盆栽植物，被父母精心修剪成美好的模样，却错失了风雨历练，错过了体会人性深处黑暗面的机会。成人的社会，哪有那么多的与人为善，那么多的相逢即是朋友。你的幸福，往往正是他人不幸的参照物。谨慎地收敛好你生活中的小确幸，才是免遭伤害的最佳途径。

不过，吴浩固然稚嫩了些，但像林颂这般肆意的恶毒，也实在令人气愤。

我问妈妈，吴浩在哪里？

妈妈有些怜悯地说："医生说你可能要留院观察两天，你婆婆刚才也来了，就打发他回去拿些换洗的衣物过来。"妈妈停了停，又说道："我看他走的时候，脸色很不好看，你还是找机会跟他解释解释吧。年轻的男人都这样，自尊心强，又好面子。千万别让林颂这事闹得影响你养胎了。"

我唯唯点头，心里盘算着，这事情最棘手的倒不是我接了林颂的项目没说,而是林颂拿着泰国的事来刺激吴浩。通过试管受孕,本也是种正常的医疗手段,但在中国社会特殊的文化语境下,却往往意味着生育能力的不足以及对生育的极度渴望。而无论何种原因,都将精准地击中吴浩最脆弱的那根神经。更糟糕的是,万一他一念之差,误以为我在泰国时与林颂有什么苟且,那这误会可就说不清楚了。我闭上了眼睛,满脑子盘旋着如何能够自证清白。真是太麻烦了。

当天晚上,吴浩并没有再来医院,只是简单地发了条信息,说自己晚上有课,就不过来了,明天再抽空来陪我做检查。我知道他还在消化下午和林颂的见面,也不强求,反正我自己脑子也乱得跟糨糊似的。见了面,反而容易越描越黑。

在狭窄的病床上左右扭摆都觉得不舒服,我索性撇了睡意,痴痴地望着窗外沉沉的夜幕发呆。一股旋风夹带着杠铃般的笑声旋进了我的病房,Aggie往我脚边猛地一跃坐,我几乎被震下床去,抬眼望她,一件淡灰色的大开领羊绒毛衣随着她的动作落下半个肩头,微微露出里面黑蕾丝的带子,连我这么一个孕妇看了,都在心里直赞性感妩媚。

Aggie带着一股令人愉悦的淡香将脸凑前,把我仔细打量了一番,啧啧道:"怀孕真是损毁颜值呀,还带着一脸愁苦,连鱼尾纹、八字纹都要出来了好吗?!"

我伸手将她光洁的脸庞推开,怒道:"你这是来看望病人的,还是来送我归西的?"

Aggie笑了笑,没心没肺地说:"都不是。只是听说你当众晕倒了,还被林颂给送进了医院,我特意跑来,趁热挖掘一下新鲜的八卦。"

"听谁说的?我妈还是吴浩?"我不耐烦地问道。

"当然是阿姨啦。我跟姐妹的老公私底下可半点儿往来都没有,这是道德红线的问题。"她挤眉弄眼地说道,"说吧,林颂这么个坟头草都长三尺的人，咋的又横空出世了呢？"

我拢了拢肆意飘散的鬓发，让自己的形象尽量在这个花枝招展的女人面前体面一些，又扯了块纸巾，按了按面上的浮油，方觉得神思爽利了些。这才缓缓将当时在曼谷如何偶遇林颂，后来有了工作往来以及今日吴浩与林颂的相遇，尽量详细地说了一遍。

第十二章

出现了一点小麻烦

Aggie听得很入神,时而微微颔首,目光停在病房米黄色的窗帘上,像一尊塑像一般动也不动,只有呼吸间的气息流转,方才让人觉得她还醒着。

等我讲完了,Aggie也像还魂了一般,稍稍沉吟,才说道:"我还以为吴浩早已四大皆空了,没想到,面对林颂的挑衅,还是会出手应付上个三两招的。只不过新手上路毕竟还是稚嫩,比不过老司机的招数毒辣。"

我白了她一眼,气鼓鼓地说:"这么个大活人,又没断气,总是有些血性的。不精通吵架的技术,傻愣愣地想拿自己觉得最幸福得意的事情去压制对手,没料到一下子就露了底。你说说看,正常受孕怀上三胎的概率多低啊?偏偏我之前又在泰国见过林颂。这年头没事跑泰国去待那么久是做什么?前后一联想,像林颂那么精明的人,肯定一下就想到了其中的窍门,马上拿来反击。这下可坑上我了,我现在要说不是我告诉林颂的,吴浩怎么可能会相信?"

Aggie一对圆溜溜的俏目在我身上转了几圈,像是看个傻子一般难以置信地问道:"所以,你现在最苦恼的是,怎么去跟吴浩解释?"

我看她的神情,自己有些心虚,却不知道错在哪里了,只能唯喏地应道:"啊,是吧。自证清白是……一件挺难的事情。"

Aggie 失望地垂下头去,手扶着额头,闭上眼睛,一面冲着我摆手道:"让我缓缓,你……"她突然停了下来,又深深吸了一口气,终于把后面那句话圆润顺畅地吐了出来,"你是孕傻了还是脑残了?!别人故意污蔑欺负你都到这程度了,你不想着怎么去找他理论,给自己讨回公道,反而满脑子地在想要怎么跟老公解释?解释个毛线啊!谁往你身上扔屎,你先给他扔回去啊!自己把自己收拾干净了,挺直腰杆子。老公那里,信你则是彼此尊重,你且笑纳;不信,是他自寻烦恼,你辩个什么劲?亏得你还是个律师,遇事竟然能糊涂成这样!"

Aggie 性格彪悍,在外面却装得似淑女如绿茶,现在连连爆粗,可见对我失望至极。而在她的语言暴力下,我也仿如醍醐灌顶,一下子将这事想通了。我管不了吴浩怎么猜、怎么想,我强迫不了他来信任我,解释再多遍,最后的结果也无非是眼泪流尽、伤心难过的苦情戏码。与其如此,还不如将那故意泼脏水的林颂揪出来,一是一、二是二地将事情说清楚。只不过,我低头看了看自己略显沉重的身体,想到真要与这么个人打交道,就觉得胃里翻腾得直想吐。

Aggie 也瞅了我一眼,语气和缓了不少,道:"老弱病残孕,你知道为什么政府和社会一直号召和提倡要优待照顾这一系列的人吗?那就是因为这些人实际上就是被社会欺负得最厉害的对象。偏偏他们还以为自己是理所应当被照顾的人,连弱肉强食的基本原则都忘记了。"

我有气无力地说:"所以,你想表达什么意思?"

Aggie 郑重地说:"我想说,所以林颂才敢在你病房里信口雌黄,随意乱讲。因为你就算醒了,一个孕妇,首要责任是不能让自己太生气,你能怎样处理他?跳起来打他,还是站起来骂他?都省省吧,就算你是律师,能把公事给理论清楚了,在这种浑浊不清的事情上,他也知道你绝对会选择息事宁人。啧啧，这心思，大大地坏透了。"

我无力得有些想哭，哀怨道："你说得没错，我要是没怀孕，这个时候早就上门跟他吵架去了，可现在我敢吗？万一动了胎气，理论赢了又怎样？"

Aggie笑了笑，眨了眨眼睛，说道："只是理论和吵架嘛，动动嘴皮子的事情，也不一定非得要自己出马呀。"

听她这般说话，我的双眼也闪出得意的光芒，用脚轻轻踢了踢Aggie，感激道："关键时候，还是自家姐妹使得上劲。看来我这位狼系的前男友得跟我虎系的姐妹过过招了。"玩笑归玩笑，为了谨慎行事，我又想了想，道："你一个人去我也有些不太放心，我来给你找个帮手吧。"

本来处理这种私事我是不愿惊动律所的同事的，可朱虹是个极严谨的人，口风又紧，刚在尽调的事情上吃了林颂的暗亏，一肚子火气没处发，一接到我的电话，立马满口答应。我开了群聊，三人快速地过了一遍事情的经过，她们二人便各自出发了。

听林颂说，他现在仍然租住在梅林一套老旧的两室一厅里。他当年来到深圳打拼，租下了其中一间小卧房，与一对小夫妻共用一个没有窗户的小厨房。我那时也时常过去，弄几个小菜，让异乡漂泊的人们找寻到一些家庭的温馨。后来林颂的事业有了起色，小夫妻也买房搬走了，他便整租下了房子。房东是当地土著，根本不在意这点房租，仍按当初一千出头的租金算他钱，另有上亿的资金委托他打理。林颂虽然自己在前海买了房，却仍在梅林居住。既是舍不得这点便宜，也是舍不得楼下喧哗到半夜的烟火气。

那个小区的模样在我的记忆里早已模糊得不成形状，只依稀记得小区里满满的枇杷树和杂乱无章的违建棚。我坐在床上，记忆的画面很快被Aggie与朱虹满带杀气的背影填满，这画面无端地便有了几分荒诞的味道。将近午夜的时候，Aggie 的电话打了进来，未等开口，她那爽利的笑声便从听筒泄了出来："林颂那个纸老虎，今天可算是被吓懵圈了。这大晚上的，被两女鬼寻仇似的找上门，捋了半天舌头才把话给讲顺畅了。"

我想了想那场面，应该有趣得很，便笑道："你们俩都是女中豪杰，他哪里是你们的对手？"

Aggie 笑着说："这是自然。他那也是万万没想到，竟然有人能为了几句捕风捉影的鬼话上门找他麻烦，看这形势，他以后再也不敢随便惹你了。"

"这世上就是较真的人太少了，才有这么多个靠别人不予追究而行恶的人。"我恨恨地说，"这次也多亏你，如果没有你，我大概就像包子一样，白受了欺负。"

Aggie 的笑声越发得意："你呀，就是这样，一时精明，一时糊涂的，还是太年轻，性格都还不稳定。"说罢，她自己先哈哈大笑了一遍，"我快到家了，一会儿我把逼供林恶人的录音给你发过去，你自己听吧。细节明天再说，今晚的美容觉可危险了。不过，说真的，他倒也不算是个十足十的坏人，我们说你受到了影响时，他脸都变色了，半天不敢说话，后来还一直追问你身体怎样，这个关心倒不像是装出来的。"

"嗯，"我不以为然地应道，"这都可以预料到，不管发生什么事情，他是不会让自己重情义的人设崩塌的。"

结束了与 Aggie 的通话，我马上给朱虹去了个电话致谢。她的反应专业而清淡，像是随手帮我扔掉了一沓废弃的打印纸一般，想必她平日对待客户也是这番模样。

不多时，便接到了 Aggie 传来的录音文件。我戴上耳机，三个人的对话清晰地传了出来。他们谈话的时间并不长，其间有许多沉默思考的暂歇，但 Aggie 和朱虹都是直击要害的人，几句话便打破对方想抵赖的心思。

Aggie 说:"没想到林总不仅资本运作得好,就连煽风点火、无中生有的本事也着实令人刮目相看。不过呢,这给别人家点火的缺德事,弄不好就惹到自己身上了。"

林颂冷笑的声音:"我怎么煽风点火了?你这是在给谁出气呢?刘倩还是吴浩?"

Aggie 的声音高了几度:"你中伤了谁,我就在为谁找公道。刘倩是我最好的姐妹,我刚才去看过她了,醒来没多久,听说了你下午跟吴浩的胡说八道,又昏了过去。哼,她现在可算是个高危孕妇,脆弱得很,容不得你这般无中生有,诋毁清白。吴家不找你麻烦,我可放不过你。"

林颂沉默了许久,像是在思考后果,声音也带了些惧意:"……倩倩的身体没事吧?医生怎么说?"

Aggie 傲娇的声音:"医生能怎么说?继续观察呗。林颂,你这前任做得可真到位呀,跟你喝个下午茶,直接晕倒进医院了。你送完人通知了家属就早点走啊,还留在那里说些有的没的干吗呢?复仇吗?当年你们分手的时候,刘倩可没对不住你吧?"

仍是沉默。

朱虹冷静的声音:"林总,我们今天过来,并不是找你兴师问罪的。但鉴于你今天在医院的言语已经侵害了刘倩的名誉权,并有可能导致未来比较不乐观的后果,也是出于亡羊补牢的目的,我希望你能够对下午言语中的不实部分做出澄清。至于当事人是否要追究后果,我想至少在现阶段还不是我们讨论的关键,但我希望您能够配合。"

林颂沉闷的声音:"我没有想伤害她的意思,我跟吴浩也没说什么,就像熟人间的玩笑一样,怎么就至于侵害名誉权了?"

朱虹的声音一如既往地不带任何感情:"林颂,您是金融精英,算是现代社会中的高知人群了，应当明白，纯粹的玩笑话，在现代社会关系中是不存在的。任何有可能引起法律后果的行为，都有被追责的可能。换句话说，就是看对方愿不愿放过你。"

林颂的声音竟有明显的颤抖："你这么说，究竟是不是刘倩出了什么事？她突然就晕倒了……我……我也吓了一跳。"

Aggie疑惑道："你别一直在这儿诅咒刘倩了，行吗？真对她没恶意，就赶紧的，我们问什么，你实话实说。好端端的，去惹什么事嘛。"

又沉默了一会，林颂颓废地说道："好吧，你们问吧。"

朱虹平静地问道："你跟刘倩在泰国见了几次面？都谈了些什么？"

林颂说："两次。一次在街头偶然遇到，她没带伞，我便送她回去，路上大概二十分钟吧，没谈什么。第二次她为了感谢我，请我吃了一顿中餐，谈了收购尽调的项目。我原先想让她来做，但她不想跟我有太多的接触，就推了，但同意帮我介绍别的律师。"

朱虹继续问："你说你在泰国时劝过她不要太搏命，是什么时候说的？"

林颂道："这是我临时瞎编的。刘倩没有告诉过我她去泰国的目的，我当时还有些好奇，已经过了国庆假期，她怎么一个人在那里逗留。今天听吴浩说她怀了三胎，我才想到这一两年去泰国做试管婴儿的人特别多，便试探性地反击了一下。看吴浩的反应，我猜的应该没错。"

Aggie讥讽道："你这本事，比专业挖人隐私八卦的狗仔还厉害呢。"

林颂讪讪道："要说无中生有，我也就瞎编了这一句。那也怪吴浩当时在我面前炫耀的模样太讨厌。从本意上来说，我既没有想破坏刘倩的婚姻——当然我也没本事和资格去破坏——更不想伤害她的健康。"

Aggie哼了一声，道："算你还有点自知之明，毁人婚姻可是要下十八层地狱的重罪。"

朱虹道:"林总,今晚打扰了。谢谢你的配合。我知道今天你跟刘倩见面是为了协商解决尽调的案子,但鉴于目前的形势,我建议你不要再去打扰刘倩,无论生活还是工作。如果有关于尽调项目未能解决的问题,您可以直接跟我联系,毕竟这个项目我才是真正的当事人。"

林颂沉默了片刻,道:"尽调的项目我下午已基本跟刘倩达成了一致。"他又停了停,道:"我不会再主动去打扰她的生活了,但我真的很想知道她的身体情况,如果可能的话,请你们转告一声平安。"

再往后,便没更多的有效信息了。我摘下耳机,爽爽地舒了一大口气,大半夜折腾一个"泼妇"、一个律师,只为了追究一句话的真伪,看似劳师动众,却又有一种理应如此的感觉。我扬了扬嘴唇,一缕得意的微笑漾在了脸上。

不过,Aggie提示的没错,林颂是不是有些过分在意我的身体健康了?不仅三番五次地提及,甚至连他这般轻易地认错,似乎也是建立在一种隐秘的愧疚之上。我晃了晃疑惑的脑袋,心想:看来当众晕倒的效力,对旁观者也能造成不小的心理冲击。

第二天,吴浩来医院,我将昨晚的录音文件给他。他坐在沙发上,戴上耳机,静静地听着几个人唇枪舌剑的声音。阳光洒在他的肩膀上,折射出光影重叠,将他本就过于清秀的面容衬得更带几分羸弱。我移开打量他表情变化的视线,竭力不去想,他对这份辩白式的录音会有怎样的情绪起伏,尤其林颂在其中对我身体状况表现出来的过分关心,是否又会刺激到他某根敏感的神经。我早该学会放弃对他人情绪的过度在乎,尤其是现阶段,能顾得自己身体的状况周全已是万幸。

听完录音,吴浩摘下耳机,沉默了片刻,面上有些许不悦,闷声说道:"行了,这事我心里有数,不至于被他几句拱火的话就猜疑什么。你这似乎小题大做了吧?"

我淡淡笑道:"怎么想是你的事,他胡说八道地污蔑我,我给自己讨要一份道歉也是正常的。"

吴浩咧咧嘴,好像想笑,却又未见笑容真正浮到面上。他换了个话题,说道:"我昨天跟我爸妈,当然还有你妈妈商量了一下,我们的意思也比较统一。怀孕对你的身体消耗太大了,昨天又出了这样的事,如果说律所工作压力太大,你就索性早点休假,在家安心养胎。如果请假不方便的话,大不了就辞职在家里。等过几年,孩子大一些,再出来工作,也耽误不了什么。"

我心中呵呵冷笑。我辞职与否,你们开个家庭会议就出了个统一意见,还规划到了几年后的生活,这建议做得倒是轻松。心中不满,面子上我却不想把话说得太难听,只温言道:"你也知道,我从小到大,我爸妈一心只教我好好学习,毕业后,我也是一门心思工作、学习、进步,目前看来,除了背法条、审合同、写文件,我也没别的能力了。要天天待在家里对着锅碗瓢盆、奶粉尿片,我不仅做不好,还得活活郁闷死,变成黄脸婆那都是小事,恐怕产后抑郁就能让我从窗口跳下去。与其如此,还不如继续上班呢,就算天天通勤辛苦了点,也好过在家无聊消耗生命。"

我说完,眼睛紧紧盯着吴浩,心想:他若是当真开口让我学习做家务、学习做全职妈妈,我一定会用最猛烈的态度呛回他,让他回归家庭,去做完美悠闲的全职丈夫。他的嘴唇嚅动了一下,倒是没敢提,只淡淡地问了一下昨天的情况,颇带醋意地说:"我也没别的意思,你不想待在家里,这谁也勉强不了。只是工作归工作,怎么就跟林颂扯上关系了?"

我苦笑道:"你刚才也听了录音,来龙去脉大致也清楚。是所里接了他一个项目,项目最后还出了问题。因为我是介绍人,领导便让我去跟他谈善后的问题，双方分歧比较大，所以昨天说话的时间有些长了，不过好在事情还是摆平了。"

吴浩面色稍缓："既然不是你负责的项目，还要你去善后。你们单位就这样对待一个孕妇吗？"

我不愿过深地解释，只好轻描淡写地说："我这不是月份还小吗，能做就尽量做一些。等日后月份大了，要所里同事帮忙的地方还多着呢。现在就开始矫情推事，里子面子上都说不过去。"我知他明明是在生昨天下午遭遇林颂的气，却碍着面子和那份录音的证明效力，只字不提，只将矛盾往工作层面上讲。我也偏偏不提，只对他所提的问题，一五一十地应对。

几个回合下来，吴浩心中仍有些不悦，却不好再说什么，只道："反正你自己得注意身体，能少做事就尽量少做一些。三个孩子在你身体里呢，出了半点问题，那都是一辈子的大事。"

我笑了笑，主动伸手抓着吴浩的胳膊，撒娇般地将脸蹭在上面，柔声道："绝对不会有下次了，这次我自己都吓死了。幸好医生不是也说没什么问题嘛。"

吴浩见我这般模样，也有点不忍，便道："还是得谨慎些，待会儿再详细查一查。虽说三个月的危险期已经过了，可你毕竟怀的是三胎，各方面都要比一般孕妇更加注意。你也赶紧跟单位请个假，我找周叔叔先给你开一个月的保胎假，有了医院的证明，你们领导就算不高兴又能怎样？"

我心想我如今在律所里好不容易挤出了一块立足之地，哪里能这般任性糟蹋，只好拦着他，解释道："哪有这样的？何况就算真是保胎，最多也只能一个礼拜一个礼拜地开。算了，我跟包主任说一下吧，这段时间，有事我就在医院做好了。"

吴浩对这个结果很是不满意，哼哼唧唧了大半天，认为我在单位上太软弱，老是这样吃亏的总是自己。我也懒得解释，心里觉得像他这种上班只顾兴趣的人，又哪能真理解职场的压力。

B超的探测仪在我的肚皮上滑动了大半天，婆婆打量着B超医师的神情，试探性地问道："小赵，没什么问题吧？"

小赵医生迟疑了片刻，勉强笑了笑，对婆婆说："现在看来没什么大问题，不过毕竟是三胎，平时见得也不多，还是让周主任下来一起看看比较保险。"

婆婆二话不说，立马给周叔叔打电话。不到两三分钟，周医生便和一直负责我产检的秦医生来到了B超室。

小赵医生见主治医生到了场，便指着B超机那影影绰绰的屏幕，说道："你们看，这个宝宝，发育数据明显小于其他两个。双顶径和肱骨长的数据短了一截，按理说不应该呀。"

我的心脏猛地一沉，恨不得立刻爬起来问个详细。婆婆看了我一眼，转脸去问周叔叔，"老周，这意味着什么？我家孙子有问题？"

周叔叔思索了片刻，面上露出并不轻松的笑容，安慰道："先别紧张，现在只是从数据上来看，其中有一个宝宝发育得比其他两个更慢一些，这并不意味着这个宝宝就有问题。毕竟胎儿的发育速度不是匀速的，每个孩子都有他的成长速度，我们不能仅凭借一次B超数据判断他是否有问题。在大多数情况下，接下来的几周时间里，这个宝宝自己会长上来。"

我的心略略放松了一些。婆婆却紧紧地盯着屏幕，继续问道："是哪个宝宝？我来看看。"

小赵医生指了指屏幕，婆婆的眉头立刻皱了起来："是我的宝贝大孙子呀？老周，这怎么回事？这两个孙子可在一起的啊。"

周叔叔与秦医生相视一眼，尽量轻松地解释道："是的。这也是一个麻烦。你看，三个胎儿。这个胎儿有自己独立的胎囊，就像一个人住一个单间，她的发育情况不受别人的干扰，是最安全的。而这两个胎儿，由于是由一个受精卵分裂出来的，在一个胎囊里共享一个胎盘，就像两个人住在一个房间里。理论上来说，在这个胎龄上，这两个胎儿的发育速度应该是一致的，至少应该相差不大。现在出现了差别，后期就需要进行密切的观察，因为一旦其中任何一个出现了问题，在很大程度上将会影响另一个。"

婆婆的脸色凝重得像一块即将要落雨的乌云，瓮声瓮气地说道："怎么好端端的，会这样？那现在该怎么办？"

周叔叔将我之前的检查单仔仔细细地看了一遍，语气和睦得像一块柔软的棉花："在这个阶段，我们能对母体里的胎儿做的事情很少，作为孕妇，首先是要放宽心，不要给自己太大的压力。孕妇自己要有信心，要相信每个宝宝的生命力都是极其顽强的。其次，尽量多补充一些营养，一会儿我让院里的营养师开一份营养食谱，每天尽量照着食谱用餐。一下子要做三个宝宝的母亲，在孕期，营养是非常重要的。不过，这一切都比不上自己保持心情愉快，每天都要笑眯眯的，你心情好了，宝宝也能感受到，自然就会高高兴兴地成长。"

我点点头，还未说感谢的话，婆婆在一旁插嘴道："要不还是住院保个胎吧，也别去上班了。她那个工作，每天都是跟人钩心斗角，哪有轻松的啊。昨天还在外头晕倒了，说是跟人谈判。不行，老周，你去开单子，今天就收进来。住在院里我才放心。"

周叔叔见我面有难色，便宽慰婆婆道："这个不一定住在院里就一定好。你看现在产科人山人海的，在住院部里保胎的产妇都睡到楼道里了，每天晚上吵吵嚷嚷的，想休息都休息不好。小刘现在没什么大问题，生活作息还是依照她自己的喜好来做。要是觉得上班太累，我这边给你开假条，在家好吃好喝好好休养。要是觉得上班反而轻松，我个人也是不支持孕妇整天躺在床上的，毕竟母婴共体有九个月之久，真把自己当成养胎的容器了，那心情断然是不能愉快的。"

我的头点得跟鸡啄米似的，连连称谢："谢谢周叔叔。我想先在家里休息几天，没什么问题的话，还是去单位上班吧。倒不是说工作离不了手，只是朝九晚五的作息反而容易让生活的节奏更加健康一些。"

周叔叔点点头，又嘱咐道："一周后再来复查一次B超。这段时间，要是身体有任何的不舒服，立刻过来。"

婆婆见到了这个份上，也不好多说什么，只沉着一张脸，满腹的不高兴。

第十三章
无法接受的噩耗

虽说我并没有同意婆婆的住院方案，但在她毫不在意他人看法的强势下，还是不由分说地将家里变成了私人疗养院。在接下来的几周里，她每天上班前定要来我家里巡视一圈，大多数时候会带着新鲜的肉菜，嘱咐妈妈做好一天的伙食搭配。中午再一通电话提醒，让我一定要好好睡个午觉，养足精神。晚上则让吴浩去拿一盅她亲自炖好的燕窝回来，让我睡前趁热喝下。妈妈见她这般事无巨细地照料，心情也很是复杂。一方面她觉得婆婆也算是一片好心，难得能够对媳妇这般悉心照料，怎么说也是一个称职的婆婆；一方面又觉得她过于强势，家中既然已经有人在照料孕妇，又何必她一日三次地劳神督工。尤其是夜间那一盅燕窝，每次都要自己炖好了让吴浩拿回来，好像生怕别人会贪墨了她的稀罕玩意一样。

面对妈妈的各种小情绪、小牢骚和讲不尽的家长里短，我只好苦笑、宽言安慰，心想与其整天在家被这些鸡毛蒜皮的事情烦扰，还不如去上班处理各种法律文件更令人心情愉快。毕竟我上次跟林颂的谈判，让对方停止了无理取闹的折腾，可以想见这份大不大小不小的功劳，足以令我原本就顺遂的工作环境愈加舒心。但休假中的我就像被囚禁了一般，不仅被严格限制上网看电脑的时间，还得遵照医嘱吃喝拉撒、睡觉散步。

生理上的过度安逸反而令内心的焦虑越发严重，到了第三周，就连宏运集团流转过来的文件数量也显著减少，我开始有些沉不住气，深深担忧自己的工作已被人提前替代掉了。

值得欣喜的是，接下来的两次复查结果都还算是乐观。从不断增长的数据上，不难看出那个慢人一步的宝宝正在奋力地追赶着自己的兄弟姐妹，只差一点点，他就能达标了。于是，我也开始吵闹着要回去上班，这一想法却遭到了吴浩的强烈反对。他向来是个不管事的人，却在这个问题上异常坚持，我无法判断他强硬的态度是源自婆婆的授意，还是因为上次我与林颂的会面。总之，我提到他就反对，一定要我在家好好休息，理由也足够充分：去上班的前提是宝宝的生长速度赶上来，不急在这一时。我不愿在这个问题上过分违拗，况且从好的一面来看，他破例的强势似乎也是一种父爱的表达。

这天晚上，一家人吃过晚饭，妈妈便赶着去跟小区里的老太太们一起跳舞，舒活一番筋骨。吴浩照例去书房给学生们上网络课。我闲来无事，便一面用iPad看韩剧，一面吃着牛奶炖燕窝。刚吃到一半时，胃里突然翻江倒海一般难受，一阵阵带着酸苦味道的气体直往喉咙上涌，眼前的燕窝仿佛变身成了一条条细长的蛆虫，浸泡在乳白色的牛奶里，狰狞地扭动。我猛地站起身来，冲去洗手间一阵狂吐，直至将晚饭都吐了个干净，漱了漱口，方才扶着墙壁头重脚轻地出来。看着桌上剩下的大半碗燕窝，实在望之生厌、弃之可惜，本着浪费就是犯罪的原则，我将碗端了起来，准备拿去给吴浩吃。

书房在客厅的另一端，雕花的实木房门没有关严，我刚走到门口，便隐隐约约听到从里面传来女子轻微的娇喘声。我怔了怔，脑子转了片刻，也就想明白了，或许是他早早上完课，正在看某类型片。自我怀孕后，两人便禁了房事，这对一个正血气方刚的青年男子也是不易。想到此，我体谅地笑了笑，正打算转身离开，突然听到吴浩喘着粗气的声音响起，这是即便在两人耳鬓厮磨之时也从未听到过的猥琐话音："你站起来，把屁股扭扭，对，再低一点儿，我看看是什么颜色。"

神志仿佛被雷电劈中一般，我失重的身体几乎是撞一般地倒向房门。房门洞开，电脑屏幕上正显示着一幅不堪入目的画面，我晃了晃神，转眼瞥见吴浩褪下了一半的裤子，雪白的屁股坐在黑色的电脑椅上，尤其刺眼。他扭头看见了我，瞠目结舌的样子足可以成为网络上的表情包。他一只手慌里慌张地去关电脑，另一只手滑稽地去拎裤子，我则站在原地足足几分钟，方才觉得端着碗的手有些僵硬的酸痛。

"那个女人是谁？是你在网上找的鸡？"我的声音好像飘在五米之外的地方。

吴浩皱了皱眉头，别过头去，并没有说话，拒绝的态度表明他很不情愿回答这个问题。过了一刻，他敞露的耳机里传来那女子尖细的笑声："吴老师，怎么了，你那边断线了吗？"

我心头一凛，却见他烦厌地将耳机线狠狠一扯，赌气般地摔在桌子上，恼羞成怒道："我在这个家里还有没有一点隐私了？你问什么问，我又没有做什么对不起你的事！"

我瞠目结舌，睁大眼睛看着眼前这个气急败坏的男人，又陌生又令人鄙夷。我在这一刻几乎不明白自己为什么恼怒，究竟是厌恶他的这种行为，还是当真打心底里就开始厌恶这个人了？我的理智清晰地告诉我吴浩的这种行为算不得什么大不了的事，比起当真去夜店嫖娼或是一夜情更是微乎其微的罪孽了。可我就是难以接受，方才的画面在我脑海中凌迟般地来回碾割，逼得我一阵一阵地难受。

吴浩见我这般神情，怒气在一瞬间消失不见了，用近乎哀求的语气说道："倩倩，我不是故意瞒着你的，可这么长的时间，我总有我的需求。我知道你怀孕辛苦，可这段时间我也很辛苦。我是不可能做什么对不起你的事的，这……你就当什么都没看见好吗？"

我只觉得双腿发软，扶着一张椅子便坐了下来，理智告诉自己，我此时应当走出去，给彼此足够的空间和冷静的时间，或许过了今夜，明天我自己就能发现这当真算不上什么事儿。可我心里偏偏就是有一份不甘，不愿意就这样带着一颗空落落的心走开，硬是要把这份尴尬辩个清楚。我的嘴角浮上了一丝嘲讽的笑意。"我不知道这算什么，那你能告诉我这个女人在现实中你认识吗？还只是在网上找的付费对象？"

吴浩皱了皱眉头，冷冷道："这仅仅只是一场付费的消遣游戏而已。我和隔着屏幕的这个人既没有感情，也没有身体接触。我不知道你在介意什么？"

"吴浩，你没有回答我的问题，在现实生活中你认识她对吗？她叫你吴老师，是你故意让她这么称呼你的吧？"

吴浩烦躁地看了我一眼，瓮声道："你这是要干什么？太无理取闹了吧。"

"我无理取闹？"我想着刚才屏幕里那张稚嫩的脸，又觉得一阵恶心涌了上来，多日来在家憋屈的烦躁心情助推着胸腔里的一股邪火，恨不得把眼前这个男人撕开，翻开他的心肺，看看究竟是什么颜色的心肠才能这般指责一个为他孕育孩子而受够苦头的女人，"既然你不想说，那你把电脑打开，我来跟这个00后的小妹妹聊聊，看看你究竟是用什么来哄骗她跟你玩这个游戏，钱还是甜言蜜语。"

吴浩怒道："你神经病啊？这跟看个岛国片有什么区别？你干吗这么不依不饶，搞得跟捉奸一样。"

我也怒道："当然有区别，岛国女优们你这辈子也挨不上，但这个女孩子，一个电话就能出现在你面前。又或许你们在现实生活中早就认识了，网络只是交流的一种手段。"

　　吴浩咬着嘴唇，像是看一个疯子发疯一般，也不再多解释，只离着我远远地坐着，一声不吭。

　　我心中的邪火被他这无所谓的态度刺激得越来越旺，脸上涨得通红，脑子里有一个虚弱的声音哀求着"你快解释啊，快澄清啊，快点说在这个世界上你只爱我，眼里心里只有我啊"，我声音提高了八度，几乎是嘶吼着问道："吴浩，你说话啊，是不是这样？"

　　吴浩寒冰般的目光扫了我一眼，猛地站起身来，胡乱披起一件外套便要往外走。外套甩起的风冷冷地从我脸上刮过，我就像被人当面抽了一个耳光一般疼痛。他不耐烦地说道："你什么时候能够学会尊重别人？"

　　我气极，急忙伸手去扯他。这个动作发生的同时，我清晰地感受到从腹部传来一阵异常猛烈的撞击，毫无疑问是宝宝在体内的抗议。我缓了下来，心中那团无名业火在这一瞬间消失殆尽。我慢慢地跪在地上，只觉得整个下腹部一阵一阵抽搐般的疼痛。整个过程持续了一分钟，或许只有半分钟，然后什么感觉都消失了，腹部恢复了平日的柔软和平静。我抬起头，眼睁睁地看着吴浩吓呆了的表情，眼泪如喷涌的泉水一般顺着脸庞直直落在地板上。一股莫名的感觉清楚地映现在我的大脑里，宝宝出事了。

　　我死死地扒住吴浩的胳膊，顾不上方才的争吵，极清晰地说道："快送我去医院。"

　　依旧是那张生硬冰冷的B超床，涂满了耦合剂的探测头在我肚皮上来回移动了许久，几张熟悉的脸挤在小小的屏幕前面，被莹莹的光线照出满脸的凝重和令人不安的沉重。我忐忑极了，又不敢有太大的动作，只能焦急地硬挺着，脑中掠过各种恐怖的结果。终于，周叔叔深深地叹了口气，亲自去将屋里的灯打开，妈妈将我扶起来坐好。全家人死死地盯着周叔叔的脸，他有略微的犹豫，但还是缓缓地开口："刚才大家已经看到了，令人非常惋惜的是，那个发育较慢的宝宝已经测不到胎心率和胎动，在医学上这意味着这个胎儿已经死亡。"他停了停，给我们消化这句话的时间。接着，他又继续道："我明白，身为家属，这个消息让人很难在短时间内接受。不过，或许我们可以从另一个角度来看，这个胎儿本身就出现了发育迟缓的问题，极有可能是由于分裂的时候受精卵的质量不够优质所造成的，导致它无法顺利发育成一个健康的胎儿。在现在这个阶段发生了胎停育，这是一个非常正常的自然选择结果，总好过真的生出一个有缺陷的宝宝，给家庭带来巨大的负担。"

众人如死一般沉寂，我只觉得自己的五脏六腑都被一双巨大的黑手死死地掐住，说不出话甚至连呼吸都甚是艰难。吴浩站在离我不到二十厘米的地方，冰冷的双手僵硬地垂落在身体两侧，一张面孔铁青铁青的，感受不到半分温暖的气息。婆婆不甘心地又看了一眼B超机的屏幕，上面黑洞洞的什么图像也没有，只好扭过头焦急地问道："老周啊，你可是妇产科的老把式了，什么疑难杂症在你手里都有解决的办法吧？我的孙子可不能出事啊，现在可怎么办，一个孙子胎停了，会不会影响到我另一个大孙子呀？"

周叔叔面上露出了无可奈何的尴尬，清了清思路，尽力稳住情绪，道："这就是我要说的第二个问题。由于其中一个胎儿出现了停育的情况，减胎是目前非常急迫而且是不得不进行的选择。可麻烦之处在于这两个胎儿共享一个胎盘，从现有的医疗手段来看，我们没有办法在不影响另一个胎儿的前提下，单单只将这停育的胎儿取出来。所以，目前唯一可行的是将这两个胎儿一起取出，只保留另一个拥有独立胎盘的胎儿。因为她的生长环境是相对独立的，不太会受到旁的影响。"

我的脑袋像被雷劈中了一般,在瞬间明白了他的意思。我颤抖着声音,问道:"您的意思是,还有一个健康的宝宝也保不住了?"

周叔叔看了秦医生一眼,得到了肯定的回应,又看了一眼婆婆,终于还是点了点头,说道:"我知道这是很难接受的,但这也是无可奈何的事情。即便是医生也有很多的事情受限于技术手段,太多的选择令人惋惜也令人心痛,却实在回天乏术。当然,在我看来,你们的情况也不是最糟糕的,毕竟还有一个健康的宝宝,就当作当初怀的本身就是单胎吧。"

我用力捂住自己的肚子,竭力去感受那个明明还很鲜活,却不得不因为他兄弟的溘然离世而将被活生生地清除的孩子。我的身体一阵一阵地发寒,完全不能承受这个消息。我张着嘴,像一条濒死岸边的鱼儿一般,一张一合地拼命呼吸,似乎只要再缺一缕氧气,便要当场昏厥了过去。在四周嘈杂的声音中,我听到婆婆那独具特色的嗓音,似极度悲哀又似抱怨般地说了一句:"造孽啊!怎么偏偏是我两个孙子保不住呀?"我愕然,抬头去看她,却在抬头的瞬间,意料之外地撞上了吴浩的目光。他的双眼里满是恶毒和厌恶,仿佛看杀子仇人一般看着我。

我愣在了当场,心凉透骨。

手术被安排在了明天上午。当天晚上,我住在了医院。又高又窄的病床,无论左右怎么翻腾,总觉得硌着身体难受,睡意更是痴心妄想了。吴浩躺在陪护用的折叠床上,清冷的月光掺和着手机屏幕的冷光,将他清隽的脸映得异常寒凉。我伏在床沿上,竭力靠近他,轻轻地问:"你是不是在怨恨我?觉得是我害死了宝宝?"话音刚落,两条眼泪便不受控地滑落了下来。

他的手机屏幕咻地暗了下去,音色喑喑,道:"别说了,快睡觉。"

我哪里睡得着,哽咽道:"一下子两个宝宝都没有了,我比谁都要难过。你不仅没有半点安慰我的话，现在心里还在怪我。他是在我身体里离开的，我承受的痛苦比你多得多，你明白吗？"

吴浩翻了个身，坐起来，压着气说道："你让我说什么，该说的话，我早就说过了。你有听半句吗？刘倩，我真的不明白，你为什么就不能老老实实地养胎，安安静静地像其他人那样做一个宜室宜家的妻子？宝宝走了，我不知道该不该怪你。周叔叔说是基因问题，这我能够理解，可你仔细想想，上次你跟林颂见面，当场晕倒了，回来就查出宝宝发育迟缓，这次呢，你就当我看个黄片又怎么了，为什么你什么都不愿意放过，一定要没事找事地来闹？现在好了，宝宝走了。两个宝宝都走了。接下来你还要怎样？"他一边说着话，语气里满是怒气，却也带着微微的颤抖。

我委屈极了，拖着长长的哭腔说道："你当真在怨我，这是我的错吗？是我故意要害自己的孩子吗？你凭什么这么说我，你凭什么怪我，你凭什么要让我一个人承担失去孩子的责任？"

吴浩站起身来，颀长的身躯在地上留下一道又长又浓的黑影，像极了一只张牙舞爪的怪兽。

"我凭什么怪你？就因为孩子在你肚子里，你没有保护好他们，便是你身为母亲的失责，是你身为母亲不可推卸的责任。除此之外，你还能让我怎么想？"

他的脸在这一刻狰狞得令人恐怖。这般冰凉冷漠的话语，即便是个路人也不能轻易说出口，可却从这个被称作丈夫的人嘴里毫无顾忌地说了出来。我怔怔地看着他，张了张口，却发现嘴巴和眼眶同样干涸到枯燥，只好环起双臂，紧紧地抱着自己，背过身去，再也不愿多看他一眼。

吴浩此刻也知道自己的话过分了，他垂头丧气地靠着床沿坐下，哀叹道："倩倩，我的话说得不对，你别放在心上。今天宝宝走了，我的心里是真的不好受。我刚才甚至在想，我们整天为了各种琐事吵吵闹闹，是不是我和你根本就还没有做好为人父母的准备。"

我嫌恶极了，扭过头，恶狠狠地质问："你现在说这个话是什么意思？什么叫作没有做好准备？你知道为了怀上这几个宝宝，我费了多大劲，遭了多少罪吗？那当初何必费那么多周折去要宝宝？现在三个宝宝走了两个，那是不是按照你的意思，剩下这一个也不要了，等准备好了再说？"

吴浩皱了皱眉毛，看着我，疑惑道："为什么别人的每一句话你都要揣测出许多别的意思来？倩倩，我觉得自从你怀孕之后，整个人都变了，好像有满腹的怨气和不忿。当初孩子也是你自己同意要的，我们已经提供最好的条件和补偿给你了，为什么你还有这么多的不满意？"

我心寒齿冷，话语也如刀剑一般："好个我们，好个你！原来在你眼里，生个孩子就跟做一笔交易一样，一方付钱，一方提供服务。那我可以明确地告诉你，你们吴家给的价格不够，远远不够！"我垂着头，用手轻轻地抚摸着隆起的小腹，低声喃喃道："如果我们之间都没有了爱，那还要孩子干什么？我的怨气、我的不满，从来都不是因为缺衣少食，缺的是源自丈夫的爱、敬重和关怀。我嫁给你，是作为一个人嫁给你，而不是你们吴家传宗接代的生育工具。我愿意跟你共度余生，一起面对生活的挫折和未来的风险，这是我们婚姻的价值，是我们感情的意义，而不是一场单纯的生育交易，买卖清晰，彼此各自负责。"

吴浩听完我的话，有些结舌，无奈地说道："我没有这个意思，我爸妈也没有把你当作一台生育工具。"

我呵呵笑道："是吗？可是在所有问题上，我的生育价值是他们第一顺位的考虑因素。不过他们怎么想，我顾不上也管不着，我只希望你能清楚，我首先是个有血有肉、会高兴也会伤心的人，然后是你的妻子，接着才可能是你孩子的母亲。"

  这几句话,我老早就想说了,如今声色俱厉地讲出来,生硬地输入他的脑子里,又不知道他能接受多少,抗拒多少。吴浩沉默了片刻,仿似有些许的触动,他抬了抬手,想摸一摸我的头,最终还是在半空垂落,他有气无力地说道:"我明白你的意思,我有说得不对的地方,你也有太过偏激的想法。说道理,我辩不过你,但我认为你说的也不是全对。我已经算是不错的老公了,也许你对我的要求还有更多,可是我真的不知道自己还能做些什么。"

  我轻轻地冷笑,一声接着一声,笑声在喉咙里转着圈似的回响,溢出齿外,便如哀鸣一般难听。

第十四章

病房里的争吵

　　一夜辗转难眠,直临近黎明时候才有些迷迷糊糊的困意,我想沉睡一会儿,心尖儿上却像系了一根细线一般,另一头被顽童扯着,一阵一阵地抽痛。晨光刚刚漫进病房时,在我模糊的意识里感觉吴浩悄悄起身,轻轻地拉开了房门。接着,他压低的声音从门外传来:"妈,你怎么这么早就过来了?"

　　婆婆说:"我睡不着,给你送早餐来。医院的早点怕你吃不习惯,我熬了点粥,又在楼下买了奶黄包,都是你喜欢的口味。"

　　吴浩嗯了一声,又道:"刘倩吃不得奶黄包,老说有股过期奶粉的味道。"

　　婆婆停了停,说道:"她上午就要做手术,什么东西也不能吃。你留些白粥吧,等手术完了,她正好喝点流食。唉,想起我那两个孙子,一夜之间,就没了。"

　　吴浩的声音有些急促,他回身放下早餐,看了我一眼,又顺手将门关严实了。我住的病房在走道的尽头,转角便是一块闲置的空间,平时护士们用来放平躺床之类的杂物,没人来打扰,很是安静。我悄悄起身,听见门外吴浩扶着婆婆坐下,又焦虑地说道:"妈,你别哭了,你看你的眼睛肿成这样了,肯定昨夜就没怎么休息。"

婆婆哀声道:"你让我怎么睡得着,闭上眼就是两个胖墩墩的小子围着我喊奶奶。现在什么都没了,家门不幸啊。"

她说出"家门不幸"的时候,我的眉头一下子便拧成了一团,嫌恶的情绪随之涌了上来。婆婆继续说:"为了这两个孙子,我们可是花了大价钱的,去泰国、住别墅,这么说没就没了,我心里这口气,实在是咽不下去。"

吴浩静了片刻,低声道:"妈,你别这么说,不是还有一个宝宝吗。"

"那是个女孩。"婆婆的语气中带着难以掩饰的沮丧,"要是两个孙子都在,这个女宝就是锦上添花的彩头,现在男孙们都保不住了,这做试管的钱还不等于打了水漂。我跟你爸商量过了,等生完这个,你们赶紧再去一趟泰国。你们在那儿不是还有一个男胎的冷冻卵吗,赶紧做植入,追生一个男孙。"

吴浩停了停,轻声说道:"以后的事以后再说吧。去做一趟试管手术又不是上街买个菜,这次都闹出了这么多风波,二胎的事刘倩未必会轻易答应。"

婆婆的声音高了几度,着急道:"你媳妇可不就是吃死了你善良的性子,什么叫不轻易答应?她自己这么不懂事,性子又大,让她在家好好休息,不要去上班,不然的话,两个好端端的孩子,怎么就怀不住?那可是我们吴家的孙子呀。"

我只觉得身上一阵阵地发颤,上下两排牙齿不住地相互撞击,发出咯咯咯的磨牙声。失去孩子的蚀骨之痛,被婆婆几句抱怨的话,激成了熊熊烈火,几乎顷刻就要喷涌出去,烧死外面那两个所谓至亲至信的人。

门外安静了一会,吴浩哀叹的声音再次响起:"一下子走了两个宝宝,她心里也不好过,你也别再说她了。"

婆婆小声地哼了一下,又忍不住道:"我不是对她有什么意见,但妈还是婚前那句话，做律师的女人总归是很麻烦。以前称这个行业的人叫讼棍，都是福薄的人才会去做的。按老话讲，干这行都会报应到子孙身上的。虽说现在时代不同了，你说你喜欢她，妈也没反对。现在回过头来想想，要不是她心性那么强，怀孕了还不肯放手，一定要去工作，也不会出这档子事。老话总还是有理的。"

吴浩对婆婆这个观点像是很反感，反驳道："你不要这样说话。现在都是什么年代了，律师是很不错的工作。您也是个知识分子，怎么跟个农村老太太似的。"

婆婆怔了怔，估计是没料到儿子会当场反驳自己，委屈道："我不这么想，你让我怎么想，让我怎么接受两个孙子都没了的现实？"

再听下去，门外只有低低的抽泣声和吴浩无奈的安慰声。我默不作声回到自己的病床上，双眼空洞洞的，竟是一滴眼泪也没有。你家的孙子没了，心里难受、无法接受，便搜肠刮肚地往媳妇身上找原因，好慈悲的心哦！只要责任不是自己的，便可以安然抱怨了，好便利的逻辑！那我这个做母亲的呢？每一分疼痛都发生在自己身上，每一滴失去都是从自己骨血里流逝掉的，我该怨谁？该怪谁？生理上遭遇的痛苦，与亲人冷漠伤人的话语一比较，似乎也成了小巫。从踏入这场婚姻开始，我为了这个家所做的一切退让和牺牲，在此时看来，都成了一个个非善意的笑话，正咧着大嘴在耻笑我。我呆呆地坐了片刻，用力将枕头按在脸上，不一会儿，缺氧就给我带来了窒息的感觉。眼前的黑暗和呼吸的暂停也有效地屏蔽了痛苦，我企图将这种感官被剥夺的时间尽量延长，希望这种方式能有效地将痛苦从我身上剥离，可我终究还是不敢停留太长时间。我仍是一个准妈妈，即便有两个孩子要离开我了，仍然还有一个需要我的守护。想到此处，我咬紧了嘴唇，只觉得自己最该觉得羞愧的便是这软弱的性子，与其在意他人的伤害和不善，倒不如好好经营自己的尊严和美好。

我捋了捋头发,抬头看了眼窗外。天已大亮,金灿灿的阳光斜斜照进屋里,在地板上留下了树影变形的模样,我有了去洗漱收拾的力气。

9点刚过,周叔叔便带着几个医护过来巡房,顺便做术前谈话。吴浩、婆婆和妈妈围在床边,每个人脸上都是一夜未眠的憔悴和丧气。周叔叔翻看了一下检查单,和颜道:"各项指标都不错,手术安排在10点半。不要紧张,都是院内最好的医护参加,全力保障手术的顺利。你早上没吃东西吧?"

婆婆连忙说道:"什么都没吃,只给小口抿了抿水。"

"那就好。"周叔叔见我状态不佳,又问道,"你自己觉得身体有没有什么地方不舒服?"

我点点头,虚弱地说:"昨天晚上做了一夜的噩梦,现在就觉得胸闷气短。周叔叔,之前你说孕妇要一直保持良好的心情,胎儿才能顺顺利利地长大,这心理情绪对胎儿的发育是不是影响特别大?"

周叔叔愣了片刻,委婉解释道:"国外曾经做过孕妇情绪与胎儿发育状况的比较实验,结果表明,心情愉快的孕妇怀的胎儿在指数方面占有一定优势。但这也仅限于数据分析,个体差异还是很大的。"

"要是孕妇猛然遭受了重大的精神刺激呢?会对肚子里的孩子造成不良的影响吗?我看过报道,说一个怀孕五六个月的孕妇,突然发现自己老公出轨了,一时之间无法接受,当天夜里,就流产了。"我淡淡地说,眼角撇着吴浩,他的脸渐渐转成了青白的颜色。

周叔叔扭头看了一眼婆婆,有些迟疑,想了想,说道:"怀孕期间任何的意外都是有可能发生的,你说的这种情况我曾经也遇到过。当时,流产的母亲不能接受这个现实,对娩出的胎儿做了全方位的检查。遗憾的是受限于目前的技术,我们仍然无法肯定,流产的原因一定源自母亲突然遭受到的重大精神刺激。"

我冷冷地笑道："至少这很可能是一个非常重要的诱因，对吧？"

吴浩的嘴唇也已经变成了失血的青色，在场几个年轻的护士交换着心领神会的目光，还有低着头冷笑的小医生。周叔叔皱了皱眉头，继续回答："可以这么理解，但我认为你没有必要过于纠结孩子为什么会发生意外。胎停育的原因有千万种，以现在的技术，即使做遍了所有检查，也不能排除所有不可能，留下唯一的可能性。依你目前的孕周，大概率是由于受精卵本身的质量问题，这不是人力所能改变的，也不是任何人的责任。你现在要做的是尽可能地放松心情，接受手术，然后好好休养身体。要知道，你体内还有一个宝宝，需要你愉快的心情去滋养。"

我的目光轻轻地落在吴浩身上，夹杂着几分要挟的意味。面对无可挽回的悲剧，这一家人并不打算携手共渡，反而一副急于划清责任的态度，那我是不是干脆追究到底呢？让所有人一起来评评理，推敲一番究竟这该算是谁的责任？我想我可以继续说下去，拼着大家的脸都不要了，把那天晚上吴浩做的事情全部说出来。想必用不了半天，整家医院都会知道有个男人在老婆怀孕期间聊情色视频，害得流掉了两个小孩。这种重磅花边，对于将脸面看得比命还重要的婆婆来说，效果必定非凡。

婆婆见吴浩这般模样，似乎也意识到了事情不对劲，连忙圆场道："老周呀，我可不怕你嫌我啰唆，没有了的我就不提了，也不想了，眼下我可把媳妇和孙女交你手上了，今天的手术只有特别顺利、特别完美，其他任何结果我都不接受。要是你没做到，下次换办公室，你就准备搬去四楼那间没窗户的暗房吧。"

众人掩着嘴悄悄地笑，周叔叔也松了一口气，赶紧顺着台阶下，道："这么一个小手术，我已经把压箱底的梦之队都搬出来了，待会儿我还亲自操作，毕生所学都用上，您还有什么不放心的呢？"周叔叔又看了我一眼，嘱咐道："手术前不要多思多虑，现在还有一个多小时的时间，可能的话，出去散散步，或者睡一觉，尽量放松心情。"

周叔叔是医者仁心，我也不愿他难做，便顺从地点点头，尽量微笑道："好的，我跟妈妈们聊聊天好了，昨晚的噩梦闹得我实在心慌。"

周叔叔心领神会，赶紧带着几个医护逃似的离开了病房。

外人们一离开，婆婆便皱着眉头问："倩倩，你刚才说这些话是什么意思啊？这样很容易让人误解，以为我们家浩浩做了什么对不住家庭的事情。"

我冷冷笑道："妈，我说的话反正你也不会信，但做了什么，你可以自己问吴浩啊。我在家好端端的，怎么就被送到医院了？我究竟看到了什么，这刺激的一幕，导致孩子在我肚子里猛踢的那一脚，我现在还记得。"提到孩子，我又难过得很，却暗暗强迫自己要咬紧牙关，既然想撕，我们就撕到底好了。

吴浩猛地跳起来，压着声音吼道："刘倩，你有完没完，究竟想干什么？夫妻间那点私房事，你一定要拿到大庭广众下来说吗？"

我冷笑道："大庭广众？刚才才是大庭广众，我可什么都没说，现在都是自家人，你要是问心无愧的话，你自己说啊！"

婆婆有些激动，连忙问道："浩浩，怎么了，你真的在外头有人了？"

吴浩烦躁道："妈，没有的事。你别被她误导了。我……只不过是那天跟一个以前的学生在网络上聊了一会儿，什么都没做，恰巧被她撞见了。"

"只是网上聊天啊，那……那这也没什么，不过你也是，结婚了就该多陪陪老婆，跟小姑娘聊什么天？"婆婆松了一口气，不轻不重地指责道。

我呵呵道："可不只是聊天，是裸聊，就是两人脱了衣服在那儿用视频聊天。"我用最直白最简单的语言把事情给说清楚了。

婆婆气得怔神,一怒之下,举起手就要打吴浩,但落到身上时已消了八成力度。

"你,你怎么这么不懂事啊,这样不要脸的事情都做得出来?"

"妈,你不懂,我们隔着屏幕,根本没碰上。现实生活里也没有接触,这……这不算出轨。"吴浩竭力辩解道。

"什么不算?你少在那里胡说八道,我和你爸爸辛辛苦苦把你培养成才,你怎么变成这样了?"婆婆看着已经声嘶力竭了,声音却压得很低,至少房间外面绝对听不到。

我看着这对母子你来我往的闹剧,心里倒浅浅地舒了一口气。这事我本来想关死在小两口的房门内,不让第三人知道,可既然吴浩你一定要说孩子是从我身体里没有的,便是我没做到保护的责任,婆婆又一定要为孩子的离去找个慰藉心理的借口,那索性便扯开了说,我不留这劳什子的脸面,你们也别存那虚伪的尊严了。日子还是舒心过一日是一日,哪天当真过不下去了,也不枉费此前的岁月。

我看了看妈妈,疲惫地说道:"妈,你让他们出去吵吧,我想休息一下。"

妈妈早就想说话了,正好开口道:"亲家母,我可是把我的宝贝女儿健健康康、完完整整地交到你们手上的,现在闹出这么个事情,你们吴家怎么也该给个说法吧?不过不是现在,倩倩一会儿还要做手术,还要休息,你们想要留在这里就请安安静静的,要吵要闹就请到别的地方把事情掰扯清楚了再回来。"妈妈顿了顿,瞅了一眼吴浩,静静地说:"吴浩,在妈眼里,你可一直是个有家教、懂事知礼的好孩子,可看你刚才这态度,我简直不敢想象那天晚上,你是怎样对待倩倩的。她可怀着你三个孩子呀。"

妈妈说完这句，便不再开口，只坐在我床边，目光停留在床头洁白的墙壁上。吴家母子哪里敢走，却也不敢再恣意吵闹，只好憋着一肚子气，在病房的另一头尴尬地待着。

手术按照约定的时间开始，冰冷的麻药从脊柱处缓缓注入。不到两分钟，我便觉得头脑昏昏沉沉，很快就失去了知觉。在梦里，我仍身处在一间极为宽阔透亮的手术室里，眼前有一个巨大的屏幕，显示着B超的图像。三个宝宝在屏幕中清晰可见。其中有一个宝宝好像睡着了，长长的睫毛一眨一眨的。他旁边是一个虎头虎脑的宝宝，正晃晃悠悠地爬过来，用一只小胖手轻轻地拍那个正在沉睡的宝贝，憨态可掬的模样几乎将我逗笑了。我正要走前一些，伸手想触碰他们圆鼓鼓的脸，突然一支细长的针从天而降，准确无误地扎在了那个胖宝宝身上，一秒之后，他便不动了。我尖叫着，嘶吼着，可惜在梦里什么声音都发不出来。再一眨眼，一个像吸尘器头的东西探进来，呜呜两下，便将胖宝宝吸走了，我拼命去拦，却怎么也碰不到那个残忍的屏幕。再过了一刻，那个探头又伸了进来，用更大的吸力，将那个一直在沉睡的宝宝也带走了。我软软地瘫坐在地上，目瞪口呆地看着这一切就在自己眼前发生，我想哭极了，抱着膝盖无声地抽泣。耳边却有一阵细微的小女孩的哭声，我抬起头，看到还剩下的那个宝宝蜷缩在一个小小的角落里，浑身战栗发抖，像极了一只在风雨中被淋湿了的小蝴蝶。我连滚带爬地靠近那个屏幕，这次双手竟然顺利地伸了进去。我搂住那个浑身发颤的宝宝，像怀抱着一团光明，眼泪哗哗地便流了下来。

几个小时之后，我从手术的麻醉之中苏醒过来，浑身上下仍然觉得钝钝的，没有痛也没有其他任何感觉。妈妈见我醒了，从温水壶里倒了杯水，扶着我小心地喝了半口，眼泪同时就忍不住往下掉。她告诉我，我在手术的时候，公公也来了医院，在病房里就狠狠地骂了一顿吴浩，道歉的态度倒是很诚恳。后来他跟婆婆先走了，说是晚一点再过来看你，现在吴浩一个人躲在楼梯间里抽烟，一直耷拉着脑袋，也像是知错了。我嗯了一声表示知道了，妈妈见我这模样，实在不放心，便问我接下来的打算："你婆婆嘴上虽然时常有些恶语伤人，可倒也不能说是十分不讲道理的。我看她整个上午一直在责备吴浩不懂事。既是心疼孙子，也是觉得自己儿子的这事做错了。唉，遇到这种事情，我们做长辈的，本来也难以启齿，在吴浩这个年纪，总是贪玩的。这次算是发现得早吧，他也不算做了什么实质性的背叛。"

我倚靠在厚厚的枕头上，笑得虚弱无力，并不接着妈妈的话往下说，只弱弱地说道："妈，我觉得自己现在特别狼狈，这个手术做完以后，都不像个完整的人了。你说，我这结婚还不到一年，怎么就好像把别人一辈子的倒霉事都经历了一遍？现在想起来，要是结婚前谁跟我说我可能会遇到这些事，我是打死也不会相信的。呵，那时候也不知道是哪里来的自信。"

妈妈心疼地看着我："那时候，我也不会相信。现在看见你这个样子，妈妈真的是很心疼，恨不得明天就带你回重庆去，再也不理他们吴家。"提到吴家，妈妈又有几分惋惜："吴浩之前看着也是个挺好的孩子，唉，没想到会有这种事情。"

当然是好孩子，这可是我千挑万选的丈夫。我心里自嘲了一番，咧了咧嘴，有气无力地说："你也不用太担心我，其实我没事，真的。那天看到吴浩躲在房间里聊天的时候，我只觉得耻辱，觉得他这样一个受过高等教育的人怎么也玩这种下三烂的东西，一下子像被人打了脸，完全没办法接受。后来孩子们发生了意外，我才觉得特别心痛和难受，也特别后悔。学历高又怎样，喝过洋墨水又怎样，人总是有原始欲望的，性这个事情，本身就是一种刺激和冲动，没什么高低贵贱的区别。所以，这个事情我本来是不想说的，想着得给他留些脸面，但我越是不说，他们就越是一门心思地将失去孩子认定为我的责任。这个黑锅我肯定不背，这口气我也是咽不下去的。"我说到这里，还有些难以控制的情绪，胸口随着气息起伏不定。

妈妈很快就支持了我的想法，说道："他们认为失去孩子还是你的责任？哼，这一家子算是什么心肠？我闺女费这么老大劲儿给他们家生孩子，到头来还怨东怨西的。咱们不欺负人，也不能让别人白白欺负了。"

我笑了笑："妈，你别跟着生气。我跟你说这个，并不是要你去替我找什么公道。在胎停的问题上，我打心底里是相信周叔叔的话，应该是受精卵本身的问题，不是我的责任，自然也不是吴浩的责任。只是，有些事情无关对错，即使自己不愿意也必须去做，优越的道德感有时候其实是懦弱的借口。他们想在我身上找原因，我也是不能吃这哑巴亏的，顺便教训一下吴浩的准出轨行为，这买卖不亏。"

"还不亏呢？"妈妈帮我掖好被子，心疼地说，"为了这娃儿，你都进几次手术室了，身子还没调养利索，还得这般费心力去计算。这日子，在我看来，就是耗神、折腾。"

我苦笑了一下："我也觉得没劲，但弱者的生存状态就是这样。委屈和牺牲一点儿用都没有，想要获得一点儿站着说话的空间，不能指望对方的善心和怜悯，得自己努力，花费老大的劲头，还得从内到外都武装起来。"我强行忍了忍几乎就要溢出眼眶的泪水，自问自答道："可我条件明明也不差呀，怎么好端端的，就成了弱势的那一方？哼，这该死的婚姻。"

妈妈静静地看着我，目光中满是怜悯。一代人有一代人的婚姻观，也有完全不同的婚姻体验，我不知道我的话是否能与她有共鸣。最后，她深深叹了口气，感叹道："可不是嘛，大多数的婚后女人都会选择避让矛盾，自然也强硬不起来了。"她停了停，对我仍是不放心，"这接下来的日子，你跟吴浩要怎么过呀？"

"就这么接着过吧。吴浩不会想离婚的，我也不愿意女儿没有父亲。"我望了望窗外的天空，湛蓝得通透，像一块碧玉一般嵌在窗子上，映在人心里，有种通透舒畅的美。夫妻彼此试探一下对方的底线，未必是件坏事。只要懂得在真正碰触底线前迅速撤回来，婚姻自然是可以继续前行的。我轻轻地笑了笑，可是感情呢，我和吴浩之间还有感情吗？

我又睡了一觉，醒来时已接近晚餐的时间。公公和婆婆提了几篮子补品前来探病。在病榻前，婆婆先道歉，接着公公声色俱厉地教训了吴浩一顿，并再三向我妈妈保证，日后一定管教好儿子，保证不让我再受半点儿的委屈。妈妈也没说什么重话，甚至还帮着吴浩讲了几句，轻飘飘地责备了我个性太强、做事的分寸感不够、时常可能令人下不来台，又表示只要小两口日后好好相处，她一定心无芥蒂，愿意继续留下来帮忙照料孕妇的身体。

我在一旁静静地看着这出家庭八点档伦理剧，仿佛与自己没什么关系，心情竟然平静如井水，无波无澜。吴浩磨磨蹭蹭地靠近我，满脸的无奈，目光也呈现出柔和的色彩，之前的狠毒和嫌恶全然不见了。我冲他笑了笑，他便像是鼓起了勇气一般，拉住了我的手，轻声说："我再也不跟别人聊天了，以后努力赚钱，多多上课，照顾好你和女儿。你，也别再跟那个林颂联系了，好吗？"

我微微一怔，这果然是我的老公。呵，嘴角便逸出一丝难以觉察的轻蔑。我笑着说："好。"

这件事给三个家庭带来的伤害和打击都是沉重的，却在一定程度上，给几个人紧绷的关系松了绑。首先最大的变化来自我身体负担的减轻。

由于三胎变成了一胎，我的妊娠反应明显减轻，不再整日里头疼头晕，也不需要每顿饭后扒住马桶狂吐不已。身体的各项指标也回归到了正常的数值。其次，婆婆对我也不像从前那般上心，再也见不到一日三次的加餐，取而代之的是另一番言论：要保持孕妇的运动量，不要营养补充过头，争取顺产。听到"顺产"二字，妈妈撇撇嘴，叨叨道："你婆婆是指望你这次能顺产，紧接着马上能生二胎。"我当然明白她的心思。但她怎样想是她的事，我顾不上，更犯不着为此生气。婚姻在我眼里不再是一件华美昂贵的晚礼服，而是一件可以随手脱穿的日常衣物。在这种情绪的感染下，我与吴浩之前胶着的关系也跟着松弛起来。他开始在饭后陪着我去空气清新的地方散散步，一起看些气氛轻松愉快的电影，或者在网上给即将到来的小宝宝准备可爱的衣服，布置儿童房。我可以明确地感觉到，两人正在努力找寻恋爱时候彼此依恋的那种关系。

等孕22周的大排畸顺利通过之后，之前悬吊的心便彻底放下了。秦医生告诉我，宝宝现在发育的状态非常好，完全没有受到之前手术的影响，而且已经进入相对安全的孕中期，剩下的日子，我们就只要安静等待小天使的降临。我很高兴地轻轻拍了拍肚皮，现在她的成长速度之快，几乎让我在一夜之间抛弃了之前所有的衣服。出门的时候，我已经完全是一个孕妇的模样了，在娇娇艳阳下，迈着幸福的步伐从妇产医院走出来。

第十五章

这好像是个局

从医院产检回来,刚在办公室里坐定,手机就响了起来,看了一眼,是宏运集团的杨总。那头他不紧不慢地说:"刘律师,集团下午3点有个会,您有空的话,希望能够参加。"

"好的。"我连忙答应,"会议是什么内容呢?我好提前做一下准备。"我心里觉得有些奇怪,一般情况下,客户公司的会议我是不参加的,除非与法律相关的会议,我的工作主要是文件把关。而且,通知会议这样的小事,竟是集团副总亲自来做?

"嗯,不用准备什么,准时参会就行。内容暂时不能说。"杨总沉吟片刻,最后还是说保密。

宏运集团是一家做家电起家的国有持股企业。近些年来,随着新材料产业的发展,也招了几个985的博士,鼓捣M合金,倒成了企业的利润增长点,后来又成功申报国家863计划项目,加上在深圳的环境优势,一时做得风生水起。在深南大道上有一幢集团大楼,深色的玻璃幕墙、别致的造型,显示着集团非凡的资金势力。会议室在19层,这次会议,果然还真如杨总说的很保密。

集团CEO姓陆,刚刚五十出头的年纪,头发已有些斑驳的颜色,穿着却极为考究,一副海派作风,浅粉色的衬衣搭配深灰色西装外套,整个人显得充满了蓬勃的朝气。我之前与他打过两次照面，印象颇佳，却很快被人提示说在集团中，陆总与杨总是死对头，告诫我还是保持距离的好。这次陆总亲自主持会议，集团高层、各公司中层领导参加，列席的除了我还有宏运的常驻法律团队，但研发部和生产部的领导不参加，显得很有些不太正常。

陆总说话的声音不大，却直截了当："今天这个会，对集团来说非常重要，董事长很重视，本来他是要亲自主持的，因为临时有接待任务，实在脱不开身，才委托给我，希望大家也能引起足够的重视。"他说完，暂停了片刻，目光冷峻地环视四周，确定威严抵达所有人，方才继续道，"事情的起源是上个星期有两家跟我们签订了意向合同的企业，同时拒绝了我们的产品，理由是价格。但根据我们的了解，M合金作为他们的产品原料，目前还没有更好的替代品。说实话，这两个单不能履行，对我们并不算什么大事。现在的问题是，他们找到了能生产同样产品的厂家，而且，也就在深圳。深圳金士达金属材料技术公司，这个名字大家很熟悉吧？"

这个名字一说出来，便引起了在场众人的低声议论，有人不屑地摇摇头，有人则持着一副看热闹的态度暗暗冷笑。我此前完全没听过这家公司，便向坐在旁边的人打听，那人低声告诉我，这家金士达与宏运的渊源颇深，是二十几年前集团一个中层领导出走后建立的，当时闹得动静很大，挖走了一个团队，专门跟宏运唱对手戏。宏运研发什么，他们就弄什么。但市场哪有这么容易做，听说最苦的时候，他们还在华强北卖过组装电脑。后来，也没过几年，材料产业开始井喷式发展，他们也跟着玩起了金属材料，融资了些钱，日子好像过得还不错。但行内人都知道，这都是花架子，一时的风光而已。就他们那体量哪有什么研发实力，也就能整合些边角料罢了。这两年，金士达每天削尖了脑袋想从宏运挖人，但哪有这么容易。掌握核心技术的员工，集团把保密合同都签得死死的，挖过去了也没用。"

我点点头，别说是金属材料这样的高研发投入产业，核心技术是命根，都掌握在大型企业手里，就连软件开发，这种草根起步的行业，这些年也越来越被巨型企业垄断，中小企业的生存环境，大多总是这番左支右绌的尴尬。

陆总继续说道："凭他们那实力，是不可能搞出M合金的。但人家偏偏就搞出来了，还成功地把我们的客户给截和了，这真是天方夜谭一般的事情。李主任你先把情况给大家介绍一下，大家边说边议。"

李主任是宏运集团的保密办主任，全名叫李伟国，皮肤黑黝黝的，国字脸，长得就像一个保险柜。他给大家分析了被劫走客户的两条线。一是技术泄密，M合金的生产技术是宏运花费了几年时间，耗资数亿元才研发出来的。这次技术泄密的范围不大，很明显对方是有意要获取M合金的资料，但目前究竟有多少科研成果流失，还不能完全确定。李主任还提道："技术部曾经向我们报告过一个奇怪的现象，有一个国外的合金论坛，每次我们刚取得技术进展，就会有人以问题的方式提出来请教。可怕的是，居然会有几个ID从不同方面回答。由于并不是所有问题的答案都是面向全员公开的，所以目前技术部也不能确定在将这些一问一答进行拼装组合后，能否成为一套完整的技术方案。按说，我们研究的是一个很狭的范围，从事这方面的专家还真是屈指可数，所以圈子外的人是根本看不懂的，也不会感兴趣。但问题是，如果是出卖技术，完全可以直接发邮箱。保密办也找人查过那几个回答问题的IP，都是海外账户，无从查实；也试图联系过那些人，但就连加好友都通不过。说实话，这种以公开的方式传递技术机密，以前还真没有遇到过。"

陆总听完李主任的介绍，转过头冲着我们说："正好两位律师今天都在，你们也说说吧。"

王律师是宏运的常驻法务，脑子反应快，资历也比我深得多。他想了想，便道："关于这个问题，上个月我跟李主任也碰过一次。我认为对方故意通过这种方式传递技术机密，主要的目的是规避以后可能遭到的法律问题。比如说，我们以后想要以侵占知识产权或是侵犯商业秘密罪去起诉对方，他们完全可以说这项技术是通过公开的手段获取的。论坛上的有问有答，都是对方有利的证据。类似的案例，由于国人对于知识产权保护的意识不够，国内现有的案例还并不多见，但在国外不能算是什么新鲜的手段了。问题既然发生，我们目前能做的，首先是以集团的名义向这个论坛发一封律师函，告知他们论坛上的内容可能对我们造成了侵犯，要求删帖，配合我们的调查工作并防止以后类似的事情发生。这封信上周我们已经发过去了，对方回复得也很快，说论坛上的内容都是由网友自行提供，他们对此不承担法律责任，也不能担保以后不会有类似的问答出现。但对我们提出质疑的几个问答帖，他们已经做了删除处理。"

陆总十指交叉托住自己光洁的下巴，缓缓地问道："如果这个论坛只是作为洗白泄密材料的传输途径，那这种事后的删帖也没什么实质性作用。"

王律师脸上有一丝尴尬，立刻又被职业性的微笑掩盖："是的，亡羊补牢而已。不过万一还有别的公司觊觎我们的技术，也算掐灭了一个技术外泄的风险点。我听说光泰集团一直希望能在新材料上有所作为，今年上半年还跟国内几所理工大学签了实验室的合作项目。"

光泰集团与宏运集团是相爱相杀数十载的老对手了，原本两家是上下游的合作企业，随着生产线的不断扩展，到如今竟成了主营业务雷同、产业结构类似的对手公司，同年A股上市。这几年，无论是在销售市场还是资本市场,都厮杀成了乌眼鸡。陆总听到光泰的名字,浅浅地笑了笑,扭头问杨总:"光泰那几个秀才也想从新材料上沾点好处,杨总,这事你知道吗?"

杨总亦是浅浅笑道:"他们怕是连实验室的石头都还没买齐吧,且等着看吧。咱们还是说回金士达,别跑题。"

王律师点点头,继续道:"好的。除了与那个合金论坛交涉,更重要的是要尽快查出公司里究竟是谁泄了密,毕竟事情的源头还是得从自己身上去找。这就不是我的专长了,得辛苦李主任。但我可以会同HR部门,把竞业合同再复查一遍,看看有没有需要增订和补充的条款。目前,法务上能够做的主要就是这些。"

王律师说的内容跟我想的大致差不多,在这个阶段,事情还没有明朗之前,法务很难有什么实质性的作为。李主任接了麦,继续道:"技术泄密的问题我们正在抓紧排查,难度不小。可能接触到的人,全集团上下得有小一百人了,咱们也不能非法取证,该尊重个人隐私的还得尊重,这估计得耗费些时间。"

陆总笑了笑,语气却带着几分寒意:"老李,你一提困难,我这心就跟着发颤,你这关口上可没有小事啊。指头缝里漏粒芝麻出去,咱们的股票就得挂几天绿色。"

众人附和地开怀大笑,李主任尴尬地擦了擦眼镜上的雾气,赔笑道:"是是,我一定抓紧排查。陆总、杨总,我接着汇报啊,除了技术泄密,这次还可能涉及商务泄密。材料供应不比上街买菜,双方价格谈好就能成交。客户信息、产品规格、交货方式,都是一线的销售人员花费了大力气才谈定下来的,金士达能够在这么短的时间里把客户劫走,想必对这些内容都很熟悉,才能够准确快速地提出优于我们的商务条件。"

李主任说完,众人一片哗然。陆总脸上也失去了常挂的笑意,严肃道:"技术泄密、商务泄密,我们这就等于在给别人开公司。一定要把问题找出来。该查分公司的查分公司,该查集团总部的查集团总部。"他冷峻的目光扫过全场,"凡是可能接触到技术材料和商务指标的人员,无论身份、职位,给我一查到底!"

陆总做完总结,会场上所有人噤若寒蝉。我仔细回想了想,突然想到那几个丢失的客户合同正是我经手审过的,这么说来,我也是他们怀疑的对象了。看来,这也是杨总亲自通知我参会的原因。心下一沉,我抬眼望了望杨总,他坐在椭圆形会议桌的另一端,整个人像沉在深色的装修背景里一般,让人看不清楚他面上的神色。

开完会,其实早已过了下班时间,但客户这边出了这么大的事情,我也不敢耽搁,连忙打电话给包主任简单汇报了一下。包主任听完,当场并没有说什么,只是嘱咐我明天早点儿到所里,一起讨论一下。

第二天一早,一上班我的目光就没离开过包主任的房门。9点不到,他一来,我抱着一堆文件便钻了进去。包主任一面沏茶,一面慢悠悠地说:"昨天晚上我也想了一想,这事情到目前为止还跟咱们的业务扯不上什么关系。你也不用太紧张,宏运那边做任何的排查,我们做好配合工作就行,别轻易往自己身上揽事揽责。"

我点点头,思索了片刻,说道:"我看昨天那会议的架势,总觉得这个事情不是一般的泄密,蹊跷得很,好像是有人在做局跟他们对着干。宏运集团算得上是我手里的一号客户,新材料项目的业务线又是我自己在跟的工作,现在出了这些问题,我总有些忐忑。"

包主任犀利的目光绕着我的脸转了一圈,言语也消去了平常的惬意,带上了几分认真:"确实蹊跷。无论技术泄密还是商务泄密,对于宏运这样一家运营成熟的大企业来说,都是小概率事件。可现在两条独立的线上先后发生了泄密事件，这概率怕是比中彩票还要低。你要是李伟国，你会怎么想？"

我这级别的兵种，哪里能搞得清上市集团高层的思路，便连忙奉承主任，请他指教。包主任笑了笑，说道："其实领导的想法，尤其是大领导的想法并不复杂，甚至有时候会比一般人还简单、直接。你觉得这个事情像是有人在做局，有预谋地两线着手，那是因为你想从上帝视角一把来解决这个问题。从这个角度去想问题，结果往往是还没找到答案，就把整个集团的人事问题带进纷争里去了。"

我脸上微微泛红，不好意思地说："我确实幼稚了。像宏运这样的公司，光集团层面的领导就有两位数，脑补一下也知道天天都是党争大戏。难怪昨天陆总开会，只谈事情的严重，也不定性，也不安排具体工作。"

包主任抿了一口茶，热腾的水雾绕在他风刀霜剑严相逼的脸上，像是打了一层柔光滤镜，双眼则流露出一丝你还不算太笨的赞许："所谓查事容易查人难，先别想着幕后黑手是谁，把事情弄清楚就很不容易了。你看，现在有两个泄密事件先后发生，如果说两个都是偶然事件，这概率太低；但如果说两个都是有人早有预谋的安排，那这个人在宏运足以一手遮天，概率也不高。像陆总和李伟国这样的实干派，肯定会倾向于认为，两个泄密中有一个是偶然事件，而偶然发生的泄密创造了机会，然后导致第二个泄密事件的发生。这也比较符合非戏剧化生活的实际情景。"

对于包主任接近哲学思路的分析，我用了足两分钟才消化，又想了想，愣愣地问："要是这么归类的话，技术泄密肯定是事先有预谋的，技术指标那么多、层面复杂，又通过国外网站洗了一遍，肯定不能是偶然事件。相比来说，商务泄密就简单多了，几个电话和价格，一条短信可能就说完了。在没有技术侦查的帮助下，查起这个来可没那么容易。"

包主任静静听我说话，不置可否，也没有再接着这个话题往下讲，反而另说一件事。

"你说的这个金士达公司，我也听说过。它的创始人叫陈灰，原先也是宏运集团的人，20世纪80年代后期，他刚刚创业，还在华强一带倒腾电脑生意，组装SUPER机，卖些零配件。后来，他的电脑生意做大了，赚了钱，又想做回老本行，跟老东家对着干，也进军家电、材料行业。好日子没过两年，遇上了车祸，现场很惨烈，一辆大货柜侧翻，将他的大奔压了个严实，人还没拖出来，直接在车里就断了气——当年也是轰动一时的新闻。一个同行好友当年接了陈灰的民事赔偿官司，所以我对这个企业有些印象。"

创始人竟然还有这样的遭遇，倒是出乎我的意料之外。

"那现在金士达是谁在当家呢？"

"听说是陈灰的遗孀，姓肖。"包主任显然对这家公司也不熟悉，只是从朋友那儿听到只字片语的消息。对于此事，我们两人也没有更多的信息可供分析，我简单汇报了近期的工作状况，便回到了自己的位置上。

午餐时候，我胃口还不错，就约了朱虹去附近一家新开的茶楼尝鲜。饭饱之后，又在旁边的公园散了会儿步，这时包主任的电话便打了进来。听他的语气不太好，我也顾不上消食，连忙赶了回来。

包主任全然没了上午聊天时候的平静，刚熄了一根烟，伸手又去拿一根新的点上，突然意识到自己面前坐着一名孕妇，便又立刻掐灭了烟头的火苗。他的语速很慢："刘倩，你知道所有律所都是合伙制，在这个团体里，所有人都是相互绑定的。每一个律师固然有他自己要承担的个人责任，但真的出了大娄子，大部分的后果，还是得所里来扛。"

我见这架势很不对头，心想千万别是宏运的事跟我扯上了什么关系。他说得越慢，我越觉得心慌，急忙道："主任，我毕业不久就在所里工作，这几年从协理律师到独立办案的律师，一直离不开您的点拨和栽培，我是怎样的人，您也知道。不过，您的意思我不太明白，您可以尽量告诉我吗？要能解释我立刻解释，要真是我工作上有什么疏漏，我也该明白自己需要承担什么责任。"我一着急，声音也有些颤抖。

包主任见我这般模样，虽然仍是满肚子的疑惑，却也有几分无奈，便尽可能平静地跟我解释道："宏运集团高层昨晚进行了排查，查完了内部查外部，很快就将商业泄密的嫌疑锁定在了你身上。理由也很有说服力。第一，出问题的几个合同都发给过你审核，理论上你是知道其中各项指标和数据的；第二，需要M合金的厂家，国内只有三四家，而且其中有一家是新建的，在一个小城市的工业园，一般人都不知道；第三，有一家企业的联系人换了，但给你的文本是旧的，所以金十达也用的是原联系人的电话联系。"包主任冷冷地看着我，道："也正是第三点，让宏运集团认为可能问题出在你这里。"

我头皮一阵一阵地发麻，手心里攥的全是汗水。我像个傻子一般，睁着眼睛看着包主任，脑袋似动非动地摇了摇，嘴唇张了张，微弱地说："我没有……我不可能将自己的事业和前途搭进去。"我想了一想，又说道，"我所接触过的文件，也是宏运的对接人发给我的，我这边的文件，他们肯定都有，凭什么能确定是在我这个环节上出了问题？"

包主任紧紧地盯着我，又继续道："翔云投资，你熟悉吧？"

这个名字我当然知道。我心中叫苦不迭，硬着头皮说："谈不上熟悉，之前那个林颂就是翔云的项目经理。"

"林颂可真是个太岁。"包主任恨恨道，目光却仍然没有半分松懈，"翔云的业务这几年增长得很快，IPO、融资、套保都有做。金士达自从开展了材料项目，对金属的价格也比从前更敏感了，据了解，他们的套期保值业务正是林颂在打理。有了这层关系，顺藤摸瓜，宏运很快就将嫌疑锁定在了你身上。"

胸口有一瞬的窒息，我很快明白了包主任的话。我张了张嘴，给出的解释凌乱却笃定："他们这么怀疑，是有他们的道理，但我能保证的是，我绝对没有泄露任何信息给林颂。他是不是泄密事件的藤我不清楚，但我肯定不是藤上瓜。"

包主任仍然牢牢地盯着我，阅人无数的目光死死地锁着我面上每一缕微表情的变化，一字一顿地说道："做出这样的保证对事情的查证没有任何意义。站在一个客观的角度来说，假设你真的没有故意泄露给林颂，那么无意的泄密呢？你所有经手的文件有没有进行加密处理？审阅重要材料时有没有断网？邮箱有没有被人盗窃过？有没有上传到云端服务器过？"他一连说了很多，又换了一口气，用有些恨铁不成钢的语气道："你毕竟还是年轻。信息泄露的问题，在行业里无论何时都算是个丑闻，足够任何一个律师背负整个职业生涯了。如果最后查证到问题真的出在你这里，宏运集团又追着不放的话，我都不知道该怎样收场。行了，更重的话我也不说了，你自己好好想想，但别轻易做决定。采取任何行动之前，我希望你能跟所里打个招呼。"

我头重脚轻地从包主任办公室里走出来，四肢虚浮地走进消防楼梯间。这里隔音效果尤其好，我双手紧紧地按在脸上，撕心裂肺地足足痛哭了半个小时。就是哭，就是怀疑一切人，心里骂那个已经成灰的陈灰，你办什么金士达；又骂翔云投资，你投资也不投好一点的正派企业；又骂林颂，你去什么翔云？一时逻辑关系全乱了，一时又觉得逻辑全顺了。包主任说得有理，这有多大的想象空间啊。

把泪腺里的存货都哭完了，只觉得双眼涩涩的，我擦了擦脸上的泪痕，将凌乱的头发捋了捋，苦笑着想：这有什么好哭的，眼泪不是浪费在这种事情上的。自己从来都不是言情小说的女主角，上天不可能给你安排一个全能的霸道总裁做男友，再来一个痴情至深对自己呵护有加的前男友。在现实生活里，人与人之间更多的正是这种为抢夺利益的相互厮杀，哪怕它挂着一个容易让人浮想联翩的名头。更何况，在近期与林颂打交道中，我也未曾真正全心地信任过他。那如今，又能责备他什么呢？背信弃义还是有违朋友之道？我心中冷笑不已，分手后再结成的朋友关系，自娘胎里就带着三分怨恨和七分"看你离开了我能有多惨"的期待心理吧。

第十六章

家庭批判会

整个下午,我都心神不宁地挨着时间。世事真是讽刺,上午还在那煞有其事地分析案情,以为自己是福尔摩斯,到了下午,自己就成了嫌疑人。整个事情现在在我脑袋里就像一团乱麻一样,线索纷繁,其中又夹杂着吴家与杨总的人情,就连林颂也莫名其妙被搅和了进来,我想不通也理不顺,只好向Aggie求救。

现在仍是上班时间,Aggie一身干练的职业打扮,修身的衬衣敛进高腰的西裤里,显得又精明又干练,让人平添了几分信任感。我将事情的来龙去脉跟Aggie说了一遍,她对事情的细节虽然不甚了解,却也知道兹事体大,一对细细的柳叶眉不由得微微蹙起,为难地说道:"我光听你说话便觉得既复杂又专业,消化掉这些信息就够呛了。"

我想想也是,这些年Aggie的心思全都花在情场了,职场平顺,也没经历什么风浪,怕是很难给我什么建设性的意见。但我心里实在憋屈,哪怕找个人吐吐槽,也是好的。我现在就觉得自己跟块破烂舢板一样,在风雨大作的海面上随波逐流,无所依靠,不见彼岸。

Aggie见我当真颓了,又很是不忍,便说道:"专业上的事情还得你自己把握,不过我整个听下来,就觉得林颂这家伙在里面没干什么好事,要不我帮你骂骂他?姐姐我修理渣男还是有一套的。"

我苦笑了笑，自嘲道："渣男？对于我来说，他还用不上这个词。我现在有些明白了，为什么在尽调的项目上，他会这么轻易松口，其实当时他要咬死了往下闹，总归是能得到些好处的。"

Aggie的思路像被打开了一般，接着说："你这么一说还真是。那天我跟朱虹一起去找他理论，我们两个女流之辈，又是这么虚头巴脑的事情，他居然老老实实地都交代了。我路上还说他的良心，狗啃是啃了，却还剩了半截。"

我心中凉凉，微弱地说道："他从来就不是一个会轻易放弃自己利益的人，除非能够获得更大的利益。"我沮丧无比地说："我现在几乎自己都要相信宏运集团的判断了，商务信息可能真的是从我这里泄露出去的。唯一不同的是，不是我故意透露给林颂的，我想应该是被盗取。"

Aggie被吓了一跳，惊道："不至于吧，林颂竟有胆子敢做这样的事？"

我无力地靠在椅背上，抬头看了看天空，仍然是令人心醉的湛蓝色。"我没有确凿的证据，但他向来是个做事没有底线的人，顺手牵羊也罢，蓄意谋划也好，盗走宏运的商业资料这样的事，他做也就是做了。"我看了看Aggie，接着分析道，"他在我面前提过几次宏运集团，我当时没太在意，真以为他是留意我的动向，从相识的朋友那里得知的。可他从来没有透露半点他与金士达的关系，现在看来，我这防人之心还是防得太被动了。"

"这个混蛋！"Aggie气得跳了起来，站在我面前，气势磅礴地说道，"你有多少把握是他干的？够告他了吗？不够的话，咱们赶紧码些人，揍死他丫的！"

我摇摇头，示意她坐下。事情到了这个份上，我反而能沉住气，头脑也跟着清晰起来。我不是个马虎的人，对待工作的事务尤其谨慎。林颂从我这里盗走了资料，目前只是一个猜测，一个对眼下情形最坏的估计。可即便如此，我还是得做好应对这个问题的准备。一旦这个猜测被证实，怕是我自己也要承担不小的责任。我用力按了按太阳穴，胸口有些起伏不定，宝宝好像也感受到了我的不安，别扭地在体内伸展四肢，翻腾滚动着。

Aggie在我身旁坐下，轻轻拍了拍我的肩膀，用从未有过的温柔口吻说道："别急，别急，你慢慢地想一想，林颂是怎样从你这里拿到宏运信息的。"

我喝了一口水，将事情发生的时间轴捋了一遍。我与林颂的接触屈指可数，我回忆了几份文件泄密的时间点，锁定了他唯一可能得手的机会，便是那次下午茶。我猛地惊起，对Aggie说道："你记得我上次跟他在La Café谈话，接着昏倒，他送我去医院吗？从我昏倒再到医院的这段时间，我的意识是失控的，而那时候我身边正好带着工作用的笔记本电脑。"

Aggie紧张地抓住我的手，急声问道："那个时候，你的笔记本里有宏运的资料吗？"

"有。"我叹了一口气，"在等他过来的时候，我还在审M合金的销售合同。"

"啊，那就肯定是他干的了。"Aggie深深叹了一口气，"他还真做得出来，毕竟你们也曾相好一场。"

我怒目瞪了瞪Aggie，她连忙改口，道："那现在怎么办？要不要跟你公公商量一下，毕竟这也是件大事，无论是帮理还是帮亲，他总得护着你吧？你这还怀着孕呢。"

提到吴家，我心底竟有些发怵。我猜不到公公对这个事情会有怎样的态度，毕竟信息真的可能是在我手中弄丢的。我像考试没及格的小学生一般,局促不安地挨到下班,上了吴浩的车,一面心不在焉地听他说老爷子今天不知什么情况,竟然亲自打电话喊我们回家吃饭,一面将手指扭成了麻花状,仿佛晚上等待我赶赴的是一场家庭批判会。

四个人平静地吃完晚饭,我全程低着脑袋,不敢看公公的神情。吃完了饭,公公照例摊开一张报纸,我烧好开水,沏好茶,再毕恭毕敬地放到茶几上。公公从老花镜中瞥了我一眼,慢慢地说:"今天老杨给我来电话了,将情况大致讲了一下。你说说吧,这究竟是什么情况?"

公公居高临下的审问态度像一把锥子直戳我脑门,我看了一眼吴浩惊讶的表情,心想既然你们已经沟通过了,那详情便不用我再多说。于是,我强作镇静地说道:"我仔细想了一下,不排除是我笔记本电脑里的文件被人盗取了。我想明天跟宏运集团沟通一下,先报警立案。"

公公沉默了一刻,放下报纸,悠悠地说:"你的意思是有人偷了你电脑里的文件?"

我咬了咬牙,解释道:"如果信息确实是从我这里泄露出去的,那就只有这种可能。上次我跟林颂因为另一个项目的事情,谈过一次。后来,我晕倒了,是他把我送去医院的。当时我的电脑正好带在身边,他有机会接触到,也有时间可以拿到他想要的东西。"吴浩在听见林颂的名字时,像被蝎子蜇了一般,在凳子上坐立不安起来。

公公的双眼半阖着,其间透着令人难以捉摸的光。"你说的这些,都只是你的猜测。他可能是有窃密的条件,但并不能证明他当真这么干了。何况,"公公停了停,盯着我问道,"你的电脑没有密码吗?"

我像被人将了一军,哑在了当场。我的电脑当然有密码,这个密码是我大学时的学生证号码,这么多年来一直被我当作幸运数字在使用,吴浩知道,林颂知道。我方才的坦荡在这一刻消失殆尽,我低声呢喃道:"有密码,这是我的过失。密码,林颂也知道。"

"喊！"吴浩在一旁冷冷地吸了一口气，语气中带着十二分的嘲讽，道，"爸，我不清楚具体是什么事情，可听你们这么说来，是不是刘倩把杨伯伯他们公司的机密文件泄露给了林颂，现在被杨伯伯发现了，要追责？"

我死死地瞪着吴浩，声音尖锐地说："你在胡说八道什么？我刚才说过了，不排除我电脑文件被人窃取了，并不是我交给林颂的。"

"这谁知道？"吴浩满脸的鄙夷，怒气在脸上隐隐摆动。

公公敲了敲桌子，说道："好了，这不是你们小两口争风吃醋的事，这个事情牵涉很大。真追究起来，谁也未必护得住。"公公转眼看着我，目光落在我的肚子上，忍了忍气，方才说道："这个事情影响很恶劣。你跟林颂的关系，现在宏运集团还不太清楚，他们现在只盯着金士达，但一旦逻辑链串起来了，你是无法自证清白的。老杨还暗示了我好几次，说起来也算是我们吴家家门之辱。在目前的形势下，我建议你先辞职。宏运水太深，没关系的都会淹死。你先把事情的来龙去脉写清楚，我再跟老杨沟通一下，动用些关系，争取在内部消化掉这个事情。"

"辞职？"我吓了一跳，惊道，"事情还没有调查清楚，我为什么要辞职？更何况，我在这种情形下怎么交代情况，如果宏运集团要追究，那我不正好成了替罪羊，让我承担全部责任吗？那即使律协不吊销我执照，我日后在这个圈子里也没法继续做事了。"

公公皱了皱眉头，不耐烦地说："你还在想什么以后，把眼下这关过去再说。没法做事就没法做事，孩子出生以后，正好在家带孩子，也没时间折腾别的事情了。"

我看着公公，这个我原本以为是这个家里少有的明事理的人，没想到遇到这个问题，竟也是这般的霸道和急于摆脱责任。我支了支腰身，转向婆婆，急切地说道："妈，这个事情我也想过了。按照那天的形势，林颂有机会打开电脑的机会只有两处。一是在咖啡馆，但我们坐在露天的茶座上，我一晕倒，旁边立刻围了很多人上来，他未必有时间；二就是在医院里，医生去抢救我时，他有足够的时间可以带走我的东西。妈，我求求你，能不能找一下当天医院里的监控录像，只要找到了他偷看文件的录像，我就有很大可能可以免责。"

婆婆听我说完，后退了两步，又瞧了瞧公公的脸色，连连摆手道："哎呀，监控录像这个东西我哪里有本事搞得到啊。这个没有院里领导签字，是谁想看就能看的吗？"

我逼近一步，继续求她："妈，可不可以想想办法，找找领导？我要看的内容不多，就那一天那几个镜头。事情才过去两个多月，监控录像的档案应该还在的。"

婆婆脸色一甩，冷漠道："这个我没有办法的。让我怎么跟人家说啊？要看什么，自己家媳妇被前男友送进医院的录像啊。到时候院里的同事还不知道会传成什么样子。万一拍到了什么画面，我这张老脸还要不要了？"

吴浩听到这话，继续说道："行了，你别逼妈了。你自己做的事情，现在大家都在帮你擦屁股，你还有什么不满意？就按爸说的做，明天就去辞职。"

我霍地一下站起身来，音量也高了几度："我自己做了什么事?! 宏运集团出了问题，现在要找人承担责任，我无话可说，是我的责任我背。电脑密码没改，这是我的疏忽大意。可是，让我承担泄露商业机密的责任，这个锅我不背，我也背不起。往轻了说，这是职业道德问题；往重了说，这已经涉嫌触犯法律了，且造成了宏运集团的实际损失，他们是可以追究我刑事责任的。我不知道杨总是怎么跟爸爸沟通的，也不知道你们是否达成了别的协议，但在我看来，依照目前这种情况，让我扛下所有责任,这绝对不是一个善意的建议,无论是对我个人还是对这个家庭。"

公公看着我激动的脸,一向心思深沉的他还是隐晦地说了几句:"老杨这个人我还是了解的,毕竟我的面子还在,犯不着去追究你的刑责。现在他们集团高层的情形也复杂,他们更注重技术泄密的事,那才是伤筋动骨的事。你退出,事情清晰明了地解决,是稳住局面的最好办法。你不要有别的顾虑。"

稳定局面?我心中豁然开朗,原来只要有人承担责任就够了,至于事实真相是什么他们根本不在意。宏运集团这么想我不奇怪,可这一屋子的家里人……我看了看公公,在他看来,仅仅只是牺牲掉一个女人的事业前途,就能让我回归家庭,相夫教子,继而换来他跟杨总合作关系的长久稳定,实在是一件划算极了的买卖;我看了看婆婆,或许在她自私的思路里,根本顾不上考虑我这个外来的媳妇会在这个事情里失去什么,凡事只要不牵涉到她,她就可以站在道德制高点上永远地谴责我与林颂所谓的不明不白,继而巩固她在家里的权威地位;我看了看吴浩,我的丈夫,我还曾真的以为在关键时候会相信我、会支持我、会与我一同面对困难的男人,此时像极了一只被激怒的斗鸡,坐在浅色的真皮沙发上,满脸涨红,看那副抓耳挠腮的模样,便知道他早已经陷入了对我和林颂各种不堪画面的幻想中。真是可笑,一个已婚的成年男人,竟这般幼稚且脆弱,信不过妻子,更信不过自己。

外间行路凶险,家里人心冷漠。我仰头看着天花板上熠熠生辉的水晶吊灯,明晃的光线在曲折往复之间,让我产生了片刻眩晕的感觉。我第一次如此深切地感受到,这个时代为难起女人来,虽与百年之前大不相同,可较其程度,又何曾减轻了多少。

我再看了一眼吴浩,愤怒和失望的情绪都不再有了,淡漠得像看一具陌生的人形躯体。

在我不切实际的想象中，孕期中的女人应当整天无忧无虑，一心感受胎儿的成长。家人、亲友无论从情理还是人伦的角度，都会对孕妇礼让几分。而事实上，人性总有欺善怕恶的倾向。孕期在大多数时间是女人这一生中最脆弱的时期，受到攻击时，还手之力近乎于无，于是身边人的进攻也越发疯狂。吴浩在回家的路上，一直阴沉着脸，我也懒得看他。终是他憋不住，开口说道："看在孩子的面子上，我也不再追问你跟林颂的事了，但你赶紧按照爸爸的意思，把这个麻烦解决了。也请你看在这个孩子的分上，收收心吧，在家安心带一带孩子，好好过日子。"

他的话在我听来真是可笑，我冷笑道："吴浩，你从前不是口口声声说不干涉我的选择，要给予我充分的自由吗？怎么现在自由主义那一套扛不住了，要行使夫权，逼我回家相夫教子了？"

吴浩亦是冷言相对："刘倩，你还能不能讲点道理？现在捅娄子的人是你，要帮你去摆平事端的人是我爸，你对我们这个家庭能有点起码的责任心吗？"

我皱了皱眉头，嘲讽道："责任心？我对我的失误确实是要负责任，但你们至于听都不听我解释就着急忙慌地要对我下杀手吗？我不明白，吴浩，说真的，这件事情远没有到盖棺论定的时候，为什么现在就这么着急地要把我推出去承担责任？你觉得这符合家庭的整体利益吗？你爸究竟是怎么想的？"

吴浩沉默了片刻，语气有微微缓和的意思："爸爸怎么考虑的，我没跟他沟通过，但父母总归是不会害孩子的。当初把宏运介绍给你的时候，爸爸其实也是有犹豫的，因为宏运集团太复杂了，杨伯伯那么聪明能干的人，也花了这么多年才熬上这个位置。现在趁着事情还没酿大，趁早让你退出来，我猜这也是对你的一种保护。你不要小人之心了，更不要意气用事。再退一万步说，马上宝宝就要出世了，花两三年的时间在家带孩子也没什么不好的。几年后，再重新出去找工作，你要做什么，我绝对不拦着你。"

我听了他的话，竟忍不住笑了起来："这些话你说得还挺顺溜的，就是有点像港匪片的台词，劝我赶紧跑路避避风头呢。"

吴浩压着怒火说道："你够了没，好说歹说你怎么就是不听呢？"

我根本无惧他的怒气，直视他的双眼，平静地说道："当然好说歹说都没用，这是我自己的工作，关系着我对未来生活方式的选择，我必须弄清楚究竟是怎么回事。我求过你们给我帮助，你们拒绝了，OK，我当你们理由充分，我理解。但我不会就这么稀里糊涂地为了躲避麻烦，成了别人的替罪羊。"

吴浩讥笑道："现在明摆了是由于你的疏忽泄露了信息，还能为谁替什么罪？你又要去弄清楚什么东西啊，你能不能别再折腾了？你这都还怀着身孕呢。是不是非得把这个孩子也折腾掉了，你才肯罢休啊？"

我的双手轻轻地滑落到腹部，微微隆起的曲线让我在一瞬间有了些许犹豫，但我还是咬了咬牙，尽量心平气和地说道："好了，吴浩。我们再争论下去也没有意义，在这个问题上，你们的所有道理我听过了，但不想照做。我有我的职业尊严，在我自己的事业发展上，不能说有多大的野心，但也有对未来发展的渴望。如果因为我在工作上犯了错误，就用一根绳子拴回家待着，那这个坎怕是我这辈子也过不去的了。我不想我的后半生就被囚在这样的困境里。"

吴浩半晌没有吱声，黑沉沉的脸色明白无误地告诉我，他对我的态度很不满意。一直开到车库，停了车，他才嗡声道："做个贤妻良母对多少女人来说都是梦寐以求的选择，偏到了你这儿就这么艰难。"

我轻轻地看了看他,车库里暗橘色的安全灯映在他脸上,呈现出一闪一闪的明暗效果。我心想:要是从来未曾经历失望,对婚姻家庭仍有不切实际的妄想,那也许我会做出你们期待的决定。我与大多数的女人一样,同样无比渴望爱、温暖和依赖,如今若论不同,唯一的相异便是心死得比较早吧。

这一夜,我没有哭,确切地说,我连一分钟也没有划拨给难过。相反,我睡了一个香甜的好觉,第二天一早起来,只觉得神清气爽,连智商指数也跟着上涨了不少。

深圳的树木四季常绿,每年只有在春天,新生的树芽挤掉迟迟不肯落幕退下的旧年树叶时,满城的街道上才会有落叶飘零,给这生机勃勃的季节平添了几分别样的姿色。律所以照顾我的身体为理由,由包主任亲自接替我跟进宏运的项目。事实上,在事情未有最终结果之前,宏运也不会再有实质性的工作交付,更多的是对这一段看似已经很糟糕的关系进行维护,顺便打探一下那边的调查进展,以便及时做出应对。

包主任对我大体上还是相信的,这种信任一方面来源于这些年我勤勉的工作表现,另一方面则在于他不相信我这么个无依无靠的深漂敢在生存问题上玩这么一手,又觉得我既然已经嫁了家境优渥的婆家,势必不会在经济问题上遭遇太大的危机。当然,这些矛盾的理由更多的是他给自己找个借口,毕竟按照眼下的形势,信任我才是乐观的道路方向。

包主任习惯性地抽出一支烟,又无奈地塞了回去:"我也打听了一下,技术泄密那边调查的难度很大,毕竟接触过M合金技术的人很多,时间跨度也长,排查的范围不小。听说李伟国头疼得要命,都住进办公室里去了。倒是商务泄密这边,因为很快就锁定了你的嫌疑,算是有所突破。我认为他接下来会进一步把你的嫌疑坐实,给上头一个交代。"

我苦笑了笑:"我现在倒真希望他能拿出更加确凿的证据来,那样的话,至少我还能知道自己究竟是怎么被害死的。"我想了想,又问,"杨总那边是什么态度?"

包主任看了我一眼,淡淡地说:"他现在是没有态度,也不会有态度。这两天我跟他见了一面,话是说了不少,但都是一些没有信息的场面话。你是他引荐的人,虽然走了公开招标的流程,但宏运内部应该都心知肚明,所以他应该不会希望在你这儿出什么问题。"

我咬着嘴唇,看了看包主任,心里却不这么认为。我对于杨总来说,实在太微不足道了,哪怕是如今出了这样的娄子,他只要袖手旁观甚至表明严查的态度,又影响得了他什么。

"我怎么觉得他希望能早点息事宁人。他甚至跟我公公谈好,只要我承认是自己导致了商务信息泄露,他可以保证我不被追究太多的责任。"

包主任惊得坐直了身体,连忙问道:"你做出书面承诺了吗?"

我摇摇头,故作轻松地笑道:"当然没有。"我咽了咽口水,并没有把吴家借机逼我辞职的事告诉包主任。

"那就有些奇怪了。照理说,杨总不应该呀。哪怕把这事拖上一段时间,宏运找个借口与律所解约,对他也不算是什么坏事。现在着什么急要结论呢?他又不是李伟国。"包主任沉思了片刻,又道,"算了,他们内部的考虑,咱们外人也琢磨不透。你说说你的想法吧,接下来有什么打算?"

这正是我想要跟他谈的,我理了理思路,说道:"我要证明林颂是从我这里盗取的信息,我可以承担保管不当的责任,但指责我与他私下授受,我是决计不承认的。"

"怎么证明?"

"我与他接触的机会寥寥可数,都是在公开场合。我想去查监控录像,运气好的话,指不定能拍下什么有用的画面,毕竟现在已经不是罗生门的时代了。"我故作自信地说道。

"这个可不容易。"包主任想了想,还是忍不住提醒我,"这完全是在赌运气。"

"现在叫作拼人品。我想,在人品问题上,我还是拼得过他的吧。"我笑了笑,又说道,"万一没拼过,我也不要人品这劳什子了,找个黑客黑了他的邮箱、电脑、手机、微信,就不信他什么线索都没留下。"

包主任干笑道:"能做好律师的工作就不错了,做什么名侦探的梦?不过,有一个问题你想过没有,按照现在的情况,宏运集团再怎么认定是从你这里泄密的,也只是猜测。我看他们也很难拿出什么实质性、排他性的证据来。可如果你真的找到了林颂从你这里盗取信息的证据,那你保管不当的责任可就彻底把自己给坐实了,最后就算宏运不追究责任、律协不找你麻烦,这样的口碑传出去对你未来的发展总归是不利的。一个实打实的罪名和一个重大嫌疑,你可要想清楚。"

能够将现实的利弊这样分析给我听,包主任也当真算得上是诚心诚意在替我考虑了。我从心底涌起一阵温温的暖意,点点头说道:"谢谢您的提醒。您也知道,我不是那种迷信公正的拗人,也会趋利避害,可遇到眼下这样的事情,我想为自己执着一次。"

第十七章

线索浮出水面

大话说出去了,真正落实到办事上,却有着各种各样的麻烦。找黑客偷袭林颂的电脑当然是个玩笑,我压根就找不到关系铁到不顾后果来帮忙的电脑高手。够铁的瓷姐们倒是有 Aggie 这么一个,她这些日子里正忙着四处找人找关系,希望能够找到医院那天的监控视频。可惜忙乎了几日,也是无果。"你那精明的婆婆在这个问题上倒是没有骗人,现在各个单位的安全管控工作都做得很扎实,调看监控这样的事情,除非人民警察出面或者突发情况下有院领导亲自批示,一般人还真不是想看就能看的。"Aggie 沮丧地跟我说。

"嗯,这也是好事,这让我觉得自己生活的环境特安全,个人隐私不至于随随便便就暴露了。"我最近遇到事情特别乐观,总能往好的方面想。

Aggie 在电话那头撇撇嘴,道:"你这么一说,接下来这个消息我都不知道该不该跟你说了,会不会打击你对社会的积极性呀?"

我惊喜道:"咖啡馆那头找着人了?"

"也不看看谁出马!"Aggie 得意地说,又转口道,"当然我也费了老大的周折去打听,才知道原来 La Cafe 的店主姓马,是我原来一同事的室友的老公,你说巧不巧?"

我高兴地扶着已经明显隆起的肚子站起来，急切地说："那我们快去 La Café，现在，就在那儿见面吧。"

La Café 我来了多次，马老板却是第一次见到。我们到的时候还很早，店里没有客人，连服务员都还没上班。马老板一身浅色的麻制文艺衬衫，下面一条同色调的卡其色休闲裤，竟透着几分文人儒雅的气质。Aggie 在来之前已经跟他把大致的情况说了说，如今见了面，自然熟络，一口一个哥地称呼道："人家说店如其人，我之前还不信，今天见到哥，才知道这么有品位有档次的咖啡店，就该有个像哥这样帅气又有内涵的老板。我们真是太幸运了，不然遇到这样的问题，还真不知道该怎么办了。"

马老板浅浅笑了笑，指着旁边的电脑道："说起来，你们运气当真不错。我接手这个店铺才三四个月的时间，刚把周边的监控摄像头换了高清的，可花了不少钱。你们要的资料我让人找出来了，放在桌面上，你们自己看吧。"

我跟 Aggie 自然千恩万谢。我回忆了一下当时的具体时间，找到那个时段的视频。高清的画面显示，在我莫名昏倒之后，旁边聚拢了许多人，林颂倒是很冷静，没有惊慌失措的表情，而是迅速将我抱起就往外跑，拦下最近的一辆出租车，费了不小的劲才将没有知觉的我塞进车里。而我落下的包和电脑，还是好心的路人帮忙递进车窗的。整段视频不到三分钟，并没有什么不对劲的地方。我便又往前看，之前的画面倒是无聊得很，只见两个人坐在那说话，没有声音，但隔着屏幕都能觉出满满的尴尬与矛盾。

我本来对 La Café 的监控视频就不抱太大的希望，毕竟这里没有合适的下手机会。如今亲眼证实了，更觉得心灰。马老板在我们身后不远的地方，摆弄着一套很复古的蒸汽咖啡机，浓郁的咖啡香气迎面扑来。我冲他礼貌地笑了笑："马老板的手调咖啡真香呀，光闻着都觉得沁人心脾。可惜我怀孕了，中国孕妇忌讳多，咖啡也是不让喝的。"

马老板将一杯咖啡拉出萌萌的立体猫形，递给 Aggie，又压了一杯 Espresso（特浓咖啡）递给我，笑道："既然不能喝，那便端在手里闻闻吧。欣赏一杯咖啡，味觉是一方面，嗅觉也是一个角度。"

Aggie 在一旁立刻喷笑道："马哥你这样可涉嫌犯规了啊，身为有妇之夫必须把魅力收敛点，讲话这么撩人是很容易出问题的。"

马老板笑了笑，并不搭理她的调侃，目光却留在电脑屏幕上，看了片刻，脸色有些微微发沉："往前调两分钟，我再看一遍。"马老板说道。

我不明就里，赶紧照办。画面上显示，我正好起身准备去上厕所，林颂在一旁很绅士地起身帮我拉开了椅子，貌似嘱咐了一句"小心"。在我离开之后，他并没有马上坐下，而是在原地站着看着我的背影大约七八秒。

我跟 Aggie 面面相觑，看不出其中的蹊跷，只得疑惑地问道："这有什么不对劲吗？"

马老板是个谨慎的人，他又将视频回放了一遍，将画面放大了，手速极快地截了几张图，都是固定在林颂的左手位置上。他想了想，又将录像以帧速放了一遍。这次我看清了他的手在我的杯子附近有一个非常迅速的动作，在他动作完成后，有一粒半个小拇指指甲盖大小的东西缓缓沉入我的杯底。

这下我们三个人的脸色都跟乌云一般凝重了。马老板叹了一口气："我从前做了十几年的酒吧生意，对这种伎俩很是熟悉。所以我也时常奉劝女孩子，在夜店里离开过自己视线的饮料无论如何也不能再喝了。没想到，这光天化日之下也有这么一招。这个老兄是你朋友？手段真是上不了台面呀。你一离开他就把药下到你杯子里了，现在看来，你在此之后的昏倒并不是偶然的。"他打量了下我的身孕，又接着说道："你可以报警。"

我被气得大脑一片空白,这样的事情实在远远出乎我的意料。Aggie扶着我坐下,我也顾不上旁的,拿起那杯Espresso就要喝。Aggie反应倒是快,迅速给我换成了一杯凉开水。智商慢慢归位,我想起那日莫名其妙的晕眩感。是了,说是低血糖,可我此前一直在喝甜果汁。我又想起他此后对我身体状况异乎寻常的关心,他哪里是真的担心我的身体,分明是怕我有什么预料之外的药物反应。好个林颂,我原以为他只是顺手牵羊地偷窃文件,这样看来,这完全是一场有预谋的犯罪!

我的嘴唇被气得微微颤动,半天说不出一个字来。Aggie在旁边狠狠呸了一口:"报警!立刻就报警!这个人渣!对孕妇都敢下药,不把这个败类弄去吃几年牢饭,老娘就不混了。"

她这是气话。故意伤害罪的定罪并不容易,何况事后我立刻到医院做了全面检查,并无药物反应。现在又过去这么久了,取证怕也是不可能的了。我深吸了几口气,嗓子总算恢复了功能,轻轻问道:"他给我吃的是什么药?"

马老板想了想,又反问道:"你之后有没有呕吐或者头疼的反应?"

我摇摇头,道:"没有,到医院后,各项检查也没有发现什么异常。医生也拿不准,只说我可能是由于低血糖才导致晕倒的。"

马老板的脸色稍微有一点放松,说道:"他应该也是考虑到你是孕妇,怕出大事,给你吃了最安全的安眠类药物,剂量也不大,所以之后检查也查不出。"

他的话刚说完,我又突然想起我之后莫名胎停的那个宝宝,虽然心中觉得跟此事关系不大,无限的仇恨却蓦然涌起。我撑着桌子恶狠狠地说道:"报警!就算不能告他人身伤害,后续的故意盗窃商业机密罪他也逃不了。"

Aggie正等着我这句话，立刻从包里掏出手机，开始打电话。在她刚喂了一声时，我突然冷静下来，伸手过去，握住了她的话筒，摇头道："不行，这事情没有这么简单，再等等。"

Aggie只得挂了电话，不解地看着我："都这样了，还等什么？"

我坐在冷暖不定的阳光下，半天没吭声。头顶上凤凰花开得极其艳美，清凉的风裹着莫名的花香从四周慢慢飘溢过来，将我裹在这片亮堂得令人心虚的人间四月天里。我胸口起伏不断，像是一只虚弱的蝴蝶用力想挣脱丑陋不堪的茧蛹，在耗尽最后一口气之前，我感到肚子里的宝宝用力地往我的肋骨上踹了一脚。这令我觉得疼痛无比的一脚，让我感受到了强而有力的生命。"证据？我们现在什么证据都不够，连人身伤害的证据都不够。他可以解释是别的，别的什么。还有就是，"我抬起头，看着Aggie，"林颂早已不是当年那个赤手光脚的屌丝青年了，在这个城市里，他有着一份体面的工作和不错的收入，可他竟会为了几份文件做出这样铤而走险的事情来，你不觉得奇怪吗？"

Aggie恨恨地说道："人心不足呗。他这种贪婪又没有底线的人，干出这种没品没格的事情来，有什么奇怪的？"

我想了想，仍是迷惑不解，"他确实是个见利忘义的人，但他也不是个笨蛋。若不是利益大到一定的程度，我总觉得他没有必要这么干。可几份合同，金额也就是千把万，扣去成本和税收，利润又还剩几分，金士达又能给他多少？也就十万八万，为了这点利益闹到给我下药的地步，值得吗？"

Aggie想了想，点点头表示赞同："这么说来也是有道理的。他好歹也是一搞金融的，犯不着做信息贩子赚这点碎银子，看来这事情背后还有更大的利益在驱动。"Aggie又皱了皱眉头，道："更大的事咱们也管不了，查不着了呀。先拿这个证据，闹他丫的一顿再说。"

我思忖片刻，看着Aggie的眼睛，认真地说："我想，我还是先找林颂聊聊吧。"

翔云投资在南山区有一整层楼作为自己的办公场所，从前台到办公区，全透明的现代化装潢。尤其入门处，是视野极佳的落地窗，若在十几年前，站在这个位置还能看见海，而今，只有妍妍晚霞中，一栋栋燃着或金或红色彩的别致楼宇。我到那儿的时候已接近黄昏，办公区内的人们丝毫没有临近下班时的懒散气息，反而对几个小时后即将开盘的美股和期货夜盘交易，呈现出一种莫名的兴奋。

林颂在这里待了将近十年。十年的高强高压工作，令他在这里拥有了一间不大的独立办公室。与外面那通透敞亮的现代化标准装潢不一样，他的办公室是纯中式风格，全套的深色红木家具，宽大的茶几上摆着考究的工夫茶具，四角雕花的办公桌上是操盘手们标配的四屏电脑。与电脑屏幕两两相望的是墙上的一幅书法作品，写的是"宠辱不惊"四字。我瞥了一眼，冷笑道："林总真是越活越风雅了，换作从前，这墙上大概只会挂'涨跌不惊'，如今都有了宠辱的境界。"

林颂大概也觉得我语气不善，却依旧赔笑意，客气地说道："你可别笑我，你瞧我这间办公室里的东西，百分百都是对着客户的胃口，要换作我自己的喜好，这硬邦邦的木头凳子远不如皮质沙发舒服，还有这小茶杯，一杯还不够一口喝的，可这边的土豪哥土豪姐们就吃这套。我这也是入乡随俗、身不由己。"

我唇边的笑意越发冷峻，也不再打算跟他浪费时间，索性开门见山道："身不由己还真是个好词，各种场合都适用。不过林总，你往我杯子里扔药的时候，也是身不由己吗？"我从包里拿出几张打印的监控画面，冷冷地丢在他那豪得有些土气的大茶几上。

林颂的笑意顿时凝在了脸上，正在张罗着茶水的双手也在此刻停了下来，不知该继续洗杯斟茶还是去拾起桌上的罪证。我紧紧地盯着他，他的脸上一阵青一阵白地变幻着色彩，尴尬的神情取代了平日里的意气风发。瞧他这副样子，我压了一路的怒火喷涌而出："几年未见，你的头衔越来越高端，这手段却越发下作了。下药、盗窃这等下三烂的事情，亏得你也想得到、做得出！你口口声声说你最重情义，是在说笑话吗？认识这些年，我也没有做过什么对不住你的事吧，可你呢？在我杯子里下药，从我电脑里偷文件，你知不知道，我失去了两个宝宝，现在连工作也快要保不住了！这就是你说的重情义？！"我发泄似的指责他，强压的泪水从眼角偷偷溢出，又被我迅速擦掉。我不愿让他看到我的眼泪，将柔弱展现在这个人渣面前简直是自己的一种耻辱。

　　林颂一直低垂着脑袋，大约也是没想到我进门不到五分钟就开始发飙骂人，让他有种措手不及的尴尬。静静地思索了几分钟，他似乎拿定主意打算抵赖，便堆出一脸虚假的惊讶表情。只是他刚张口，还未出声，立刻被我粗暴地打断了。我学着他的语气说道："你是不是打算说，倩倩，我们之间是不是有什么误会？我不知道你在说什么，什么盗窃文件，什么下药？我都不知道，我是往你杯子里放了一颗药丸，那是孕妇吃的维生素，对身体无害的。对不对？"我一面冷笑，一面满脸嫌恶地盯着他。

　　林颂很是丧气，杵在那儿，过了半晌才憋出一句："倩倩，你变了。"

　　"变得像个泼妇，我知道。"我冷笑着说，"你若是还打算说记忆中的我是如何温婉乖巧，我也劝你省省。我知道你是什么人，你想玩的那一套对不谙世事的小姑娘有效，对几年前的我兴许有用，但现在的我压根就没有心情陪你扯这些风花雪月、往事如烟，今天我过来是为了解决问题的。"

说罢，我平静地站起身来，单手拎着包，对他冷冷地说："如果你担心我带着什么录音设备准备取证的话，大可以将我的包扔到外面去。当然你也可以不必麻烦，本来偷录的音频证据，做证效力就是有待商榷的。"我深吸了一口气，缓了缓情绪，又继续说道，"说实话，对你的行为我很是不齿，但我今天过来，不是打算跟你搏上法庭的，而是想亲眼看看，我从前认识的那个林颂还剩下几分良知，当真可以为了一个小小的金士达做到这个份上？"

林颂坐在那里，修剪得简洁有型的一对眉毛蹙了蹙，像是在纠结什么，抬起头看了看我，素来透着狡黠精明的眸子，此刻显得有些混浊，但仍然没有开口。

我往前走了两步，经玻璃过滤后的夕阳将我的影子淡淡地投在他的脸上，轧成了一道狭窄的暗色。我的语气也越发不屑："你若是觉得我证据不足告不了你，才这般有恃无恐的话，那我只能提醒你，在这个世界上除了法律，还有无数惩恶的法子。你信不信我将你这些见不得光的图片和视频发朋友圈里？不出一个星期，网络暴力能把你碾轧得连渣渣都不剩。大不了到时候再跟你打一场侵犯名誉权的官司，一审二审下来，兴许三年五载之后，你能获赔个两三万。这成本，你耗得起吗？"林颂抬起头看着我，他明白我这番话里的威胁效力。朋友圈里光是我们彼此认识的那些远的近的朋友，便足以使他精心维护多年的人设崩塌。想到这里，他的瞳孔微微有些扩张，脸上也失了几分血色。我见他果然是个怕硬的厌货，便又往前逼近了一步，咬着牙齿冷冷地说道："我早就提醒过你，千万不要跟律师耍流氓，你还记得吗？"

林颂的脸终于变得僵硬难看，但很快便又堆上了惯见的笑容。他站起身，玩笑道："刘律师，我是不是也该提醒一下你，刚才这番话已经涉嫌胁迫了哦。不过没关系，我喜欢你现在的气场，日后有什么难缠的项目，一定找你陪同谈判。"说完，他顺手接过了我的背包，又将我上下打量了一番，见我穿着一件贴身的孕期连衣裙，轻薄柔软，全身连个口袋都没有，这才放心，转身将背包挂进了旁边他用来休息的小隔间里。他重新坐下，将方才沏好的茶又倒掉，换上新的茶叶，沸水浇在一个陶塑的貔貅茶宠上，腾起一阵水雾。他用夹子将每个茶杯都烫了一遍，才斟上新茶，递了一杯给我，自己则慢条斯理地抿了一口，缓缓道："这事确实是我做得不厚道，连累了你。为表示歉意，你可以开个价，在我的能力范围内，我尽量补偿你。"

见他终于拿出解决问题的态度，我也不再气急败坏地骂人了，找了张椅子妥妥地坐下，冷笑道："我现在真要是收了你的赔偿款，那这私下贩卖商业信息的罪名可就坐实了。更何况，我后来失去了两个孩子，这要多少钱才能抵得过？"

林颂嘴角有一丝嘲讽的笑意闪过，他看了一眼我隆起的腹部，低着声音说道："孩子的账，你可不能轻易往我身上算。我知道你一下子失去两个孩子肯定很难过，但在我看来，这未必是件坏事。那个吴浩，我也见识过了，总体来说一句话，是个还没长大的妈宝。他前半生在温室里待惯了，哪里有配得上你的力量？为这样的男人一下子生三个孩子，傻女人，你究竟有多傻？"

被这个人渣这般评论我的婚姻，我自然恼怒，接过茶盏便狠狠往桌上一放，怒道："我跟吴浩的事，还轮不到你来插嘴！我现在问的是你和金士达的事。"

林颂给我重新斟上茶，对我的愤怒置若罔闻一般，继续说道："当然，我也理解你选择他作为配偶的原因，毕竟他是个深二代，父母在这里深耕数十年的资源，岂是白手起家的深漂们轻易能相比拟的。攀上一棵大树，随便哪根分枝也粗过新植下的小树苗吧。吴浩不济，却总有父母在背后给撑着,比如像宏运这样的好资源,你公公不是顺手也给你了吗?"

我疑惑不已。"你怎么知道……"话到嘴边,我又改口道,"你对我的事情,知道得未免过于详尽了吧?"

林颂哈哈笑道:"你看你,一边希望我能对你坦诚相告,一边对我又处处提防,这样是不是太不公平了?"他饶有兴趣地见我脸色微微泛红,又笑着说:"我知道宏运是你公公的资源,这并不奇怪,这个圈子本来就很小。宏运就像一座金矿一般,数万人的生计都指望着它。在这上面花费些心思,好过去开垦数十座荒田。你公公与杨总是多年好友,这本来就不是什么秘密,M合金的国家项目申报,你公公也是出了大力气的。"

这事我之前略有耳闻,如今从林颂口中说出来,却大大地变了味道。我沉吟了片刻,心里泛起一个念头,或许公公在此事上介入得要比我之前想象的深得多。我想了想,问道:"究竟是你自己在密切关注宏运,还是金士达?"

林颂笑了笑,上下看了我一眼,平静地说道:"金士达是我跟了七八年的客户,我第一笔八位数的交易就是它给我的。换句话说,我买的第一辆车,首付就是靠金士达的佣金支付的。这样的客户对我来说,它关注的一切就是我必须要关注的。"他说着,转身从旁边的书柜上拿下一个相框,里面是他与一个女人的合影。那个女人约莫四五十岁,保养得很好,一袭浅绿旗袍可以看出身材丝毫没有走形,跟林颂站在一起,像是姐弟一般的亲近。

"这是陈灰的遗孀,是金士达现在的董事主席,大家叫她肖董。"

我点点头。陈灰是宏运的前职工,照旁人的说法,金士达的所有业务都靠山寨宏运,而他去世后,金士达全靠这个女人支撑,过得必然不容易。看两人合影的姿势,私交应该也是不错的。我有些感叹地说道:

"肖董应该是个很厉害的角色吧?"

林颂的眼波有细微的浮动:"她原先是内地一个县级艺术团的舞蹈演员,陈灰去世前一直在家做全职太太。丧了夫,又要守住家业,才接了这个位置。这样的出身,要说能干,那都是迫不得已给逼出来的。"

我应付地嗯了一声,对这个陈太肖董的奋斗史并不感兴趣,只觉得林颂年纪不大,说话却颇有中年油腻男一面怜香惜玉一面追忆过往的风格。

"不过在深圳这片奋斗的乐土,谁也不敢说谁比谁有更多的迫不得已。我当初从气象学专业转系去学金融,是因为我坚信资本是不看出身的,只要能掌握资本运行的规律,就有机会改变自己的社会阶层,甚至改变自己的命运。"林颂突然又开始追忆往事,但这一次我没有打断他,而是任由他话语间浓淡不一的忧愁在屋内蔓延,"然而这只是书本上一厢情愿的理论罢了,在现实的生活里,资本要比任何人都更加势利。大客户、好项目永远掌握在那些官二代、富二代手中,他们拿着一个海外金融学的文凭,却连基本的预期收益都算不清楚,不过没人在乎这些,因为他们有足够多的叔叔、伯伯会给他们带来优质的项目和足量的资金。说穿了,所谓金融就是资本的流转和交换。你会看盘,会计算,懂所有的金融工具又怎样?如果你身后没有资金的支持,就算看破了交易屏幕,也只是在门外转悠,入场券都没拿到手。"

我沉思了片刻,心里知道他说的虽未免偏颇,但大抵算是实情。我冷冷地看着他,说道:"以如今你在行业里的名声和业绩,再来说这些,是想炫耀你已经摆脱了这种状态,而且没有靠他人,全凭自己的勤奋和努力吗?"

林颂咧嘴一笑,说道:"倩倩,我的确对你做了些不够厚道的事,但你也不必这般,每句都夹枪带棒地讽刺我吧?我是当真想好好跟你聊聊天，说这些也不是为了炫耀自己的能力超群，只是想说，其实我挺羡慕你，嫁给吴浩就能获得宏运这样的好资源。而我，通过十来年的积累和玩命的工作，至多也就是争取到金士达这种级别的客户。"他笑了笑，像是得意也像是自嘲："不过这些年来，我的客户们对我都算是很信任，我也学会了不少东西。"

"比如做事没有底线？"我实在无法认同他的歪理，忍不住地嘲讽道。

林颂倒不生气，反而笑道："没有底线？倩倩，底线从来都不是有没有的问题，而只是高与低的比较。你看那些社会新闻，有人为了几百块钱抢劫杀人，你说他们没有底线，那只是因为你不缺这几百块钱，犯不着为了这点钱铤而走险。可若是几千万、几亿呢？那个时候你真能守住自己的道德底线吗？"他看了看我怒气洋溢的脸，摆摆手道："不要忙着否认，现在说不很容易，毕竟不是真的机会摆在你面前。从出生到现在，我见过的人性都是一样的，贪婪且自私，无论贵贱。"

我张了张口，对于这个话题真没有底气轻易否认，但也不想被他的歪理带走思路，便继续问道："林颂，每个人的出身和早年的经历总会影响他对世界的看法。你的价值观长成这样，我也觉得无可厚非。可是如今你也不愁吃喝，过着体面的生活，不比那些街头流窜的混混，可你的行事手段实在令人瞧不上眼，你的底线配不上你现在拥有的身份。但这些跟我都没关系，我只想知道从我这里盗取的内容，究竟可以为你带来多少利润？或者，你只是为了帮助对你青睐有加的肖董？"

林颂似乎有些失望，他轻轻地叹了一口气，继续高谈阔论："马克思说，资本来到世间，从头到脚，每个毛孔都滴着血和肮脏的东西。资本是什么？我原先以为资本就是交易盘上数字的涨跌，操盘手就是世界上最牛的工作。后来才知道自己是多么的幼稚，最牛的操盘手也只能影响短时间内交易的波动，那些大的行情永远在资本者的手里控制着呢。每个人都以为自己掌握了资本运行的规律、知道看 K 线图、懂得判断行业板块发展短中长期趋势，殊不知呀，大多数人根本就没有自主判断的能力。他们所谓多与空的趋势判断，压根儿就是在别人一条一条推送消息的引导下做出的。"林颂说到此处，颇有意味地停了停，给了我一个捉摸不定的眼神，又继续说道："当然我并不是说所有人都是这么玩，但总是有人这么干的。一旦启动，运筹帷幄的高位者都想着如何手不沾尘地分走大部分利益，那便需要有低位者充当白手套，去做一些见不得光的事，自然也会有一些旁观者，费尽心机想从中得利，分得一杯羹。对我而言，金士达的项目正是这么一次难得的机会，一旦做成了，或许我也有机会成为这个城市的传奇之一。"

他的话并没有很强的逻辑联系，不像他平时说话的风格，倒更像是自己思绪的片段，又或者是为了掩盖信息而故意拆分得凌乱。我听得越发糊涂，心里却隐隐觉得他特有所指。我继续问道："我不明白你指的运作究竟是怎样操作的，你说得太悬乎了，我听上去总像是一些非法的投机买卖。"

林颂哈哈大笑道："倩倩，你真有意思，这职业病犯得可不轻呀。"

我白了他一眼，追根究底地问道："比如我现在知道金士达拿到了 M 合金的技术材料，你从我这里拿到了一些商务指标和最初的客户名单，这些可以让金士达在短时间内做赢市场，可是我不明白，就算 M 合金的市场前景很被看好，但风险依然很大，你所谓的资本运作大概也不是对它的市场预期吧？"

"你学的是商法，各种商业运行的案例学过、见过的也不算少，不妨把思路放开一些，或者猜一猜？"他一边缓缓地引导我，一边走到窗边，哗啦一下将百叶窗打开。夜色渐沉，窗外已到了华灯初上的时刻，他指着星星点点的灯火，低声道："你说自己最爱这城市的霓虹，说这些色彩缤纷的灯光能给你一种莫名的安全感。但你想过没有，究竟是什么促使每栋高楼崛起，促使这座城市飞一般地发展？难道不正是强大的资本力量吗？利益又是什么，谈论它的时候，你应该更加心存敬畏。因为利益就是你更好的生活，是你在这座城市里挺胸抬头的资本。每个人都以为自己可以把别人当作棋子摆弄，其实在资本的游戏里，所有人都是棋子，只有资本才是真正的对弈者。"

"上市。你们是想通过M合金的业绩，将金士达做上市，通过上市融资。"在林颂念经一般的配乐声中，我突然想到了答案，皱着眉头说道。我在心里估摸了一下，以金士达的体量，主板上市恐怕颇有些难度，但在中小板上市应该问题不大。

林颂微微一笑，半阖着双眼，若有所思地说道："你想要的答案，其实并没有想象中复杂，不是吗？"

我狐疑地看着他，又问："那么在泰国遇到你，你将那个尽调的项目给我，也是为了有机会接近我，从我这里拿到宏运的信息？"

林颂愣了愣，连忙摆手，说道："你这就太阴谋论了。曼谷这么大，我哪有这本事安排偶遇。尽调的项目我真的是想照顾熟人，没想到结局不太令人愉快。当然，那天你跟我谈判的态度也着实让我很不爽，也让我亏了不少钱，我才想着动点手脚，希望能从宏运身上把这亏空找补回来。"

想到那日的场景，我的气便不打一处来，恶狠狠地问道："你怎么知道我这些年电脑密码不会换，靠赌运气吗？"

林颂微笑道："小部分靠赌运气，大部分靠我了解你。倩倩，其实我们是一类人，因为心中有不忿、有不足，才一直奋发努力，期望明天会比今天好，跟吴浩完全不同。他只要在父母安排好的路上安步前行就够了。他看不惯你的折腾与不安分，你瞧不起他仰承父荫而活。而这父母的荫凉，迟早变成他的阴影。"

见他又开始对我的婚姻评头论足，我连忙打断道："我跟你不一样，林颂，你的眼里永远只看见利益，而我则更看重人心。"

话说到这里，我已经觉得疲惫不堪，跟这个故弄玄虚的伪诗人半真半假地聊了两个钟头，早已错过了饭点，再继续下去，我恐怕真的要饿晕过去。想到此处，我便站起身来告辞。林颂也不再假惺惺地留我吃饭，倒是一副恨不得早点送我离开的样子，废话都没有一句，急忙起身送我出去。

走到电梯口，电梯久久没有上来，显示器上的数字一直没有变动。在这段时间里，所有关于金士达的信息仿佛自动在我脑中凑成了一张完整的拼图，我扭过头，盯着林颂，轻轻柔柔地扬起一侧的唇角，似妖似魅般地笑了笑。

林颂被我这笑容吓得发毛，心虚地问道："怎么了？"

我继续保留着那诡异的微笑，道："亏得林总给我上了一节高深莫测的哲学课，又带着我逛了一个下午的花园迷宫，直到现在我才找到终点。其实，金士达的目的根本不是上市融资，IPO流程太复杂，条件又苛刻，业绩更不是一两天就能做出来的，这不会是你们的最佳选择，而卖掉它才是。我猜你们的计划是先由金士达消化掉M合金技术，做开区域市场，再将金士达整体高调地卖给宏运的老对手光泰集团。光泰是与宏运实力相当的上市集团，这些年却在材料技术上一直被宏运压着，要是这次操作成功了，光泰既能合法获得M合金技术，顺势吃掉宏运经营多年的材料市场，更加重要的是，它的股价在短时间内必定大涨，且后势力量强劲，这才是你们追求的资本暴利。我说的对不对，林总？"

我看着林颂的脸，血色在他红润的脸上迅速褪去，常年挂在脸上的悠然淡定也被惊讶惶恐的神色替代。在他重组语言能力之前，电梯恰到好处地停在了我面前。我托着腰,昂首走进去,转过身站定,见他还愣愣地站在电梯门口。我俏皮地歪着脑袋,说:"是不是正在倒带,排查自己哪里说漏了?别找了,你从来都没有提到光泰,我只是捡了个可能性最大的主胡乱猜的。不过我很喜欢你的表情哦,它告诉我,我猜对了。"

电梯的门在我面前缓缓合拢。我深吸了一口气,心想:幸亏林颂还没有修炼成老包那样的千年老妖,只会故弄玄虚,远没到滴水不漏。我又迅速把那口气呼了出去,方觉得四肢百骸都透着一股爽劲。

第十八章

公公的安排

从翔云投资出来,正值晚高峰,我在楼下加了二十元小费竟打不着车,便索性一咬牙随着人流去挤地铁。折腾了近一小时,才赶到吴浩父母家。他们三人早已吃过晚饭,正在客厅各自忙乎各自的。婆婆见我进门一脸疲惫的样子,很是惊讶,连忙问道:"倩倩,你怎么这个时候才下班?怎么不让浩浩去接你?吃过饭了没?我去给你热热饭,你现在可不能饿着。"

我点点头,虚弱地笑着说:"谢谢妈,随便弄点吃的就行。我真的有些饿了。"我一边说着,一边在沙发上找了个离公公比较近的位置坐下。吴浩顺手从茶几上掰了一根香蕉递给我,皱着眉头说道:"我以为你今天不过来了。怎么饿到这个时候?先吃根香蕉垫垫肚子吧,别一会儿又低血糖晕倒了。"

我接过香蕉,几口吃完,有食物落进肚子里,一下子便觉得疲惫感减轻了大半。我笑着说:"瞎担心什么?我从来就没什么低血糖,上次的事情我也弄清楚了,是林颂那个人渣在我喝的饮料里放了致昏睡的药物,目的正是盗取我电脑里的文件。"我将下载到手机里的视频打开,递给吴家父子,"你们看,这是从咖啡馆拿到的监控视频,高清的摄像头,把林颂投药的整个动作都给拍下来了。"

父子二人对着手机小小的屏幕看了半天,也看不出个所以然来。吴浩却很是兴奋,抬起头问道:"我就知道这个混蛋干不出什么好事,这够证据告他吗?"

"光凭这个去起诉,无论是告他人身伤害还是盗窃,都有些勉强,不过足够吓唬他的了。我刚才带着这个去找他,倒是有不小的收获。"想到下午的收获,我就十分高兴,将经过快速地告诉了公公和吴浩。吴浩饶有兴致地听着,中间有不太清楚的地方,还仔细问我。公公倒是一副见过世面的样子,没有很多惊奇的表现,平静的面容上让人猜不出他的情绪。我说完了,便着急地催促道:"爸,这事我觉得应当跟杨伯伯先通个气。光泰这次动作很快,明显是针对宏运来的。"

公公没有立即表态,婆婆端着一大碗面条从厨房出来,清亮的汤底上有肉有菜,看着就令人胃口大开。公公看了一眼,抬了抬下巴,说道:"先吃饭吧,待会凉了对身体不好。"

我嗯了一声,心里却咯噔一下,预感事情将不会向我想象的方向发展。这种感觉一来,碗里的面条也变得寡然无味。我迅速吃完,连赞好吃,婆婆满意地将空碗收走,又递给我一杯水,慈爱地说道:"你现在就该多吃多睡,宝宝才能长得好、长得快。工作上的事,操这么多心怎么行?动脑筋也是要消耗营养的,你这可是在用工作跟宝宝抢养分呀。"

我对婆婆笑了笑,和颜道:"妈,我知道了。等这事了了,我也就没事可以烦心了,到时候只管吃和睡,别的一律不上心。"

婆婆显然对我的表态很不满意,轻轻地哼了一声,抱怨道:"都六个多月的身子了,还等呢?"说完,她便拿起面碗朝厨房走去,留给我一个尴尬的背影。

吴浩看了我一眼,想说些什么,又没吱声,低着头继续看手机。我在心里轻轻叹了一口气。我也不明白,自己明知道在这个家里谈工作是件极其不讨好的事，可还是急匆匆地赶回来向他们汇报情况。如果不是自己习惯性地犯贱，那就是对这件事着实心中没谱，特别渴望得到家里人的支持。在这气氛下，我只好端着水杯，沉默地坐在沙发上，握着杯子的手指僵硬得有些发酸。

公公翻完了最后一张报纸，将老花镜摘下搁在一旁，沉吟了片刻，方才缓缓说道："其实，我一直想找时间跟你们小两口聊聊，再有几个月宝宝就出生了，你们对未来有怎样的规划？"他看了吴浩一眼，训斥道："吴浩，你把手机给我收起来。"

我有些找不着北，方才还正在说着宏运的事情，怎么突然就转到我们对未来生活的规划上了？我看了看吴浩，挨了骂的他更是满脸的茫然。吴浩皱了皱眉，神情复杂地看了我一眼，转头赔笑着对公公说："爸，什么想法呀，日子这么有一天过一天，不也挺好的？对未来的规划嘛，您给我指个方向，我再好好想想。"

公公的眉头蹙成一团，显然对吴浩的回答很是不满，语气里便带上三分厉色道："瞧你这个样子，竟然也是快要做父亲的人。整天混沌度日，胸无大志，真是被你母亲从小惯成了这副德性。离了这个家，你还能干些什么？"

吴浩对公公这般虚头巴脑的责备早已习惯，并不在意，依旧是那副模样道："怎么干不了什么了，我在英国这么多年，不也是一个人照顾自己，并且四肢健全地回来了？"

公公瞟了他一眼，冷笑道："那你是花着家里钱，在国外消费谁不会啊？你要是能在国外赚钱养家，那才算是自己的本事。"

听父亲竟然无端质疑自己最引以为傲的留学经历，吴浩倒是有些急了，连忙坐直了腰杆，申辩道："爸，好端端的，您埋汰我干吗呀？您要知道我读的学校和专业，那在全球都是数得上号的，在国外那都属于稀缺人才。毕业那年我也不是没收到工作offer，是您说英国移民太难，十年八年的身份都拿不下来，妈还嫌弃英国饭菜太难吃，整天吵吵嚷嚷地让我回国，我才回来报效祖国的。现在倒来质疑我的海外生存能力了。"

"整天就知道吹嘘自己在国外能力多强，回来这些年我却越看你越像根废柴，还不如把你扔大洋彼岸去，说不定你这根朽木还能长出点枝芽来！"公公用一副恨铁不成钢的口吻说道。

话说到这个地步，就连吴浩也觉得公公像是早有安排。他狐疑地看了我一眼，又看向公公，疑惑道："爸，你这意思是又想让我出国？"

"不是你，是你们。"公公端起茶杯，喝了一口热茶，缓了语气，说道，"上个礼拜，我们局的刘处跟我聊天，说到他的小孙子是在美国生的，一出生就是美国公民，拿着美国护照，两个国家的福利都占着。那时候我就在琢磨，咱们家这个宝贝孙女是不是也不能输在起跑线上。"公公看了我一眼，继续说："后来宏运那边出了事，我就又琢磨，刘倩是个对事业有追求的孩子，能力也强，要是因为工作中的一点瑕疵就让她辞职回家，这很不合理，且不说这浪费了这么多年来国家对一个法律人才的培养，也对不起她自己这些年辛苦的积累。所以啊，我有一个想法，算是对你们小两口的建议吧，你们可以考虑把孩子生到美国去，让咱们老吴家的孙女一出生也能拥有双国籍。等孩子出世之后，我也希望你们两个能更进一步——当然也要你们自己愿意——刘倩可以尝试申请一下美国的学校，也读个海外文凭出来，现在中外贸易蓬勃发展，能够精通中美两国商法的律师，日后的发展前景我是非常看好的；至于吴浩嘛，整天吊儿郎当的，不务正业，你要是真有两下子，就干回你的设计老本行去，赚老外的钱，养活你老婆和女儿。"

公公突然对我们的未来做出了如此的安排，我有些接受不过来，倒是吴浩反应快，急忙嚷嚷道："爸，您不是在开玩笑吧？您当时不是力劝我回国的吗？怎么这么突然又要把我们给扔美国去？我们俩出国，这可是件大事！你舍得我吗，我妈舍得吗？我们要到了国外，这孙女你一年可就抱不上几次咯。还有这倩倩的肚子都这么大了，能安排过来吗？"

公公对他的惊慌失措很是不满，叹了一口气说道："瞎嚷嚷什么呀，当初的形势与现在的形势有所不同。你妈妈和我再过几年就要退休了，退出工作舞台，这可是人生又一次重要转折。我和你妈妈既不喜欢打麻将，又不喜欢跳广场舞，反而比较向往那种亲近自然的田园生活。前几年去国外旅游，我们对国外的环境就很满意。局里也有不少干部在退休后，都去国外享受生活了。有些办了移民，有些拿着签证也照样待着，反正现在签证的期限也很宽松。所以呀，我这既是给你们的未来提个建议，也是为我们老两口将来的退休生活提前做个安排。"公公的话很在情理中，既为我们出国找好了充足的理由，又替我们卸下了多余的压力。他见我仍然紧锁着眉头，便又说道："至于赴美产子的问题，我也问过刘处了，在美国有大批的华人就做这个生意，一条龙服务，提前一周联系好就行。就是要坐十几个钟头的飞机，比较辛苦。但我看几次产检的结果都很好，趁着现在行动还算灵活，赶紧过去，要是不放心的话，就辛苦你母亲陪你一起过去。手上的其他事情都放下，平平安安生下孩子是目前唯一需要操心的。"

公公在机关里待了三十多年，精于谈话之道，说话从来都有条不紊、滴水不漏，带着一股领导特有的蛊惑人心的力量。我眨了眨眼，心里很是犹豫。公公的提议不能说是没有诱惑力，去海外求学几乎是中国知识分子重要的人生理想，只是公公挑在这个时候提出这个条件，又让人忐忑不安。天上从来不会无缘无故地掉馅饼，这么老大一个好处落下来，要不是为了砸死谁，就是为了遮掩什么。

公公看出我心中的犹豫，又缓缓地说："关于宏运的事，我还是之前那个意见,你要趁早退出来,不要越陷越深,真到了不可收拾的地步,到时候老杨也很难替你说上话。至于你说的从林颂那儿套出了所谓的计划也好,阴谋也好,那都是一面之词,没有足够的证据支持。贸然有什么动作,哪怕出发点是好的,也容易将整个局面越弄越乱。"公公顿了顿,给了我几分钟时间去思考,才慢慢解释道:"我并不是质疑你的能力,但在这个事情上,你的角度仍然有所局限。举例来说,你说的话只是你自己的一种猜测,能百分百保证这就是事实的真相吗,又能保证是全部的真相吗?何况林颂是什么人,是个连下药这等下三烂手段都做得出的宵小之辈。在你的眼中,或许他还算是个知道所谓内情的人,但在宏运那些集团高层眼中,他不过就是一只过街老鼠,有证据就起诉,没证据就放过,不值得在他身上花费什么时间。"

我的脸有微微的涨红,仍有些不甘心,急忙辩驳道:"那,至少也应该跟宏运那边通个气,说不定他们照着这个方向查,真能查到一些什么有用的线索呢?"

公公的目光在我脸上轻轻地瞥过,语义深深地说:"我在机关单位干了一辈子,明白了最重要的一个生存法则就是,千万不要去蹚别人的浑水。宏运这样规模的集团公司,说穿了,就跟一小朝廷似的,党争剧烈。高层中有多年一路打拼从基层升上来的老宏运人,也有重金聘请空降过来的新职场精英,他们为了一个位置,一个头衔,或者一摊业务,每天从上班到下班,就是琢磨着如何掐死对方。这次的信息泄露事件,显然是宏运内部有人运作的结果。现在陆平带着那个李伟国在查这个事,搞不好就有些借题发挥、剪除异己的小动作。你是老杨介绍去的人,工作中出了疏忽,认个错,退出来就是。可你要是跑去说宏运内部有人跟光泰勾结,要作势搞垮他们最宝贝的 M 合金业务,那你让陆平怎么想,怎么处理这个事情?搞不好你送去的这顶大帽子就盖在了老杨头上。做事跟下棋一样，走一步想三步。眼界、胸襟和格局，一样都不能少。你是个聪明能干的孩子，去国外深造两年，相信你会迅速成熟起来。"

公公的话颇有几分老政治家的味道，听得吴浩在旁边不住地点头，帮腔道："姜还是老的辣吧？你看爸爸分析起问题来，这眼界、这胸襟、这格局，就不是一般人能达到的。"

公公的话倒让我起了另一个念头，我试探性地问道："爸，这内部运作的人，该不会就是杨伯伯吧？"

公公的眉头瞬间一蹙，很快又松开，他反问道："你怎么会这么想？"

"直觉，"我心里暗暗念道，"还有您急于让我退出的心情。"我心里虽这般忤逆地想着，嘴上却什么也没有说。

公公见我沉默，想了想，认真地说道："是与不是，那都是老杨自己的事，跟咱们没关系。但是你，无论如何都不能是往老杨身上引火的一根导火线。"公公见我的脸色很是不好看，便缓了语气，道："说是为我们退休找个去处，其实我跟你妈这个年纪了，也没什么更高的追求，能做的、能帮的，也就是倾尽这个家的力量去帮助你们的小家庭，让你们，还有你们未来的孩子过上更好的生活。这份心情呀，等你们的孩子出生之后，你们也能够明白了。"

他的话让人动容，我抿了抿嘴，挤出一丝笑意，道："爸，您的意思，我们明白。但这事真的挺大的，牵扯的方方面面也比较多。我不能贸然地说好或者不好，想回去以后跟吴浩好好商量一下，还有我父母那边的意见。如果真的决定出国，我也希望能得到他们的支持。"

公公笑容潸潸，说道："那是当然。人生每一个重要的决定，都应该慎重对待。一次选择，一次进退，就可能决定了你未来十几年甚至后半生生活在哪个阶层。"

我默默地点点头，心里五味杂陈。

从公婆家出来，吴浩显得非常兴奋，一路上都在说自己在英国读书时的各种趣事。我靠在车窗上，只觉得一整日的疲惫在全身上下蔓延开，脑袋却异常清醒。"你爸为什么会突然有让我们出国去的想法？"我疑惑地问道。

"开窍了呗，突然明白了资本主义的好处。"吴浩笑道，"老爷子不是说了吗，那个谁谁的孙子都生在美国，有双国籍，咱们的孙女可不能输在起跑线上。我爸这个人呀，看起来挺淡然的，其实好胜心从来都是不输别人的。"

"人家是生完了就赶紧回来的，可听你爸的意思，倒像是很想让我们出国定居。还提出让我在国外读个学位，这可得花不少钱呢，咱们又没什么积蓄，你妈能同意吗？"想到钱，我心里总有些不安。

"你看我爸说起话来，大道理带着小道理，层层递进的，还担心他做不通我妈的工作？"吴浩笑着说，想了想，又说道，"这也正是在替你考虑，让你别管宏运的事了。你老闲不住，把自己整得跟秋菊似的，真跟受了多少委屈一样。现在好了，咱啥也别管，什么人也犯不着咱们，以后咱们就去美利坚发展了。"

越听他这么说，我越是忐忑："说得轻巧，你是轻松，本身就是英国培养的设计专业。我一个本土的法律学位，中美两国法律体系本来就不一样，这门学科又极其依赖语言能力，我一个外国人能申请到什么好学校？没有个十年八年，怎么会有精通两国商法的那一天？"

吴浩听我认怂，得意极了，哈哈笑道："也有你担心和害怕的事情呀？这能怎么办，慢慢学呗。反正马上宝宝就出生了，你就在家一边带娃一边学语言申请学校呗。等咱们拿到身份以后，再生一个，那时候就有国家福利帮咱们养了。十年八年以后，孩子也大了，正是你在事业上大展拳脚的时候。"

我有些不悦，道："所以，我是要放弃在国内好好的工作，去美国先荒废那么几年再说？这跟之前你们急着让我辞职回家有什么区别？"

吴浩看了我一眼，傲然地说道："你能现实点吗？那可是在美国。何况我还得养你好几年，供你读书呢。"

我的脸色一下子便沉了下来，倒不完全是被他居高临下的态度伤了自尊，更重要的是自己也清醒地认识到：他说的没错，真要出国了，我就是这么个情境，这么个地位。在深圳，我与吴浩以平等地位自居，尚且不能事事由己。若真靠吴家的资助出国，这平等的面纱一旦被拿下，我又该如何跟他和他的家庭相处？我扭过头，摇下车窗，温润的空气不断地拍打在我的脸上，高高耸立的路灯将护栏里浓红淡粉的勒杜鹃照得格外妖娆。若是在十年前，真有这么一次出国深造的机会，我会不惜任何代价地出去，压根不会考虑英语难不难学、异国会不会孤立无援，对西方先进制度、法学精神的向往足以使我有勇气克服一切。可如今，纵然上进之心仍在，却再没有了那不顾一切的单纯勇气。

吴浩见我不说话，自觉话说得有些过分，便缓言道："其实你目前的工作并不算是特别顺利，出了这茬子事，就算能说清楚是林颂下了黑手，你也是有不小的责任。事业发展因此被影响个三五年都算是正常的，还不如趁这个时间换个环境，将挫折换作自己上升的机会。这可是我家拿出老本来替你铺路了，你以后做事可不能再任性了。"

"任性？"我笑了笑，道，"你所谓的任性包括我要证明自己的清白？也包括我要把金士达的事情弄清楚？"

"对。"吴浩没好气地说道，"刘倩，我真的觉得你应当好好反省一下自己。之前你在家里倔，硬要照着自己那套来，我也不能拿你怎么办。这次工作上出了纰漏，利弊爸爸都分析给你听了，连退路都帮你准备好了,你要仍是不撞南墙不回头,神仙都帮不了你。"今晚吴浩说话的底气特别足,声音都比平时高了几度。

我淡淡地笑了笑,故意说:"其实,弄清楚金士达的问题和出国生孩子并不冲突,对吧?我可以先查清楚问题,再去美国的。"

吴浩眉毛皱成了一团,愠道:"你故意的是吧?你以为你是谁呢,金士达的事跟你究竟有什么关系,非咬着不放。你也不想想,要真的是光泰跟宏运在打商战,那就是两个上市集团之间的事,多少人的利益在里面,你小虾米一般的人物,掺和个什么劲啊?"

话是这么个话,理却不是这么个理。我盯着吴浩,问道:"多少人的利益,这里面包括你家的利益吗?"

"你什么意思?"吴浩的语气中已有了几分恼火。

"就是字面意思。我就是想弄清楚,你爸从一开始就不愿意我跟金士达扯上半点关系。先是逼着我赶紧辞职,现在又抛出了出国的提议,这让人怎么想。我思考了很久,若真是为了维护杨总的利益,他不应该是这样的态度。毕竟为了朋友牺牲儿媳妇的利益,这不合常理。那唯一正常的解释就是,你家也有利益掺和在这个事情里。或许是持有金士达的股份,或许是买了光泰的股票,这都是很简单且合法的事情。"我索性坦言自己心底的疑惑。

吴浩沉默了许久,继而又说道:"我不知道这个事,应该是你想多了。也许我爸就是突然想到了,才提出了出国的建议。"

我心中冷笑道:"老爷子可从来没有一时兴起的事,他是把交易做在暗处,并且将对手的议价空间都压缩光的人。"

吴浩见我不说话,又道:"何况,就算我爸真的跟杨总达成了什么约定,那也没什么呀。老爷子赚了钱,还不是花在我们身上。"吴浩的语气满是无所谓的轻松。

我吸了一口气,半阖上双眼,疲惫劈头盖脸地袭来,头脑也开始跟着混沌起来。我累到不想再多说半句话,昏昏沉沉中仿佛听到心里自己委屈的哭声。"哭什么?!"累得快罢工的脑子正在呵斥软弱的心,"你早知道,在这个世界上,从来不该奢望别人一边给你利益,一边还要顾全你敏感易碎的情绪。"

"我知道,我知道。"心里那个细弱的声音又响起,"大多数时候我愿意为了利益放弃情绪、尊严之类虚无的东西,可这次不一样,这次很不一样。"

究竟哪里不一样?我还没想明白,便听到吴浩的声音在耳旁响起:"我有的时候真不明白你在执拗什么,好像成天都在跟人较劲一样。世界上就你一个人天天处在逆境里,要逆流向上吗?唉,至少希望以后宝宝别像你这性格。"

我继续闭着眼假寐,被他一打断,方才脑子里那两个声音也不见了。眼睛倒是刺痛得厉害,我伸手揉了揉,干涩得没有半滴泪。

当晚竟又一夜未眠,我简直觉得自己年纪轻轻就要被失眠缠上了。无法合眼的时候,心绪也异常烦乱,我只能望着窗户。掺和着城市灯光的月色映在轻柔的米色窗帘上,泠泠地照了一整夜。不过我心中清楚,再过几个小时,这满窗的月色会蓦地换作一抹蓬勃的金色阳光,将夜里的孤寂与寒凉替下,重新为世间许下希望和美好。

我在第二天早餐的时候,把公公的提议告诉了妈妈。早餐很丰盛,一碗红汤素面条配着妈妈亲手炸的糍粑块,每一口都满是家乡的味道。妈妈放下吃了一半的筷子,擦了擦嘴,很认真地想了想,又问道:"你公公怎么突然会有这样的提议?"

"我之前工作上出了一点小问题,挺倒霉的。他可能觉得反正也要生孩子,职业发展怎么样都会被耽误几年,还不如趁这个时机出去充充电。"宏运的事我没有跟妈妈详说，反而借用了吴浩的说法，站在他们的角度说话。

妈妈疑惑道："全是为了你的缘故？出国可得花不少钱呢，你们刚结婚，马上又要养孩子了，支持得起吗？"

"也不全是为了我，他们以后可能也有出国养老的打算，让我们出去也有打前站的意思。还有吴浩，他回国这些年像是水土不服一样，总没个正经样子。说起国外生活，倒是很有兴趣。可能他真的更适合国外的生活方式和节奏吧。"我解释道。

"那你是怎么打算的呢？"妈妈关心地问道，"吴浩在国外留学了很多年，他适应起来应该没有问题。可是你呢？带着孩子再去读书，这可是要吃大苦头的。"

"说不定我就成为校园里一个励志的传说了。"我故作轻松地说道，"国外带着孩子上学的事情还挺常见的，我倒是不怕吃苦，就是有些担心自己能力不够，怕在30岁的高龄上遭到孩子们的智商碾轧。"

"这我倒不担心，你又不比别人笨，只要自己努力了、用功了，没什么困难是克服不了的。"妈妈虽然一向对我严格，但也始终以我为骄傲，至少在学习的问题上，我没有让她操过心。妈妈想了想，又说："你和吴浩要上进，想追求更好的生活，我和你爸爸肯定是全力支持的。你也不要有顾虑，我跟你爸相互照顾能够生活得不错。我强调的只有一点，你们出国，如果你公婆出了钱，那我跟你爸爸也资助你们一部分。这段时间，我也算是看清楚了，你公婆都不是吃素的，是在胸前挂个算盘就可以站柜台做掌柜的人物。你要是读书花了他们的钱，日后必定是要受欺负的，吴浩也不是个能话事的。经济的问题，不管婚前还是婚后，自己有钱才是腰杆子挺直的底气。"

我心中感觉极温暖，胸口郁结了一夜的阴霾之气被妈妈的寥寥数语便冲淡了大半。我低着头，闷着声音说道："谢谢妈妈。"

妈妈怜惜地看着我，继续絮叨道："这有什么好谢的。妈妈知道你大学毕业那会儿，心里是有出去留学的打算的。可那时候家里条件还不太好，出国费用也大。你没开口，我跟你爸也没多嘴。后来想想，我们要是有吴浩父母的决心，当初咬咬牙也把你送出去，你学成回国了，人生的路应该会比现在好走得多。"

妈妈的想法跟普天下的父母一样，她凡事都从我的角度出发，希望能为我多担一分、多做一点，认为这样我就能少吃一分的苦，能够避开人生大多数的挫折。从这个角度上想，公公婆婆也同此心此理，只是他们考虑的是吴浩的利益。婚姻，当真是两个家庭长时间的利益拉锯战。

想到此处，我心里反而通透舒坦了，抬起头，轻松地笑了笑："妈，究竟出不出去我都还没想好呢。你说的没错，我跟吴浩两个成年人，年纪也不小了，工作这么多年，竟然没存下什么钱来。既然没钱，想什么出国的事，当真要啃老啃一辈子，给孩子树立这么个榜样吗？"

妈妈一愣，有些迷糊，说道："我不是这个意思呀。"

我扒拉了两口面条，笑道："我知道您的想法，可您要是真信任我，就更该相信我。要是真打算出国去充个电什么的，那就应该靠自己的努力。像你说的一样，留学的费用并不是很高，努力工作个三五年也就存出来了。何必为了着急出去，把自己摆到不利的局面里。"

妈妈似乎有些不太高兴了，耷拉着脸说道："你们的事情自己做决定吧。一会儿说计划好了要出去，没两分钟又改主意了。"她想了想，又补充道："倩倩，我知道你是个要强的孩子，不过有的时候，依靠家里的帮助并没什么。如果你觉得出国是一个好机会，那就去，千万别为了所谓的自尊和面子，错失了机会。"

出国对我未来的发展是好机会吗？我不能百分百确定，但心里清楚的是，照着这样的安排出国，我会别扭一辈子。

又困又乏地在律所待着，自然也是没有什么正经事。迷迷糊糊地挨过了上午，午饭过后，Aggie便来陪我去附近的公园闲闲散步。城中的公园沿着原有的一潭湖水而建，水边是茵茵青草、落英缤纷。徒步小径旁遍植大叶榕树，如今正是枝叶最繁茂的季节，翠绿的树叶在枝头招摇，滤过了那暑气依旧逼人的阳光。我与Aggie漫步在林中，闲聊了一些办公室里捕风捉影的八卦，才觉得原本干枯的心情，像是饱饮了泉水一般，水灵灵地伸张开了。又走了几步，阳光有些耀眼，我抬手遮了一下，顺势看了看自己的双手。在日光下，清透的光线落在手掌上，仿佛能透过肌肤，照出骨影。我驻足细细端详了许久，手指根根清晰且分明，与自己记忆中的样子大不相同。我怔了怔，下一秒，泪水滂沱而出，我捂着脸，站在原地，像个孩子一般号啕大哭。

Aggie惊得花容失色，一双眼睛瞪得滚圆，急忙问道："你别吓我啊，这是怎么了？好端端的，怎么突然哭起来了？"

我顾不上回答，仍然用尽了力气哭。哭声很难听，像是在嘶哑的嗓音里混进了绝望的哀号。可正是这种难听的哭声，让我彻底释放了一直压抑在心底的委屈和不满。Aggie不敢再问，只默默地在旁边陪着，又将一张柔软厚实的纸巾塞进我手里，让我整张脸都埋进纸巾里。

在哭湿了第三张纸巾之后，我终于哭光了泪水，擦了擦脸，又擤了擤鼻涕，方觉得整个人轻松了许多。我抬起头来，看了看Aggie，艰难地哽咽道："我……跟吴浩，走到头了。"一句语尽，却留有无限哀婉的叹息声，我嘴角又一酸，不受控地撇了撇，却再没有更多的眼泪流出来。

Aggie见我这样说，便当真有些心慌，帮我整理头发的手竟带着明显的颤抖。她皱着眉头问道："这究竟是怎么了？是吴浩犯什么浑了，还是他家里又闹什么幺蛾子？"

我摇摇头，怔怔地说："Aggie，你有没有过这种感觉，明明是一个跟你朝夕相处的人。但有一天，你早上起来，突然就明白了这个人其实离你的生活很远。你刷牙、洗脸、吃饭、上班、下班、高兴或者不高兴，跟他全然没有关系。他既不会与你分担困难，也没有办法感受到你心里究竟想要什么。你希望回到家里关起门来，两人能说说话，但从他嘴里吐出的每一个字都在告诉你，他从来就没有真正走进过这扇家门。他的话、他的思考、他的决定、他的双脚，永远站在外面。你拼命想把他拉进来，却将他越推越远。两个人到了这一步，是再没有可能继续往前走了。"

Aggie沉默片刻，浓浓的睫毛低垂着，遮住了她的眼睛。她张了张嘴，话到嘴边又改口道："人的本性就是自私的，他站在自己和自己父母的角度做选择，也是本性使然。你不也有自己的小算盘吗？婚姻可不是纯粹的你爱我我爱你，它是日日夜夜无休无止的生活。你想把日子过纯粹了，很好，但现实不可能。比较好的办法是漠视不堪，毕竟生活里除了爱情，还有很多值得你关注的事情。"

我的眼睛轻轻扫过Aggie，道："说得跟一碗浓鸡汤一样像模像样的，摸着良心说，这是你的心里话吗？如果你还在顾忌着'宁拆十座庙，不破一桩婚'的古训，那真是白费了我们的友情。"我深深吸了一口气。

Aggie的脸上流露出我从未见过的犹豫，最终她叹了一口气，目光停留在我的肚子上，快速地说："那你让我怎么说，支持你怀着孩子闹离婚吗？"

我的目光在她面上转了转，垂下头，轻轻地说："我真怕，真怕被这句话捆死了我后半辈子。"

Aggie一惊。两个人竟不知道往下该说什么，只好尴尬地沉默着。两人徐步往前，公园的音响里正播放着最近火热的歌曲《说散就散》。

"……好不好有亏欠我们都别追究，算了吧我付出再多都不足够，我终于得救我不想再献丑，没办法不好吗大家都不留下，一直勉强相处总会累垮……"

我笑着说："你听，这歌词多应景呀，看着好端端的两个人，当真有一天会说散就要散了。"

"呸，哪儿应景了？又不是我们要散了。"Aggie啐了一口，不屑地说道。气氛终于轻松一些，两人又走了一会，她无奈地说道："我不是要为吴浩说话，他那做派我也看不惯，可当真到了要离婚的地步吗？孩子怎么办？你要想清楚，你要拆的不仅是你的婚姻，也是这个孩子完整的一个家。"

我心里最柔软的地方像被人用针狠扎了一下，疼得哆嗦起来。我咬着牙说道："我之前也是这般想，为了孩子，自己委屈不算什么。跟吴浩的婚姻也许不能给我带来幸福和完满，但对于孩子，至少是个及格线之上的出生条件。但我现在不这么想了，因为我越来越不快乐，我放弃得越多，心里的遗憾和愤恨就越大；对自己生活的掌控力越低，幸福感也越低。一个不幸福的妈妈凭什么给孩子幸福的家？至于吴浩，他就像个灵魂一般存在着。风雨来了，他以丈夫的身份站在我面前，结果风雨一滴没少地打在我身上。我的难受、我的不情愿，他看到了，但也就是看到了，何尝想过自己能够做些什么？如果我自己能够承担起生活里的风雨，而身为丈夫的他缺位至虚无，我又何必为难自己，让他继续占着这个名义？"我憋了憋泪意，继续说道："这个问题我自己想了很久，要承认自己婚姻的失败真的不是一件容易的事情。今天我突然就想明白了，原来支撑起两个人组成一个家庭，需要很多很多的爱，在这些爱的下面，还需要一份坚定的对对方的尊重。没有这份尊重，再多的感情，再多的爱都会被消耗掉。而在我们的这段婚姻里，吴浩的父母一直强调我为人妻、为人妇的责任和义务,这我不怪他们,上辈人有他们对婚姻的理解。但每一次,吴浩都是一种表面无所谓、行动支持他父母的做派,却从来没有想到在此之前,我是一个有独立自主思维的人,我也有我的想法和我自己对未来人生的规划。在婚姻中,自我牺牲不是不应该,只是不该被他人肆意糟践。"我一口气发泄完,停了停,又继续说道:"我当然希望他在宝宝父亲的身份上能做得更好一些。但这是另一回事,是婚姻之外的事情。"

Aggie 心疼地将手搭在我肩上,暖暖的掌心里传来支持的力量。她哀叹道:"即便我承认你说得有道理,可生活里也有更现实的难处。孩子马上就要出生了,出生以后怎么办?那么小的娃娃,总得有人帮忙照顾吧,你一个人怎么应付得来?"

我抬头看了看天空,依旧湛蓝得令人心醉,上面飘浮着几缕白云,幻化成风的形状,自由自在的,令人心生羡慕。我苦笑了笑:"孩子的问题、未来几年的生活,吴浩的爸爸倒都给我们安排得很妥帖。他的安排也许在大多数人眼里,简直是中了彩票似的好选择,但我知道那背后的代价是什么。一年多前,我按照大多数人的标准选择了这个老公,按照世俗的标准经营着婚姻。结果是我不仅不快乐,还有种遍体鳞伤的感觉。我现在怀疑世界上大多数的人其实过得都不快乐。所以这次,无论他们给的是陷阱也罢,是馅饼也好,我都不想要,我就想看看按照自己的想法走走看,看能闯出一条怎样的路子来。"我扭过头看了看 Aggie,平静地说:"我努力了三十年,读了那么多书,熬过了那么多场考试,在社会上有养活自己的能力,并不是他家附属的生育工具。而现在的时代也早就不是娜拉出走后,无路可去的年代。当单亲妈妈再苦再累,也好过这场婚姻给我带来的窒息感。"

Aggie 蹙了蹙眉,轻声说:"你不要用说服我的姿态讲这些漂亮的大道理，我们又不是在打辩论赛。这个事情，如果你已经决定了，并且能确定以后无论遇到什么都不会为今天的决定后悔，那就这么做吧，我肯定支持你。"

我咧嘴苦笑了一下，缓缓道："若是吴浩能有你这样的态度，我们也不至于会走到今天。你信不信，我要跟他说咱们离婚吧，他一定觉得我疯了；然后觉得自己怎么这么倒霉，娶了一个神经病；然后，跑去找他爸妈；然后，他爸妈来找我做思想工作；然后……"我说着说着，竟又陷入这场感情的苦痛里，喉咙里像被塞进了一大团棉花，不仅说不出话，就连呼吸也觉得苦难。

Aggie夸张地掰过我的肩膀，仔细地打量我的脸，冷笑道："我还以为自己眼花，竟然不是，你笑起来什么时候变得这么丑了？"她皱了皱眉，好像真的在思考一样，"行了，下午姐姐我就翘班带你去美个容。女人呀，无论在什么样的情形下，最不能放弃的就是颜值！"

我又笑了笑，样子一定还是很丑吧。

第十九章 藏不住的秘密

Aggie常去的一家美容会所就在附近,泰式装修风格,门口蹲着两只满镶宝石的大象,旁边种植着热带绿植,宽大的树叶下藏着许多水雾器,再加上整个会所幽暗的光线和星星点点的灯光,营造出一种静谧的氛围,看上去就知道这里消费不低。Aggie给自己叫了精油SPA,又让相熟的技师小慧帮我安排了一个面部护理,还不怀好意地强调:"给她洗脸的时候,手法上一定要多做提拉的动作。能不能让她恢复笑容,重返18岁,就看你们的本事了。"

我横了她一眼,骂道:"快去做你的老女人紧致疗程吧,我一把清水洗洗脸,就是天姿国色,用得着你瞎操心?"

几个年轻的美容师在一旁听我们斗嘴,都乐得嘻嘻偷笑。Aggie见我精神恢复不少,面上的紧张也放松了不少。

由于怀着身孕,省却了不少疏通筋脉的程序,我比Aggie提前了不少时间结束。小慧带我到休息区,给我泡了杯菊花茶,拿了几本时尚杂志,又往我后腰处塞了个靠枕,笑嘻嘻地说:"您在这儿等会儿Aggie姐,要是觉得累的话,里面有休息的床,也可以躺一会儿。"

我笑道:"我坐一会儿就好,现在肚子大了,躺着还没坐着舒服。"

小慧想了想,又搬了张踏脚椅给我垫着,自己则坐在一旁,帮我揉捏小腿。

"孕期对腿部造成很大的负担,我帮您捏一捏,舒缓一下疲劳吧。"

我点点头表示默许,一面想着,这里的服务真是周到体贴,消费必然不低,Aggie果真是个小富婆。一面又想,等日后我离婚了,一个人带着个孩子,经济上必然紧张,这种消费场所怕是没什么机会涉足了。念头这么一转,方才还坚定凛然的离婚决心似乎又有点松动。我暗暗骂自己太没出息,心智要是软弱犹豫成这样,那这辈子便活该被人擒在手里。

正天人交战中,一抹绿色的身影蓦地出现在我的视野里。一个风韵犹存的中年女人正跟店里的一个美容师笑谈着,看得出来,那女人也是这里的熟客,两人靠得很近,聊了许久。这个人,我好像在哪里见过?一对小巧的梨涡旋在靠近嘴角的位置,很是突出。想了想,印象还是有些模糊,便朝小慧打听道:"那边那个人是你们熟客吗?看着年纪不小,保养得真好。"

小慧迅速看了一眼,笑着说道:"您是说肖姐呀,她是我们这儿的老会员了。您看她也就三十大几四十出头的样子吧,她的年纪呀,保管您猜不到。"

我心里一下豁然了,这世界究竟是小还是巧呢,竟是金士达的肖董呀。原本只在林颂那儿见过照片,没想到真人更是风姿绰约。我低下头,随手翻着杂志,信口道:"你这么一说我还真不敢猜了。50?55?"

小慧笑了笑,低声道:"57了。肖姐还经营着一家公司呢,是个女强人,事情超多的。"

我微微一笑,心想那还真是猜不出来,比我婆婆年纪都大,林颂可以叫她阿姨了,嘴上便道:"那她还有空定期过来做美容?"

"越累越要抽时间给自己放松放松,女人不勤保养很容易老的。尤其是深圳这个地方,气候又湿热,工作压力又大。"小慧一边认真地说着,一边帮我脱了袜子，轻轻地揉捏着脚踝，一阵舒服的酥麻感传遍全身。"肖姐人也特别好，前几天还给我们送了她家乡的特产咸鸭蛋来呢。"

"咸鸭蛋？"我的神经微微一动，问道，"高邮咸鸭蛋？"

"是呀！"小慧有些惊喜，"姐，你也是高邮人？那咸鸭蛋特别好吃，蛋心都是红色的，跟广东这边的不一样。"

我的唇角微微一扬，笑道："我不是高邮人，但我公婆是高邮人。所以你一说到特产咸鸭蛋，我就想到了。"

"哦。"小慧对我的回答似乎有些失望。

我却莫名地有点兴奋。莫非从今天开始，我要转运了？上帝在关了我的门，封了我的窗之后，终于从下水道给我透了点气进来。

心里动了这个想法，哪里还坐得住？我顾不上还在烟雾缭绕中蒸脸的Aggie，打了个招呼便往吴浩父母家赶。

到了家里，婆婆正在厨房熬着薏米红豆汤，见我风风火火地进来，惊了一跳，问道："怎么今天这么早下班？"

"反正也没什么事，就早点回来休息。"我应付地说道，想了想，笑着对婆婆说，"妈，您跟爸爸的那本老相册呢？我今天遇到一个人，也是高邮的，他说跟爸爸之前就认识，是老同学。我也不确定他是不是骗子，打算回来翻翻相簿，看能不能找到那人。"婆婆跟公公是从小学到中学的同学，家里的老相册里有数张两人同框的毕业照，那是婆婆的宝贝。家里一旦有客人来，聊得兴起时，她总会拿出来，让别人在无数人头中先找哪个是公公，再找哪个是她。

今日见我主动提起要看旧照片，婆婆自然高兴，在围裙上蹭了蹭手上的水，一边翻找着，一边问道："是男的还是女的呀？有没有说叫什么名字，你一说名字我就知道是谁了。"

我留了个心眼，含糊道："男的。名字他就说了一遍，我没记住也不好意思再问。不过他长得很有特点，嗯……脸有点大，看到照片我一定能把他找出来。"我胡乱圆着谎，一面暗自佩服自己反应得够快。

"脸大的？是胖子吗？"婆婆戴起了老花镜，帮我一起在泛黄的大合照上寻摸着。

公公当年大概上的是理科班，全班总共就七八个女生，除了婆婆之外，我仔细看了照片里的每一个女同学，没有一个长得像那个肖董的。难道我猜错了？我有些不甘心，低头无语。

婆婆看了看我，说道："里面都没有吗？"

我摇摇头，尴尬地说："可能是小学同学呢？"

婆婆哼了一声，道："小学的照片那可就没有了，我们那年代拍张照是件很不容易的事，可不像现在，随便手机就咔咔咔了。你公公倒保留着大学的照片。"婆婆说着就翻到了相簿后面，指着同样泛着黄色的照片对我说："这是1983年你爸在南京上大学的入学合影。"

我心想：在大学里是同乡又是同学的机会就少了吧？但目光还是顺着她手指的方向看过去。那个年代的入学合影不是按系按专业分拍的，而是每一级学生一起拍张大合影，当然那时候的学生人数也没有现在多，一张照片上的人头约莫也就两百多人吧。我仔细地一个一个看过去，果然发现有个女生甜甜地笑着，清秀的面庞，尖尖的下巴，一对标志性的梨涡，即使在当年的摄影技术下，仍然可以明显地看到她的笑意。

我的手指微微有些发抖，指着那个女生，故作轻松地问道："妈，你认识这个女生吗？长得很漂亮呀，有点像那个明星许晴。"

婆婆虽然小学和中学都跟公公是同窗，但大学去了上海，公公则在南京。我想她应该是不认识这个肖董的，但我还想试试，万一呢。

果然，婆婆的脸色立刻就失去了方才的明媚，语气里冒着三十几年老陈醋的味道："肖英华呀，她当年在学校可是风云人物，能歌善舞的，是你爸那一届男生集体的梦中情人。不过,生得好模样,却没生得好命。女人呀,长得太漂亮了就容易忘乎所以,她当年在学校里得罪了人,毕业分配的时候,被分去了一个县里的歌舞团。当年的大学生呀,去歌舞团能干什么,摆明了是被人整呀。所以我说,人这一辈子的命呀,特别是女人,千万不要胡乱折腾,一折腾就不知道掉哪儿去了,踏踏实实的比什么都重要。"

我追问道:"那后来呢,她去了歌舞团之后怎样了?"

婆婆翻了翻白眼道:"那我就不知道了,我又不跟他们同校,就这些事还是之前听人说的呢。"婆婆打量了我一会儿,疑惑道,"你说遇到的人该不会就是她吧?"

我虚伪地赔笑道:"不是,我遇到的是一个留着平头的大脸叔叔,这些照片里都没有。算了,也不是什么要紧的事,下次碰到再说吧。"我搪塞了一下,目光却偷偷留在肖英华那张青春逼人的脸上。

婆婆见我心事重重的样子,又抱怨了几句,话里话外仍是让我安心养胎的旧调,说完又继续去弄她的糖水甜点了。

我坐在沙发上,冷冷地笑了笑。金士达的肖董跟公公三十多年前就认识,她如今人在深圳,婆婆却对此一无所知。公公极力反对我掺和金士达的事情,如果不是为了利益,那极有可能就是怕我接触多了,最终发掘出肖董跟他的关系。那么究竟是什么关系需要花这么大力气去掩埋呢?答案不言自明。至于公公究竟有没有掺和进林颂所谓的资本运作项目中,我还不能确定,但以公公的性格来看,参与的可能性很大。

我看了一眼婆婆在厨房忙碌的身影,心里泛起了一层难以言说的复杂情绪。婆婆依照社会主流思想守了一辈子的婚姻,不也如镜花水月一般虚幻,这究竟是幸运还是不幸呢?

公公单位的建筑还是特区初建时盖的，这些年来虽经历了几次翻新，但仍有一种与这个年轻城市格格不入的年代感。我之前从未来过这里，门卫押了我的证件，指了指七层小楼的最南端，说道："你自己上去吧，走的时候凭出入条来拿证件。"

楼不高，只有一部陈旧的电梯供人上下。电梯的速度也极慢，开关门时伴着吱呀吱呀的声音，很像我此时忐忑的心情。说实话，我是很害怕面对公公的。除了多年身居领导职位使他带着一股不怒自威的气质外，更因为他那洞察人心的能力。在家里，任何事情公公只做总结性发言，而不管之前讨论有多激烈，最终的结果一定是所有人心悦诚服地照着他的安排去做。这份手腕，即使是成了精的老包也是难以企及的。

公公的办公室不算大，却在楼道的最末端，独享一份不被打扰的清净。他见我进来，老花镜后面的眼睛闪过一丝惊讶，很快又恢复了镇定，不冷不热地招呼我坐下，又特意洗了个瓷杯，给我倒了杯水。我端着茶杯，方才想好的各种开头语，都忘了个精光。

公公坐在我对面，见我局促的模样，反倒主动鼓励我："今天过来，是有什么想法要跟我单独沟通吗？没关系，想到什么就说什么，一家人没有什么不可以说的。"

我点点头，开口道："爸，我不想出国，美国也好，澳大利亚也好，都不是我这个人生阶段的奋斗目标。况且，我和吴浩年纪也不小了，如果有出国深造和定居的想法，在经济上应该靠自己，而不该依赖家里的支援。"

公公面上有微微的颤动，语气却是一如既往的平静："你能有这样的想法，我认为很好。出国的事情，我早就说了，我只是建议，最终的决定都是你们小两口来做。你跟吴浩商量好，跟家里说一声就行。"

我浅浅地笑了笑，道："这个是我自己的决定，还没跟吴浩商量。"

我顿了顿,继续道:"我看吴浩还沉浸在出国后该去什么地方玩、该吃什么美食的喜悦里,像一个高考后马上就要放飞自我的孩子一般。这种情绪下,我跟他的交流大概率会成为无效的相互指责。所以,我想还是缓一缓。"

公公的眉头蹙了蹙,话语也深沉了几分:"这样就不太合适了。你们小家庭的重大决定应该两个人共同来做,万一吴浩想出国呢?你这样单方面的决定,不就拖累了他的未来吗?"

"他可以去,这是他人生的自由,我也接受异国分居。"我迅速地接口道。

公公明显有些不悦了,怔了怔,疑惑地看着我:"在你和吴浩之间,我一直认为你是更成熟更理智的一个。可这样的话,真不像你会说出来的。是跟吴浩吵架了吗?他要是有什么做得不对的地方,你可以跟我反映,我去教育他。"

我摇摇头,淡淡地说道:"这不是赌气才说的,我只是认为在目前的情况下,出国更像是一种躲避问题的办法,而我希望能够直接去解决问题。"

公公笑道:"解决什么问题呢?"

"宏运的问题。"我直视着公公的眼睛说道。

公公像被蛇咬了一般,眉毛紧紧地蹙在一起,压着怒意道:"宏运的问题不是你能解决的。"

"我只负责跟宏运解释清楚我那一小截,你跟肖阿姨的事,我没打算说。"我猛吸了一口气,屏在肚子里,用来稳住我那猛烈跳动的心脏。

公公的瞳孔咻地放大,下一秒,他迅速眯起了眼睛冷冷地打量着我,目光中流露着十分厌恶的情感。我木着脸,冷漠地回应着他的观察。这是我手里最大的一张牌,早早地打出去,实在是因为我跟他实力悬殊。

为了在接下来的谈话中不被他带走节奏，我只好先发制人，希望至少能起到点威慑的作用。

当然，这张牌还是我半猜的。死不死的，总得拼些运气。

公公不说话，我也咬着牙不出声。但在这个时候比沉默，时间越长，总显得他越发心虚。终于，他的目光从我脸上移开，身子往后靠了靠，缓缓道："这是林颂告诉你的？"

我蒙了一刻，这倒是我没想到的回答，既算是默认也可以说是试探，要是我漏了底，他马上就可以抵赖。思忖了片刻，我也往沙发上靠了靠，匀了匀气息，缓缓地说："谁告诉我的并不要紧，我就是知道了。"

公公牢牢地盯着我，我也不敢放松，无惧无畏地看着他，双手轻松地放在身体两侧，只是后背上一阵一阵地冒着虚汗。

僵持了一刻，公公叹道："我说的没错，吴浩跟你比起来当真差得远了。"他又往后坐了坐，整个人像是陷进了沙发里，异常放松。"我跟英华大学的时候就是恋人，这事吴浩妈妈也知道。大学毕业后，两人就分开了，十年后在深圳重逢。那时陈灰刚刚去世，她接手了金士达。"公公看了我一眼，像是给自己找借口一般，语气轻松地说道，"我们那个年代的感情很纯粹，不像现在的年轻人，总喜欢在考虑感情的时候，掺和进物质条件。英华跟我也没有你想象中那么见不得光，大家是多年的好朋友了，我只是顾及吴浩妈妈的感受，才有意瞒着你们的。"

我心中泛起一股恶心，面上溢着不屑的笑意，平静地说道："我认为任何时代都有人追求纯粹的感情，也有人通过感情获得更多的利益，不过在任何时代里，婚内出轨都算不上是一件光彩的事情。"

公公面上微微抽搐了一下，他显然不愿再在自己劣势的话题上多作纠缠，便道："至于金士达跟宏运的事情，我事前知道一些。老杨是宏运在深圳的初创老员工，当年宏运只租得起一间居民房当办公室，老杨跟着他们汪总吃住都在里面，这么多年，什么苦没吃过？宏运发展到现在，有规模了，上市也有钱了，上头便空降了个陆平来，到任没一年，老杨便快被架空了。老杨是个做业务的实在人，玩权术那一套哪里是陆平的对手。再者，他也心凉了，两口子打算做个投资移民到美国去。本来他是想卖了手中宏运的股票，谁知道陆平上台搞了一个股权改制，搞得老杨手里的股票这几年都不能动。这进不得进、退不能退的困局，实在让人憋屈得难受。一个兢兢业业为公司奉献了近三十年的老员工呀，到最后想体体面面地离开都做不到。他心里的不平衡，我是能理解的。后来，老杨跟光泰、金士达联手策划了这个事情，很不好，我是很不赞成的，也劝过多次了。可我一是心软，二来这人活到我这个岁数，心也疲了，不愿意再充当什么道德卫士，只要身边的亲朋好友能过得开开心心的，就胜过一切大道理了。所以，就算是爸爸求你，他们盗窃技术机密也好，操纵资本也好，最终会有什么结局、承担什么后果，那都是他们自己的命数，你不要去做那根导火索，不要让我在这个岁数上成为对不起朋友的人。"

公公说完，我蓦然无语，心里竟有几分动容，方才咄咄逼人的气势也消去了大半。沉思了一刻，我低声说道："您别这么说话，我刚才就说了，我只想弄清楚事情是怎么回事，只对我该负责的那一小部分，也就是林颂从我这儿盗走合同的事实做出解释。至于别的事情，我没有解释的义务，也没有判断的能力。"我吸了一口气，又道："我是一名律师，这么做完全是出于对职业的尊重，不是为了赌气，或者硬要跟您对着干什么的，希望您能够理解。"

"我理解，你是一个有分寸的聪明孩子。之前让你辞职，是爸爸做得不对，太草率了。"公公微笑着看着我，语气诚恳地说道。一时间，我竟有些糊涂，看他这坦然的态度，莫非在整个事情里，他当真没有参与利益交易？正愣神中，公公缓缓地说道："至于英华的事情，如果你觉得有必要，我可以自己去跟吴浩妈妈讲，她要是觉得无法接受，要离婚也是可以的。毕竟正如你说的，我应该对自己的行为负责。"

"我不是这个意思！"我一慌，连忙说道，同时心里暗自叫苦，这话语的掌控权怎么在不知不觉中又回到了公公手中？

公公摆摆手，继续道："什么样的后果我都能接受，但是有一点我必须先说明，如果是因为宏运的事或者是我跟肖英华的事情，影响了你在出国问题上的决定，我个人认为是没有必要的。我这一辈子也算是见过很多人，可像你这样的在能力、品质还有性格上都是佼佼者的，未来是值得期待的。要是在知识和视野上能够有进一步拓宽的发展机会，就不应该放弃。经济上，家里能够支持你们，即使我跟吴浩妈妈离婚了，我也会在这个问题上与她达成共识的。我希望你不要因为对我个人的看法，错失了自己的机遇。"

见鬼了，还当真遇到人精了！我心里暗自骂道。这究竟是公公当真心怀宽广，不愿错失一个人才，还是……一种话术？我思忖了片刻，出于对自己能力的清醒认识以及对人性的悲观态度，迅速选择了后者。我笑了笑，婉言道："您的认可对我非常重要，但决定不出国是我理智思考的结果，绝对没有对您有看法。事实上，在家里，我也一直认为您是通情达理、开明的家长，您和肖阿姨的事，其实是您的个人问题，怎么处理也是您跟吴浩妈妈的私事，我没有插嘴的权利。今天之所以提到这个，实在是我想不出还有其他什么能让您跟我开诚布公谈一谈的办法了。"我瞧了一眼公公，他脸上有不易察觉的放松表情，我越发笃定自己的判断。看来多跟人精过几次招，对自己智商的提升是大有裨益的。

我清了清嗓子，继续说道："从这个道理上说，假如有一天，我跟吴浩提出离婚的想法，也希望您能够尊重我们俩作为成年人的尊严，让我们自己去解决这个问题。"

公公的瞳孔再一次迅速放大,他大概没想到今天还能获得第二次的"惊喜"。他非常生气,直直地坐在那里,怒道:"闹什么?!婚姻是儿戏吗?你怀着身孕,提什么离婚?离婚了,孩子怎么办?"

我平静地说:"婚姻不是儿戏,我也不是轻易地提出这个事情。我跟吴浩为什么会走到这一步,原因我不想多说,说得多了,一定会变成我对他的控诉,没有这个必要。只是两个人不合适而已。根据《婚姻法》,由于我现在正在孕期,吴浩没有提离婚的权利,那这个程序可以由我来启动。至于孩子,我希望她的抚养权能归我,大概率上这也会得到法官的支持。但这并不影响吴浩身为父亲,你们身为祖父母的权利,你们随时可以探望孩子,甚至把她接到家里小住。在孩子的教育问题上,我也欢迎吴浩跟我一起商量,但最终做决定的人是我。"

公公铁青着脸听我讲完这么多,想发作,却发觉反驳的每一句话都是在打前一刻自己的脸。他克制住自己,狠狠地看着我,憋了半天,瓮声瓮气地说道:"这是你跟吴浩商量之后的结果?"

"没有。"我依旧静静地说,"我先知会您,是因为您是家里拿大主意的人。吴浩是个很佛系的人,生活对他来讲总共就十个字:顺境很开心,逆境无奈何。"

公公盯着我,过了半晌,叹了一口气,道:"你们这代人,跟我们年轻的时候大不一样了。我可以答应你,你跟吴浩的事情放手让你们自己拿主意,但我也提醒你,维持一场婚姻永远都不是一件简单的事。两个人遇到问题,有放弃的念头很正常,但在你们做出最终决定之前,希望你们能有全面且深刻的沟通,不要因为自己的轻率而导致日后的后悔。"

从公公的办公室出来,我的腿肚子依旧颤抖得厉害,跟刚拆了个大炸弹一般紧张。楼外阳光明媚得耀眼,照在身上,暖意十足,消散了几身大汗带来的湿腻感。我在保卫处领回了自己的身份证。一阵南风吹来，鼻腔里尽是夏天的味道。我回头看了一眼公公办公室的那个小窗户，心里自哀：我就像挥舞着大砍刀在工作和生活的荆棘中奋力挪步的独行人，而吴浩就像个路人那般在一旁袖手旁观，我愤怒、不满，与他争论，然后伤心，到如今，已经心灰意冷。可在离婚的念头骤起时，我宁可与Aggie哭诉，宁可在公公这里费心做好铺垫，也不愿去面对吴浩。这隐忍式的逃避究竟是因为感情尚存，还是我们的关系病入膏肓了？

第二十章

老包的东风

之后几天,我仔仔细细地整理了关于宏运集团的工作总结,并针对接触过的几个项目未来可能出现的风险提出了自己的建议,同时附上了类似的案例。打印装帧成册,竟有厚厚的一本,堪比一本小字典。这对于挽留住宏运这个客户也许毫无用处,在很多人眼里,甚至更像是在故作姿态,可我认为对于工作,姿态有时候起着重要的作用。职场交往不同于朋友、恋人之间的相处,会给你大量的时间去细述感情了解对方,在职场上,效率永远是第一位的。而想让人在最短的时间里知道你的想法和行动能力,工作姿态往往是最直观的表现。何况,就算一点用处也没有又如何,给自己一个交代何尝不是一种妥当的生活态度?

去见陆总那一天,是老包跟我一道去的。我笑他这种不放手的家长心态很容易剥夺了我成长的机会。他则忧虑地看着我,语重心长地说:"你实在是个意外,这个意外对宏运来说也许是好事,但对你自己而言,则更多地意味着风险。律所丢了个客户即便可惜,也没什么大不了,但你若因此搭进去自己的未来,就实在太令人惋惜了。"老包在平日里常常夸人,也常送出高帽子,算是他驭下的一种手段,常年被我们吐槽他精明世故早已修炼成精。可如今,在困难中,他选择了支持和帮助我的立场。这份情谊,便足以令人心怀感激。

在宏运大楼的顶层，陆总拥有一套宽敞的复式办公套间，上下两层。一层是助理办公区，有两个助理，一个负责整理文件，正在电脑前紧张地忙碌着，另一个接待了我们。她查了日程表之后，提醒我们陆总在四十分钟后需要出发去机场，让我们掌握好会谈的时间。二层是陆总的办公区域，两层之间的台阶是整块的黑色大理石做的，两侧则采用了线条感十足的米色墙体设计，不知在什么地方藏着光源，让人看起来觉得既现代又时尚。我衷心地称赞了这令人耳目一新的装潢。小助理笑道："陆总是个对品质要求极高的人，这里的装修是请新加坡一个知名设计师做的，这台阶上的地砖还是特意找人飞去意大利拿的货。"

我又故作惊讶地赞了一遍，同时也想到杨总那个中规中矩的办公室，虽然也算得上是宽敞明亮，但与眼前这个相比，竟显得十分简陋了。我撇撇嘴，心中犯起嘀咕来：这个陆总个人作风如此高调，怪不得身为老臣子的杨总会看不惯，心态都崩了。

拉开二楼的门，陆总一边稳步迎过来，一边单手系上米色西装的纽扣。他温和地跟我们握握手，一面寒暄道："我们约好10点见面，我的手表刚给我发了个提醒，你们就到了。"

老包笑道："陆总时间宝贵，能抽空见我们已经难得了，我们自然要非常准时才显诚意。"他环视了整个办公室，黑白灰的主色调，跟楼下的风格保持一致，一侧全景落地窗显得视野极好，可以看到海边红树林的全貌、浅蓝色的海湾以及海对面的香港。室内摆了许多绿植花卉，配着纯白色的皮质沙发，比通常见到的办公室更多了几分温馨。老包不由得赞道："陆总这个办公室，在深圳即便算不上最好，也绝对掉不出前五名。"

对于老包的夸奖，陆总显然很受用。他一面招呼我们坐下，一面笑着说："我这个人受的是西方教育，对别人好，对自己也好，对别人要求高，对自己要求更高，外表和里子高度统一，跟那些嘴上喊吃苦、屁股要享福的领导可不一样。"

老包笑了笑，说道："您说的那都是过去的领导做派了，现在的领导不比手下多吃上几倍的苦，这屁股底下的位子就坐不稳。像您这样的性格，才是中国企业家未来发展的方向。"

陆总笑了笑，没有再接话，亲自动手给我们冲了两杯咖啡，笑着说："我不太习惯喝茶，也就没什么拿得出手的茶叶，咖啡倒是不错，你们尝尝。"

老包尝了一口，自然赞不绝口。趁这工夫，我将事先准备好的材料拿出来，递给陆总。老包在一旁解释道："今天我和刘律师过来，主要是想向您汇报一下M合金项目合同泄密的调查情况。一来，在这件事情上，我先跟您表个态，律所确实在保管的流程上存在一定的疏忽，并且愿意承担相应的责任。但鉴于对方的行为已经涉嫌犯罪，我希望双方在接下来的工作中能够心无芥蒂，我们配合陆总的工作，协力将整个事件的损害降到最低。二来，是关于我们之间合同的问题。是继续履行，还是中止，抑或陆总觉得需要追偿？我的想法就是没有想法，宏运怎么决定，陆总怎么说，我们就怎么办。"老包可谓是态度诚恳、姿态放低、逻辑清晰。我在旁边连连点头表示赞同。正如他之前跟我说的一样，面对陆平这样对全局负责的大人物，我犯的这点错误压根儿就入不了他的眼，既然如此，大忌就是为了推卸责任而跟他耍小聪明。这除了侮辱彼此的智商，还极可能因为浪费对方的时间而酿成更难收拾的后果。

陆总的脸上漾着一丝笑意，手中拿着我准备的文件材料，漫不经心地翻阅着，一面淡淡道："包主任这番话说得太客气了。你们律所的业务能力，在这些日子大家也是有目共睹的。只是没有想到，竟然会犯这么低级的错误。"陆总说完，放下了手中的材料，姿态优雅地端起咖啡杯，悠闲地品了一口。趁着这个空当,我迅速地将林颂如何从我手里获得信息的过程讲述了一遍,别的事情则没有半点提及。

陆总礼貌性地听我讲完,又浅浅笑道:"其实说起来,我就是一个商人,法律上的东西,我懂得不多,对于人情世故也不够通透。你今天过来坐在我面前说了什么,我也不太在乎,毕竟人人都长着一张嘴,嘴上的客气话,今天可以说蓝天,明天就能说白云。我更关心的,是你手上有什么。"陆总这个人追求高效的结果,谈事的时候直戳要害,连寒暄的时间都不愿浪费。

听他这么说,老包的眼睛闪了闪,像是受到了什么启发。我则伸手去翻包,想将林颂往我杯里投药的视频拿出来,动作才完成一半,却看到老包冲着我摇摇头。老包略带谄媚的笑意对陆总说:"陆总是个爽快人,我也敞开说,其实我们做律师的,正好是为客户提供解决方案的。不知道陆总现在缺什么?"

陆总神色微微一动,笑道:"我其实也不缺什么。有句古话叫万事俱备,只欠东风,就不知道包主任手里有没有这阵风?"

老包低头沉思了一会儿,又看了看我,平静地说:"看来陆总对中国历史也很有兴趣。孙刘联军攻曹营,孔明借来东风烧赤壁。我其实一直想不明白,风这个东西最难捉摸,会不会突然改了走向?隔江可就是东吴的大本营。"

陆总目光沉沉地看着老包,过了半响才笑了笑,赞道:"包主任的历史比我精通。我只知道刘备那时候很弱小,一个荆州都要靠借,国内人均GDP怕也在贫困线以下。宏运如今正在兴旺发展,这火就算烧过了长江,难道宏运赔不起吗?"

我自然知道他们两人哪里是在谈历史,分明是在谈交易,至于具体在谈什么,隐约有种不祥的预感。事情好像跟我想的完全不一样,我疑惑地看了看老包，他不再看我，自顾自地从公文包里拿出一份文件，放到陆总面前，说道："其实今天我来，还有第三个目的，就是跟陆总坦白一件事。当时所里参加宏运法律事务的招标，为了保证能在最后的环节中胜出，我托人赠送了一幅书法作品给杨总，希望杨总在招投标环节中能替我们做做工作。这幅作品的作者也算是国内大师，价格标准为五千元一尺，购买这幅花费了八万元，这是拍卖的收据和交易凭条。杨总个人也非常喜欢这幅字，后来就挂在办公室里了，我上次去见他还特意拍照留念，这是照片。陆总应该也见到过。"

老包刚说完，我的脑袋便像被雷劈过一般，不可思议地看着老包。事情的走向完全出乎了我的意料，我不明白老包这自杀式的临阵倒戈是为了什么，也不知道怎么好端端的，能冒出个行贿的事情来，居然还有凭证？我的大脑彻底陷入一片空白，转都转不过来。

陆总仔细看了看老包提供的文件，严肃地问道："包主任这算是实名举报吗？"

老包认真地看着陆总，回答道："若是匿名，这就没意思了。"

陆总沉思了许久，又看了我一眼，半眯着眼睛问道："这我就有些不明白，在我看来，贵所与宏运的关系算是杨总牵的线，彼此私交也不错，怎么会在这个时候选择向我检举呢？"

老包亦回以深深目光，缓缓说道："我不懂资本游戏的规则，但是天理轮回，世间的大道理总是相通的，想明白了别人的棋路，大致也能判断出他最终的输赢。中国还有一句古话，叫君子不立危墙之下，如今我半个身子都被倾斜的墙体压住了，即便需要忍受断腕的痛苦，也应该赶紧逃走。"

陆总高兴地站起身来，在旁边的桌子上拿了个遥控器，将半遮的窗帘升起。更多的光线豁然涌进室内，本就明亮的办公室一下子竟有些耀目的感觉。光映在陆总面料考究的衣物上,隐隐折出柔和的线,将他裹了进去。陆总笑道:"包主任是真俊杰,识人、识事,是良好的合作伙伴。像宏运这样的企业,外人看来万事不愁,在我眼里却是家业太大,转身不易呀。老一辈的同事,在宏运的创建过程中,发挥了巨大的作用,做出了历史性的贡献,可局限于个人素质和格局,在宏运的未来里,未必能获得他们想象中的位置。在这一点上,我和董事长都有共识。毕竟这个时代,顺应潮流的人都变成了风口上的猪,拒绝时代的则成为积弊。而积弊,对于一家企业,短时间内是妥协和退让,长期来看,则如鸩药一般。包主任也负责一家律所的运营,想必会有同样的感受。"

老包笑道:"我们所跟宏运自然是不能比的,但陆总的理念我十分赞同,不要说一家企业的内部经营应当常换常新,就算是国家层面的法律法规,也是需要根据时代的发展,常常做出更新和完善的。"老包附和完,又转向我,笑着说:"其实,刘律师也是有东西要给陆总看的,刚才也说了,之所以出现合同保管不严的情况,正是翔云投资的林颂在刘律师的饮品里投放了致眠的药物,又趁刘律师昏迷的时机,从刘律师的笔记本电脑里盗取了合同。不仅如此,刘律师个人还因此遭到了严重的身体伤害。幸好林颂投药的动作,正好被监控视频拍了下来。"

陆总闻言,自然对我的不幸遭遇表示十分遗憾,又扬了扬我做的那份工作总结,大赞我是律界人才。我的脸烧得滚烫,木木讷讷,连寒暄的接话都不会了。陆总倒不以为意,自己将手里的iPad打开,迅速拨弄着,一面说道:"如今这个监控视频还真是不好说,一方面搞得大家什么隐私都没有,另一方面呢,确实又是很管用的,任何犯罪行为都逃不开这天眼。包主任既然投我以木桃,我自然得报之以琼瑶。刘律师的事情我其实早有听闻,说来也巧,她就诊的那家医院去年出了个挺有名的医闹事件,有名患者受不了疼痛,从天台跳了下去。家属认为是医院的责任,闹了几个月。后来医院也学乖了,将整个医院都安装上了摄像头,连天台也没有放过。国伟主任在查信息泄露途径的时候,了解到刘律师跟林颂在这个医院有过交集,也不嫌麻烦,托了关系调取了当天的监控视频。在天台的摄像头,正好拍到了这些画面。"他一面说,一面将iPad转过来给我们看,画面里林颂正对着我的笔记本屏幕疯狂地拍照。我的脑袋又嗡的一声巨响,这是我之前心心念念想要弄到的东西,原来宏运早就抓在手里了。见他拿出了这份东西,我心中更加笃定老包早就与陆总有了联系,今天与我一起来,只是为了给我一个交代。陆总淡淡地道:"他拍摄的内容,我们是看不清的,或许找找技术高手能复原清晰。再加上你们手里的证据,应当够立案条件了。"

老包也没料到陆总手里还有这样的东西,惊讶之余,便笑道:"陆总果然深藏不露,手里藏着大核弹,却问我们借水果刀。"

陆总哈哈一笑,拍了拍老包的肩膀,道:"包主任是个聪明人,有核弹的人,也有想吃水果却偏偏少把刀的时候。"

陆总的助理在会谈结束时准时出现在门口,她将我们送下楼,我像个影子一般跟在老包的后面。这奢华的装修,充满线条感的墙面在我的视线里不断扭曲,蜿蜒变色,成为一条一条会吸血的长虫,正趴在我的骨头上,令我一阵一阵地冒着虚汗。

我对老包的行为很是恼火,但又着实不知道这怒火从什么地方生起,有种被人算计了的感觉。心底凉凉一片,这片寒意迅速散开,湮灭了原本对老包那一丝雪中送炭的感激。回程的路上,我闷不作声地呆坐着,老包倒是主动开口道:"没想到这个喝洋墨水的陆平还挺有意思,借古喻今,戏还挺多。"

我对领导本有一种天生的敬畏,老包又算是领入门的半个师傅,平日与他言语很是注意分寸,如今实在气急,便讽刺道:"您和他一出火烧赤壁，不是唱得正热闹吗？"说完，又觉得话没说透，便补充道，"我实在没想到为了巴结陆总，您居然可以什么都不顾。杨总好歹也是我们的介绍人，跟我公公又有私交，这样跟陆总合作陷害他，我真不知道您安的是什么心？"

"陷害？"老包见我面色不善，却没有一点心虚，反而笑着问道，"你怎么知道我一定是在陷害呢？"

面对老包挑衅的语气，我越发来火，话语便像连珠炮一般喷出："我不是傻瓜，刚才没想明白你们在唱什么戏，如今缓过神来了，也猜得到几分。陆总想搞杨总，现在手上正缺合适的理由。毕竟杨总是宏运高管，又是创始元老，时机不恰当动手的话对彼此都没什么好处。正儿八经地摆出金士达的问题去弄，恐怕标的太大，他手上证据应该也是不全，你便主动提供了一个招投标违规的借口。我们正是杨总介绍去的，宏运上下都知道，商务信息泄密又是从我这儿出去的。招投标行为有问题，既满足大家对整个事情的逻辑想象，又正中陆平的下怀，让他恰好以查这件事情为切入口，彻查杨总的问题。切口小、快、准，在血流出来之前，手术刀已经直入心脏了。"我深吸了一口气，又继续道，"我也懂你心里的小算盘，你打一出艺术品行贿的牌，正是因为知道这类案子最是模糊。你说那幅字价值八万，到头来说不定就是赝品，八百都不到，结果大概率就是够不着定罪标准，不了了之结案。等陆总施展完，你还能落得个全身而退。这不是陷害是什么呢？"

老包意味深长地看了我一眼，微微笑道："刘倩，你在同辈人当中，业务能力算是不错，但说起别的，仍然容易犯年轻人的黑白两元主义。这个世界上哪有那么多黑白分明、对错分立的事情，即使面对法律，也有太多的模糊地带和不能判断清楚的事情。'陷害'这个词，听起来总有些坏人害好人的味道，可你再仔细想想，这件事情里，谁算是好人，谁又算是坏人？"我心里咯噔一下，却没有接话，老包继续道，"世界上没有那么多好人，更没有那么多坏人，只有为自己利益孜孜拼命的平凡人。金士达和杨总联手想玩的这套资本动作，本来既算不上什么善举，更不是什么高明的招数，我想陆平跟李国伟应该早就查清楚了。我不借东风给陆平，他难道就当真没法子，而由得杨总他们恣意妄为了？"老包说到这里，颇带玩味地停了一停，给了我一点消化的时间，又接着说道，"还有，你怎么知道我就没有真的给杨总行贿，说不定除了那幅书法，我还真金白银地给他送了一笔现金呢？"

我目瞪口呆地看着老包。车内空调的温度不低，吹在我身上，却惹得我一身一身地犯寒战。我咬着牙说道："包老师，您在玷污法律，您不仅利用法律的漏洞牟利，还知法犯法，破坏规则。"

老包停了停，并没有接我的话。他犹豫了许久，方才缓缓说道："我知道你答应过你公公，不会主动举报杨总。其实你不必觉得为难，职场上的事情，关乎太多人的利益了，个人的承诺往往是最没用的，况且你也确实没说什么。"他看了我一眼，又继续道："这次陆总把医院的视频证据给了你，泄密的事情也算是有个说法了。这件事想必不会对你将来的发展造成什么影响，算是一个好的结果。"

我冷冷地看着老包。对于他的话，我完全不能接受，更觉得这个平日里颇受我尊重的师长，从这一刻起，形象崩塌。我咬着嘴唇，恨恨地说道："我不能接受，世界太变态了。"

老包转动着手中的方向盘，行驶过一个急转弯，他的目光扫过我，里面透着对智障人士的关怀，还有一些失望。他笑了笑，说道："人为自己的利益用尽手段，这才是正常的社会。人人都是雷锋的世界，那叫乌托邦，才是个变态的地方。这就当作是你成长的一课吧，平日稳扎稳打积累小利益，大机会来了，则需要纵身一跃。宏运集团对很多人来说都是一次很大的机会，对我们律所来说也是如此。"

法律规则在他的眼里不过是件用熟了的工具，倘若这样的话，那老包与林颂又有什么区别？我生生愣住了，蓦地想起他平日的高谈阔论。我素以为像老包这样一个人，谈不上道德多么高尚，至少也该是爱惜自己羽毛的。然而，为了获得更多的利益，他竟拿自己去测试法律的底线。人的欲望当真可以吞噬一切，竟是如此可怖！我微微合上双眼，车内被空调处理过的凉爽气息在鼻尖流转，一呼一吸之间，寒意便侵入了体内。我的心像沉进了无边无际的黑暗里，再睁开眼时，我斩钉截铁地对老包说道："我辞职。"

老包大吃一惊，不可思议地看着我，过了半晌，竟有些生气地说："你不是刚毕业只有理想的小孩了，不要意气用事，更不要学那些白痴电视剧里的女主角那样矫情。"他叹了一口气，又道："我向来是不留人，但对你可以破例一次，也算是我的承诺，等你生完孩子回来，我会给你更好的发展机会，接触更高规格的项目。"

他这么一说，我反而更加坚定了态度，淡淡地笑道："我确实不是理想主义的职场小菜鸟了，这么些年，您教会了我很多东西，我诚心诚意地敬重您。但是今日您的所为，严重侵犯了我的职业尊严，也辜负了我对您的基本信任，这是我完全无法接受的。当然我也明白，这件事情的非理想主义操作应当是接受您的决定以及未来的利益回报，最不济也应当忍气吞声在休完产假，白领了这一年的产假工资后再提辞职。可是我近期的生活教会我一个道理，屈从于眼前的利益，必然使自己处于被动的境地，最终将与自己想要的生活渐行渐远。既然已知是殊途，就不如早做了结，好过日后成为积弊。"我深深吸了一口气，目光紧紧锁在前方，道："总之，谢谢您多年的照顾，前面那个路口，请让我下车。"

双脚踏在深南路口，被晒热的地面散着悠悠的暖意，从脚心向上蔓延，让人有种踏实的触感。我慢慢走在人行道上，任初夏的风裹卷着路上人们的行色匆匆，吹打在身上，似时光蜿蜒流转，有种说不出的滋味。没料到，我这些年来认真经营的这份工作，竟终于这么一瞬间的决定。我几乎有一丝恍惚，方才那个人当真是我吗？竟敢亲手断了自己每月的伙食源头，那日日夜夜的开支怎么办？每月不断的房供怎么办？还有即将降生的孩子怎么养？将自己逼到这般地步上，当真还有跟吴浩说离婚的勇气吗？想到眼前的麻烦，我又生了一缕悔意，真想赶紧追回老包，收回方才一怒之下的辞职决定。然而，一瞬之后，我又豁朗起来，心上像是裂开了一道笑意的口子。我偏就不信，自己还救不了自己了！

第二十一章

分娩之痛

世事真是讽刺,我最终还是辞了职。吴浩和公公对这个结果很满意,虽然期间的缘由他们并不清楚。那日跟公公的谈话,他想必也跟吴浩通了气,出国的事不再提起,我所提出的离婚也被说成了是因为孕妇情绪波动过于激烈。公公特意嘱咐吴浩要懂事些,尽快找准丈夫和父亲的角色定位。吴浩对我有些不满,抱怨我有什么想法应当先跟他沟通,而不是直接去找公公,搞得跟越级告状一般。我坐在床上,自己练习着拉玛泽呼吸法,余光瞥见他大大咧咧地躺在一旁,看着手机里的短视频一个劲地傻笑,沟通的念头就如生理反应一般收入脑中回去了。他一切顺遂的生活完满快乐,我说得再多,他也无法获得同感,只会越发地厌恶我矫情做作。不愿给自己找不痛快,这几乎成了保护自己平稳情绪的一种方式,也自然关闭了两人沟通的渠道。

进入6月之后,吴浩一直在省内几个城市连轴转地去做招生宣传,我则一边忙着整理林颂故意伤害罪和盗窃罪的起诉材料,一边办理着离职交接工作,两人始终没机会好好谈谈。林颂的案子很快就被受理了,有了公安机关的介入,需要我做的工作并不太多。反而在离职的问题上,颇为麻烦。HR同事告诉我,我的辞呈老包没有批准,还嘱咐她来找我好好聊聊。老包提出了两个方案:一是最好能留下,那么一切如常;二是假如实在要求离职，在我产假期间内，律所也会按照所里平均工资的60%向我支付产假工资，产假期满后，再正式办理离职。我猜不透老包这么做是出于他未泯的良心，还是歉意，或者是给我的封口费。HR同事劝道："老包实在不算是个寡情的老板，这样的离职流程我还是第一次见到。我也不清楚你们究竟为了什么搞成这样，但我劝你一句，什么事也别跟钱过不去。反正每个月工资打你卡里，你也不用看见老包那张脸，拿了钱也不妨碍你骂他不是吗？"

我想了想便觉得好笑，当时的怒火早已熄灭，我本就不是什么道德卫士，觉得自己实在没必要剥夺了老包良心救赎的机会，况且日后自己要在律圈里混饭吃，跟老包总是抬头不见低头见的，彼此闹得太僵日后见面也尴尬。如此完成了心理建设后，我便觍着脸默认了老包的好意。

处理完工作上的事情，我便正式在家中待产，日日闲着无事，也思考今后的生活该怎么过，跟吴浩的关系该怎么处理。说实话，此前我在Aggie面前痛哭感情已死、跟公公谈话时又理直气壮地说出准备离婚的想法，底气倒是很足，可一旦想到要跟吴浩面对这个问题，心肠又不由得百转千回，甚至连跟他当面谈一谈的心情都没有。一味的逃避足见我内心的犹豫，吴浩更是顺其自然，我们俩活生生地印证了那句话：逃避虽然没用，但真的很轻松啊。有的时候想到这里，也不由得赞叹Aggie对我定义之精准，我就是一个现代社会的半成品，既不勇敢，又没有将原则坚守到底的勇气。我一方面为自己聪慧善言的能力引以为傲，另一方面又十分痛恨自己骨子里的那包子般的奴性。我不是没有勇气面对感情的消逝和生活的狼狈，只是这勇气远没有想象中充足；也不是没有能力挑起生活的重担，只是在世俗的偏见和舆论的压力下，我的脚步显得格外缓慢。

38周产检的前一天晚上，我半夜起身上厕所时只觉得肚子一阵一阵地抽痛，内裤上殷红一片，立刻意识到这是临产的信号。我扶着墙，叫醒了妈妈，一面用软件叫了一台车，一面拨打吴浩的电话。按行程，他应该明天早上就能回到深圳。电话嘟嘟地响了一遍，没有人接，我不死心，又打了一遍，结果话筒里的声音刚响了两声，便立刻转成了忙音。我一下子便明白了，怕是我这半夜的电话吵到他睡觉了，他随手便给掐了。妈妈拿着待产包，急切地问道："吴浩的电话打通了吗？也通知一下他爸妈吧？"

我忍着痛，惨惨地笑道："吴浩没接电话，大半夜不吵他爸妈了，医院也会通知他妈妈的。"

妈妈见我脸色不好，低声嘀咕了几句，便赶紧搀着我下楼。

到了医院，刚办完手续，我便疼到冒冷汗坐都坐不住。值班的医生了解完我的情况，便劝道："头胎没这么快生，趁着能睡赶紧多休息，保存体力。"

这时候我已经疼得需要靠咬紧牙齿才能忍住每一次的阵痛，可我不想妈妈见我受罪的模样，便一面用被单盖住自己，一面记录着每次阵痛的时间。实在太疼了，我做着深呼吸，靠给 Aggie 发信息来转移注意力。

夜猫子属性的 Aggie 回复得极快：现在谁陪你在医院？吴浩回来了吗？

我咬着牙齿回复：他电话都没接。人言果真不虚，只有到生孩子这一刻才知道自己嫁的是人还是狗。

Aggie 发了一个盛怒的表情，迅速回复道：就算是只狗，只要没被车撞死，这个时候就该蹲在医院里。你等着！

Aggie 不再回复我，据她后来描述，她使出了夺命连环 call 打给吴浩，当睡眼惺忪的吴浩接起电话的第一秒，她便开始了尖叫式的训骂："你还在睡觉?！你老婆去医院生孩子了，你还在干什么？多大的人了，明明知道家里有个即将临盆的妻子,手机居然不是24小时待命?你要干什么?打给你爸妈?给你爸妈有什么用?你爬也好,滚也好,赶紧回深圳去医院。什么叫等到明天早上才有车?你不会打的吗?佛山到深圳两个小时车程,一千块钱的士费够不够?你没钱的话,回来姐姐给你报销!"

总之,在第二天天亮之前,吴浩胡子拉碴地出现在了医院,身后跟着妆容精致的婆婆。

我此时已经痛到神志不清了,口齿都有些不流利:"太疼了,我要打无痛分娩。"

吴浩一脸茫然,显然他并不知道无痛分娩是个什么东西。婆婆一步上前,抓住了我的手,柔声说:"别怕别怕,等9点老周上班了,让他看看情况再说啊。"

我拼命摇头,嘶吼道:"现在就打,马上,我一刻也忍不了了。"

妈妈在一旁心疼不已,责备道:"孩子要打就打啊,都疼成这样了!这个针多少钱,她的医保不能报的话,我来给!"

婆婆脸上有点尴尬,解释道:"亲家母,你别误会,我这不是心疼钱。这个无痛分娩的效果一是分人,不同人有不同的效果。有的人打了效果很好,用完就不疼了。有的人打了不仅没有镇痛的效果,还会延长产程,到了生产的时候没有力气,又转成剖宫产的,那不白遭罪吗?二来也有个使用的时机,打得太早了或者太晚了都不行,所以我的意见是等周医生过来详细检查了之后再决定。"

"不等!不要等了!这个时候还说什么道理?!找什么最优方案?!只要有麻醉师,立刻就打!"我红着眼睛吼道。

婆婆讪讪地嘀咕:"我这也是为了你好。你要打就打吧。"说罢,她转身出去了。

过了片刻,一个护士进来,给我挂上了一个吊瓶,又推了一针屁股针，说是会让我不那么痛。药水打进肌肉里特别痛，那种疼痛从手背到胳膊再到肩膀，后来半个身体都开始疼，却并没有减轻我肚子的疼痛。

在这种极度的痛苦中又不知道挨了多久，直到医护交班时，我感到一股温热的水涌了出来。破水后阵痛更加难以忍耐，每次疼痛到来时，我就用力地抓住吴浩的手，咬着牙不出声，整个身体都在微微颤抖。周叔叔走进产房，吴浩连忙去迎，下一阵疼痛到来时，我手下一片空虚，只剩一根冰冷冷的床架。

"很棒，已经开了五指多了，马上可以进产房了。"周叔叔鼓励我道。

我展了展疼得变形的脸，问道："这个无痛对我怎么一点效果都没有？"

"你说无痛分娩？"周叔叔看了一眼我的后背，并没有无痛分娩的注射管，"马上进产房了，现在打有点晚了，你的产程进展很快，只要配合得好，相信很快就能把宝宝生出来。"

我一愣，指了指头顶的吊瓶，问道："这是什么？"

周叔叔看了一眼病历，解释道："这是促宫缩的药。你别紧张，收拾一下准备进产房吧。"

周叔叔很快找来一个平躺车，将我推出了病房，在转进电梯的一瞬，我的目光瞥见婆婆正在护士站跟人谈笑风生。我握紧了衣角，疼得连厌恶的感觉都麻钝了。

折腾到临近傍晚的时候，孩子终于出来了。产房里的医护发出一阵惊叹的喜悦声："这丫头真胖。" 7斤半的孩子被抱去旁边的护理台清洗包裹。我这边留着一个助产士一边看表，一边等着我娩出胎盘。随着时间一分一秒地过去，她的脸色也越发难看，过了半小时，胎盘仍然没有娩出。她伸手进去试了试，在产床上本已如死泥一般的我立刻痛得抽了起来。

"你别乱动,你再试着用力看看,胎盘不娩出来很危险的。"助产士不敢说得太严重,更多的是在鼓励我。

我挣扎着用了用劲,只觉得一大股温热的鲜血涌了出来。"你等等,等等!不要用力了。"助产士急忙拦着我,扭头便让人去找主治医生进来。

周叔叔很快出现在了我的视线里,他看了看情况,立刻下令道:"还等什么!滞留了,直接伸手进去撕!不然大出血就麻烦了!"

我疼得根本说不出话来,手背上绑着个留置针,在我疯狂用力抓握手柄时已经歪了。浑身上下每个毛孔都像一个拧开了的水龙头,汩汩地往外冒着汗,垫在身下的无菌纸上积了一片一片的小汪洋。

助产士一面撕一面叫道:"不行!血太多了,太滑手,再撕胎盘就要碎了。"

周叔叔也着急了,几乎是吼回去道:"碎了就碎了,一块一块的也要拿出来,快!"

整个过程大概持续了十来分钟,由于没有打麻药,我中途疼得休克了。周叔叔又是组织抢救,又是里里外外地缝针,弄了一个多小时。等我睁开眼的时候,只看见周叔叔累瘫在一旁的椅子上,浅蓝色的手术服被汗紧紧地黏在了身上。他见我醒了,安慰道:"宝宝很好,你也很好。再观察两小时,你就能见到她了。"

我动了动嘴唇,气若游丝地说道:"谢谢。"

周叔叔笑道:"好好休息一下吧,我都好几年没这么累了。"

我瞥了一眼脚下未来得及清走的产褥垫,上面满浸鲜血,红艳艳的已接近饱和状态。我无力地倒在产床上,本以为在经历过撕心裂肺的分娩之后,产妇会如影视作品中一般大叫一声昏厥过去,等醒来时,身边就聚满了焦切的亲属。然而现实中,在身体经受了疼痛的极限,体力透支又透支后,我并没有昏厥,反而获得了大脑异常清楚的一段时间。屋顶的天花板被灯光照得通亮,每一根光对应着一段阴影,随着时间的流转悄然变动着。呼吸轻松而平稳,心率仪在旁边画出规律的线条,整个人就这样静静地躺着,没有人来打扰,我油然生出了一种劫后余生的宁静。在生死线上一往一回之后,我终于明白,生活里什么应该扔掉,什么应该留下。

从产房回到病房时,正值晚饭时间,病房里没有一个人。护士帮我整理好床铺,有些尴尬地说:"本来你应该是跟宝宝一起出来的,可后来出现了胎盘滞留,所以耽误了一些时间,宝宝早早送了出来。我待会儿让他们把宝宝送过来,早点让她吮吸乳房,有利于开奶和子宫复旧。"

我虚弱地点点头。房门轻轻地被推开,Aggie身穿大红色CK连衣裙,袅袅婷婷地走了进来。

"英雄母亲,我来看你了,顺便送上作为干妈的第一个大红包。"

我瞥了她一眼,嫌弃道:"你怎么穿成这样?"

"喜庆呀!我们家的风俗就是遇见喜事就得穿得喜庆。"Aggie得意地在病床前转了一圈。

"你离我远点,我刚失血无数,现在看见红色就想吐。"

"啧啧,还真是,这小脸惨白的,有几分暮色吸血鬼的范儿了。"Aggie凑近了端详我的脸,嬉笑道。她四周转了转,疑惑道:"我的宝贝干女儿呢?怎么就你一个人?家属呢?"

"去吃饭了吧,这不是饭点吗?"我平静地说。

Aggie两条好看的眉毛几乎要皱成一团了,疑惑道:"那……你吃了吗?"

"没。"我有气无力地说,面上浮起一层惨淡的笑意,"我妈回去给我杀鸡炖汤了。"

"你等着!"Aggie怒气冲冲地撂下这句话便往外走。一时间我竟不明白她这着急的样子究竟是想去给我找吃的,还是去找吴浩的麻烦。她并没有走出多远,便迎上了正推门进来的吴家母子。

"倩倩,我们去看了宝宝,特别漂亮!大眼睛小嘴巴,像你多一些。"婆婆满脸笑意,贴心地说,"这次可真是辛苦你了。他们跟我说你胎盘滞留的时候,我都要晕过去了,浩浩签字的手都在抖。这个月子你一定得好好补补,女人生孩子可是一场大亏空。"

我还没开头,Aggie便冷言道:"阿姨,先别说月子怎么补了。刘倩刚从产房里出来,这午饭和晚饭都没吃呢,你们给她准备了什么营养餐?先填上肚子再说吧。"

婆婆满脸的笑意顿时僵在了脸上,她尴尬地说:"哎,倩倩她妈回去做饭了,待会儿就送来。倩倩要是现在饿的话,浩浩,赶紧叫个外卖。附近有个酒楼做的菜特别好吃,让他们送几个过来。"

吴浩掏出手机便要打,Aggie一个箭步迈到他面前,凶道:"你已经吃过饭了吧,脑子里没想过你老婆还饿着?丈母娘一个人回去做饭,没想过自己可以开车接送一下,搭把手?都没想到也没关系,刘倩在手术室里观察,最起码你该在门口等着吧?万一有个万一,连找个签字的人都找不到。如今什么事都没有,当然最好,可她孤零零一个人回到病房,想喝口水连个帮手都没有,你们做的这叫什么事?"

Aggie的话说完,我的眼泪几乎就要下来。吴浩的脸则阴沉沉的,他压着火气道:"Aggie,你这两天是吃火药了吗,怎么逮谁吼谁?我昨天连夜赶了回来,一直都在门口等着,后来医生说没事了,我才去吃了点东西,看了一眼宝宝。我二十几个小时没睡了,敢开车吗?我爸和我妈今天也是在医院里跑上跑下了一整天,还联系了上级医院,万一有情况,随时准备转院的,累得我爸的高血压都要犯了,刚刚才回去。我们就不能歇一歇吗?"他停了停,又补充道:"我知道倩倩生孩子受了苦,可这也不是她一个人的事,我们所有人都在努力。"

吴浩最后一句话说完,我看见Aggie一双眼睛越睁越大,不可置信地盯着吴浩,肩膀微微耸起,配上她那一身气势磅礴的红裙,简直怀疑下一秒她就要张开嘴,把吴浩给生吞了。Aggie的声音高了八度,言语也不再给吴浩留面子:"所有人在努力?你说这话还真是要脸啊。你摸着良心说,努什么力了?你是替她疼了还是替她流血了?你数数看,为了这个孩子,刘倩遭了多少罪?要不是你不行,她好端端的一个人,至于要做试管吗?不做试管,前期不吃那么多药,这胎盘能滞留吗?再说怀胎十月,你照顾她了吗?帮她处理问题,给她心理支持了吗?还是你们家真金白银地摆出来了,让她足以安心养胎?说都会说,一张嘴巴,一开一合多轻松啊。我这个外人今天还就看不过去了,你们平日里就这么糟践刘倩的呀?吴浩,你别以为我是在故意刁难你,找你茬,你觉得你做不到的那些都是人力所不能及的,狗屁!你究竟有没有尽心有没有尽力,老天爷在看,人心也在看!你心里那些摔锅卸担子的小算计就哄自己乐吧,别真把人当傻子咯。我一句话给你说明白,你们在外头想着吃啥喝啥、宝宝像谁多一点的时候,躺在产房里面对生死的只有刘倩,只有她一个人!"

Aggie刚开始怒斥吴浩的时候,两个小护士正推着宝宝车进来,遇到这番情境,进退皆不是,便站在门口听完了全程。见Aggie说完,两人赶紧将小推车放到我旁边,低着头不敢看婆婆一眼,例行公事地交代完注意事项,便做贼似的走了。看着她们窃窃私语的背影,婆婆几乎要气晕过去,焦急地说道:"Aggie,你这么说浩浩,搞得好像所有的责任都是他的一样,这生产的风险谁也不想遇到,倩倩在里面遭罪,我们也很心疼的。你怎么能说都是做试管害的呢?"

见婆婆焦急的样子，Aggie反而轻松了，她斜斜地倚坐在床沿上，两条又白又直的大长腿交叉摆着，方才的怒气在一瞬间消失殆尽。她忽闪忽闪着眼睛看着婆婆，轻轻笑道："是吗？我又不是医生，我怎么知道试管跟胎盘滞留的关系。我只是刚才看到两个护士要进来，为了让她们在医院里八卦你儿子那个不行，去做了试管婴儿才这么说的。"

好个妖精，我几乎要被Aggie逗得笑出声来。婆婆那么要面子的一个人，上次被我曝了一次家丑，如今被Aggie肆无忌惮地揭了老底，这心理重建工程怕是要相当浩大了。婆婆果然气得发抖，她指了指Aggie的脸，厉声道："你这个女人……不怀好意，我们这里不欢迎你，请你立刻离开！"

我在Aggie的帮助下，稳稳地托住了女儿柔软的头，顺利让她吮吸上了第一口乳汁。我缓缓抬起头，轻描淡写地说："Aggie是我的客人，除了我，谁也不能撵她走，也请您注意音量，不要吓着宝宝了。"

说罢，我不再理会他们惊愕不已的表情，只顾低头逗弄怀中那一抱新生的温暖。满心的舒畅和欢喜，便连腹内的饥饿感也冲淡了。

第二十二章

出路和尾声

女儿甫一出生便是满头乌黑的头发,圆溜溜的眼睛黑白分明,像两粒墨丸。她有个小名叫果子,大家围在她粉色的小床边,"果子、果子"地叫着。大伙儿都沉浸在新生儿到来的喜悦之中,之前的矛盾和龃龉仿佛根本就没有发生过。在被Aggie不留情面地训斥之后,吴浩与之前倒有些不同,在医院这几日里,寸步不离地守着我和果子。他不太会抱孩子,更多的时间就坐在放孩子的婴儿床旁边,一边看手机,一边偷偷瞄着孩子的一举一动,眼神里流露出复杂又真诚的感情。每每遇到这个场面,我总是习惯性地别过头去,不愿再看他,心里默默咀嚼着困扰自己几万次的问题:世上究竟有没有两全的办法,既让我能够从不适的婚姻里走出来,又给予果子完整的父母之爱?

生产完一周后,我和果子顺利出院。与之前预想的不一样,我没有留在深圳坐月子,而是跟着母亲一起回到了重庆。吴浩将我们送到车站,似乎预感我这次的离开与往常很不一样,他眼中尽是对果子的依依不舍。血缘的力量果真神奇,短短数日,便将父女两个系上了一辈子的牵肠挂肚。他的话语中几乎带上了几丝哀求的味道:"你们什么时候回来?一个月还是多久?"我没有回答,只是默默地看着他,夕阳的余晖带着层次模糊的橘色越过熙熙攘攘的人流,映在他的脸上,有一种奇异的色彩。我冲着他摆一摆手,将自己的耳目鼻唇都裹进了那一帕阻挡风尘的丝巾中。车缓缓启动,透过车窗,远处最后一抹霞光被黑夜温腻地吞没。火车驶过城市,我看到远处近处的楼宇里,一扇一扇窗口依次亮起了灯。黄色灯光大多是家的温暖色调,白亮亮的则映出办公室里拼搏的身影。我良久无言,静静地靠在车窗上,眼睁睁地看着这些光亮越来越小,越来越暗,最终湮在了浓黑的夜幕中。

我的月子坐得一帆风顺,无忧无扰。满月那天,果子白嫩的四肢已呈现出米其林轮胎的雏形,套上Aggie寄来的小公主裙,活像摆在橱窗里展示的娃娃玩偶。吴浩和婆婆来到重庆,公公推说走不开,并未一同前来。久未见孙女,婆婆喜笑颜开地说:"果子是我们家的第一个孙女,是一朵漂亮的小花,先开花再结果,我认为这是一个好兆头。我特意去找大师算了一下,觉得瑶这个字很好,要不果子的大名就叫作吴瑶吧。"

吴浩看了我一眼,目光甚至都未和我有过交流,便连忙应了下来:"行,挺好听的,就这么定了吧。我明天就去给她办出生证明。"

妈妈在旁边微微一怔,又连忙低下头,故作高兴地逗着怀里的果子,笑道:"果子瑶瑶,你以后就叫吴瑶了。"

我心中凛凛一笑,平静地说:"我也觉得瑶字不错,不过两个字显得有些单薄了,以后果子就叫刘子瑶。"

话一出口,满屋子的慈爱温馨顿时消散,在婆婆尖锐的声音响起之前,我继续说道:"你们奇怪什么?事先不是早就说好了,肚子里的女宝宝跟母亲姓吗?现在孩子出生了,你们就要出尔反尔不成?"

婆婆也顾不上什么风度,指着我就说道:"那……那是在生了三个宝宝的情况下,你,你……我的两个大孙子都没有了,这个小孙女凭什么还跟娘家姓?"

我冷笑道:"孙子的名字是孙子的名字,孙女的名字既然之前有约定,我认为还是按照事先约定的来。"

婆婆见我一副铁了心要杠下去的模样,便扭头去逼问妈妈:"亲家母,我们吴家为了这个孩子花了多少钱,遭了多少罪在里面?倩倩年轻不懂人情世故,您说说,这让小孩跟娘家姓的传统,不合乎道理吧?"

妈妈没料到我会当面与他们撕破脸,只将怀里的果子搂得更紧,说道:"这个事情,我们事先是有约定的。后来情况虽说有了变化,遭罪的说到底也是我们家倩倩的身体。我也体谅你们的顾虑,但至于这个孩子究竟跟谁姓,我觉得还是让小两口拿主意比较好。我没什么意见。"

婆婆见状,便转身问吴浩:"浩浩,你说呢?你可不是上门女婿,就生了这一个孩子,还跟母亲姓,说出去别人不笑话死你。"

吴浩看着暴跳如雷的婆婆,又看看意志坚定的我。他的脸上露出了为难的神情,掂量了片刻,第一次对婆婆说出了自己的主意:"妈,这件事我会跟倩倩再商量商量。"

这次会面,大家最终不欢而散。返深之前,吴浩陪我去超市买了许多食品,说是为了给我补养身体。我扶着购物车的扶手,他的掌心摩挲着我的手背,漾起一阵酥麻的暖意。吴浩说:"名字的事你再考虑考虑,我妈心太急,话说得不好听。我也知道你对我有种厌烦的心情,可女儿的姓关系到我们一家人的脸面,还是希望你能顾忌一下我的感受。我们毕竟还没有离婚。"

意料之中的寒意并没有吞没我的心跳,我将手猛地抽出,强压下喉头涌起的愤怒,讥讽道:"你的意思是,果子要是跟我姓了,我们的婚姻就完蛋了,对吗?"

吴浩愣了愣,连忙道:"你知道我不是这个意思。"

"可是你这话落在我耳朵里就是这么回事。"我推着购物车一个人往前走出几十米,又觉得气不顺,转身回来瞪着他说道,"吴浩,你真是一帖慢性毒药。为什么毒性不能再烈一些，好让我早点对你死透了心！"

好在新生儿出生证明的办理只认母亲，不管父亲。我极度任性且自私地给果子办好了手续，大名就叫刘子瑶。拍了照片，挑衅似的发给吴浩，这一动作像是最后一根稻草，沉甸甸地压在了我们的婚姻上，他再无回音。

时光弹指而去，秋风将第一片树叶吹落在嘉陵江面的时候，果子已经百日了。规律的作息让她养成了定时吃、睡、玩的习惯，大大减轻了照顾者的压力。而我也似乎重新适应了山城悠闲缓慢的生活节奏。手机不时响起的房产推销电话，让我想起深圳的霓彩莹莹，竟有种恍若隔世的感觉。曾以为那里将是自己一生拼搏的热土，可简简单单的一封辞呈，似乎切断了我回去的必然理由。父母也明显感觉到了我婚姻的问题，他们小心翼翼地暗示了几次，说如果我不想回深圳，那就留在家里，他们不怕闲话，完全有能力可以帮我一起抚养果子。对于父母的好意，我总是报以歉意的微笑，心底却十分清楚，我终是要回到深圳的。重庆给了我生命，而深圳则给了我生命的活力。剪不断的乡愁和回不去的故乡，是每一代异乡漂泊人不变的宿命，也是灵魂的欲望。我只是想要歇息一阵。

当果子能冲着人咿呀的时候，重庆已经很冷了。我思念起南国温暖湛蓝的天空来，深圳的消息也通过各种途径传到了我耳中。首先是林颂。继我起诉他故意伤害罪之后，宏运集团也向法院递交了关于他盗窃商务信息的起诉状，开庭定在年底。若无特殊情况，等待他的将会是三年以下刑拘以及终身禁止入市的惩罚。接着，杨总离开了服务了三十年的宏运集团，集团董事长特意给他颁发了"终身员工"的荣誉状以及一笔价高百万的退休金。他与妻子计划赴美国享受退休后的生活。公公则以身体健康为由，提交了内退的申请。我虽然严重怀疑他的退休跟宏运有着莫大的联系，但也实在无从得知真相。金士达改选了董事会，在他们改版一新的官网上，我再没有找到肖英华的名字。作为M合金事件的边缘人，更多的内幕我无从得知，但暗自思量，这或许已经证明了整个事情的尘埃落定。与此同时，在老包的经营下，律所几乎要飞黄腾达了。朱虹数次给我打电话，邀我参与一些数额庞大的项目，理由竟都是"人手严重不足"。Aggie也正儿八经地谈起了人生中的第N次恋情，对方是个大她十几岁的稳重生意人，听说这次不仅是彼此的真爱，还是以结婚为目的的相处。听着她欢喜的声音，我的心也放下来了，看来这位唐僧虽然一路磨蹭，但最终也将与命中的妖精相逢。最后，我买的公寓交楼了。

我将奶粉和尿片备足，把整天萌萌哒的果子留在重庆，自己先回了深圳。收楼之后，买家具、搬家、找靠谱的育儿嫂，有太多事情需要准备。还有，我跟吴浩，再尴尬也必须面对我们未来的生活。

离开不过数月的时间，大梅沙的海边栈道早已修好。整齐的木板一条接着一条，沿着海边的崖壁起伏蜿蜒，另一侧则是浪声滔滔的大海。我跟吴浩沿着栈道缓缓踱步，海风将我散在肩上的发丝拂在了他身上。原本最亲密的两个人，现在的接触也不过这几根细细的发丝。吴浩的脸比之前更加消瘦，皮肤也黑了一些，猛地见了，便觉得数月之间在他身上刻下了数年的时光，他轻声道："你……最近好吗？果子好吗？"

真是个俗到家的开头。我笑了笑，道："果子挺好的，会叫妈妈了，正在教她喊爸爸，过年你可以带带她。不过也不着急，以后她会跟我一起在深圳，你随时可以见她。"

吴浩掩不住地欣喜，道："真的吗？我还以为你对我特别怨恨，再也不让果子见我这个父亲了。"

我静静道："谈不上怨恨，我们远还没到怨侣的份上。只是此前的诸事种种，让我失去了与你共同生活下去的信心。可果子不一样，你对她来说，是个全新的爸爸。"

吴浩悲喜交错，叹了一声，便低低地说："这段时间我想了很多，我承认我之前有做得不好的地方，我把你的能干当成理所当然的事，不自主地就把有些应当由我来承担的压力倾到了你身上。这个问题，我爸也找我谈了几次，他始终认为你是一个好女孩，让我不要辜负你，不要对不起我们的婚姻和果子。"吴浩说到这里，顿了顿，又道："我收到了一家设计单位的offer，下个月就过去上班。爸爸退下来了，果子很快也会长大，我要是再不能承担起家庭的责任，这辈子就跟一摊泥一样过去了。倩倩，我们不要分开好吗？果子应该生活在每天都能见到爸爸妈妈的环境里。"

我的心陡地一震，眼眸被骤然浮起的雾气糊住了。我看了看他，在一年多的婚姻岁月里，他鲜有这种坦诚、积极的态度，这种态度打破了我与他之间的隔阂，让对话更加容易地进行下去。

"吴浩，不仅你有反思，我也有对自己的检讨。我不是传统意义上的好妻子，也不够格成为新时代自强女性的典范。在婚姻里我计较太多，神经敏感又不容易放过别人和自己。我们用彼此的缺点磨砺对方，一次又一次。我觉得你没担当，你认为我太矫情，我们接着互相伤害，一次又一次。最后，我们什么都不说，彼此沉默着。我跟自己说，我的生活里有没有你一个样，反正跟你说什么，也得不到我想要的回应，想必你也是如此。这种看似了解透了对方的沉默将我们的感情送入了死亡。从那个时候开始，感情已死。婚姻就像一张死皮一般趴在我们身上。也许我们可以这样凑合过一辈子，可问题是，我们要这张死皮婚姻做什么？"

吴浩霍地停下了脚步，抓起我的手腕，道："我承认我们的感情出了问题，或者在你那里感情已经不存在了，可这并不意味着必须要结束婚姻呀。你离开了我能活，我离开了你也不会过得很差，可是果子怎么办呢？你当真忍心让她永远在你和我之间疲于奔命吗？"

我看了看他，有些惊奇他这般积极解决问题的态度。我轻轻侧着头看着他，笑道："在法律上，婚姻关系的存续由登记的那一刻便分成了截然不同的两种。但在实际生活中，或许我们真能好好讨论讨论，找到第三条路。"

听我这么说，吴浩高兴地说道："就应该这样，穷尽所有办法，我相信一定能够找到适合我们的相处之道。"吴浩兴奋得几乎要跳起来，他只思索了一刻，便道，"我之前想过这样一个办法，既然我们对彼此有这样那样的不满意，我们应当做一张妥协清单，比如你列出五条希望我改进的地方，我也写五条，对方只能接受并改正，不能有任何的不满意。那么时间长了，彼此都会变成对方理想中的模样，不是吗？"

我想了想，觉得这算是个对修复感情积极努力的态度，便笑道："可以试试看，那你先说希望我改正的地方吧。"

吴浩见自己的意见被采纳，有些激动地说："我先说一条吧，我希望你以后能以大局为重，遇到事情做决策的时候尽量尊重家里的意见。"

见他这般说，我心下已是了然，便微微点头，笑道："可以，我接受。那我也说一条吧，果子叫刘子瑶，不会改名。"

吴浩的脸上露出显而易见的尴尬和为难，他轻声的抱怨被海浪声干扰，我没听见。过了好一会儿，他又道："这个办法不好，结果会让我们整天互踩底线，反而激化矛盾。要不我们试试对彼此全然接受？你的所有优点缺点我统统包容，对我的你也一样。我们就这么处着，我不指望你改，你也不期待我变，天长日久之后，感情变成了亲情，也没什么膈应和不顺心了。"

我噙着一丝悲哀的笑意，淡淡地对吴浩说："吴浩，一个家庭中，除了父母和子女天然是亲人，别人都不是。夫妻尤其不是。你说的全然接受彼此,说到底,只是对现实问题的逃避,和对彼此之间矛盾的放任。双方积极努力去经营一个家庭,尚未必能成功,何况这样消极对待呢?"

吴浩想了想,有些悲伤地说道:"你说的也有道理。可是努力改行不通,不改也行不通,难道我们的婚姻真的走到尽头了?"

我不敢再看他,至今我仍难以面对这个沉重的字眼。我将目光投向海的另一边,难过道:"现实点来看,我们几乎没有共同财产,分手就是一次搬家。你家境优越,条件突出,即便离婚,仍能够寻得佳偶。在你我关系落到谷底前,坦然面对分手,这何尝不是对彼此最大的尊重呢?"不知为什么,我竟然开始游说他离婚。

吴浩随着我的目光看去,沉默了许久,方才低声说:"没有你说得那么轻松,我不接受离婚。我明明没有做错什么,为什么要受到离婚这样的惩罚?"

我的心微微一颤,再也说不出话来。远处一轮血色夕阳悬在浪尖,将半海碧波都染成了橙红的颜色。东边的天空上,夜色正静静侵袭,早升的月轮浸着昏黄的光,一步一步升上中天。日与月同现于天空,未形成相得益彰的交辉胜景,反而将天地都融进了一片混沌之中。

在跟吴浩提出离婚之后,我搬到了自己买的公寓里,很快将果子也接了过来。我再次向律所提出了离职。包主任对我的离去表现出了异乎寻常的不舍,挽留再三后,将我推荐给一家做法律知识的新媒体,不需要坐班,每周按照新东家的选题完成相应的文章撰写,计算稿费并根据流量提成。几个月下来,收入已足够供应我和果子的日常开支。同时,又开始有别的平台向我约稿。我也开始自主地写一些法律类型的小说连载,获得了不少的点击和打赏。在果子满周岁的时候,自由职业人的身份已经让我摆脱了经济上的窘迫情形,使我对未来充满了希望。

我跟吴浩的离婚官司拖拉了近一年的时间。在此期间，他辞去了英语老师的工作，重新拿起了笔，找了一份设计师的工作，早出晚归，比他之前描述的还要辛苦。我从不阻拦他见果子，甚至不少的周末，果子都是跟爷爷奶奶一起度过的。当然，这是属于我们两家关系比较融洽的时候，也有恶劣的时候——公公婆婆甚至将我告上了法院，称当年做试管婴儿的所有费用都是他们支出的，而我产后立刻提出离婚，涉嫌欺诈，要求法院将果子的抚养权以及在泰国冷冻库里的受精卵的所有权都判给父亲。当然，这已经是另一个故事的内容了。

我和吴浩最终分了手。未来的日子里，我会不会遇上称心如意的爱情，我不知道。

但我知道，人生的路很长，遇到的人很多，每段相伴都有专属的喜怒哀乐。若是伤害太大，请勇敢地离开。独立前行的能力，不一定会让你遇到幸福，但至少能让你免于恐惧，获得继续找寻幸福的机会。

愿果子健康快乐地长大。愿吴浩幸福。

图书在版编目(CIP)数据

我和我的佛系老公 / 金牙太太著. —杭州：浙江文艺出版社，2021.3
ISBN 978-7-5339-6437-5

Ⅰ.①我… Ⅱ.①金… Ⅲ.①长篇小说–中国–当代 Ⅳ.①I247.5

中国版本图书馆CIP数据核字(2021)第038518号

图书策划	柳明晔
责任编辑	张　可
营销编辑	宋佳音
特约编辑	黄秋展　王雪婷
封面设计	仙邈 WONDERLAND Book design
版式设计	吕翡翠
责任校对	牟杨茜
责任印制	张丽敏

我和我的佛系老公

金牙太太　著

出版	浙江文艺出版社
地址	杭州市体育场路347号
邮编	310006
电话	0571-85176953（总编办）
	0571-85152727（市场部）
制版	浙江新华图文制作有限公司
印刷	杭州杭新印务有限公司
开本	880毫米×1230毫米　1/32
字数	220千字
印张	8.875
插页	1
版次	2021年3月第1版
印次	2021年3月第1次印刷
书号	ISBN 978-7-5339-6437-5
定价	45.00元

版权所有　　侵权必究
（如有印装质量问题，影响阅读请与市场部联系调换）